JN307250

父親

遠藤周作

集英社文庫

目次

父親

清滝

むしていた。今朝、新幹線で妻と発った時は東京は涼しかったのに、京は暑さが去っていない。風もなく、それにひと雨が来そうな気配で湿気のこもった空気に街は包まれている。

石井菊次と細君とは駅からタクシーに乗って京都ホテルに鞄《かばん》をあずけると、紙袋に入れた清酒の箱を二つ持って、そのまま念仏寺に近い清滝まで車を走らせた。

「純子も来ればよかったのに」

と菊次は未練がましく、窓の外に並んだ屋根のひくい京の家々に眼をやった。

「年寄りのお供をするなんて、あの子も嫌でしょう。それにあの子には京都はお線香くさいって……嫌なのよ」

「そんなものか。俺《おれ》のほうはあの子の好きなジャズなどは一向にわからんがね。バケツを叩《たた》きまわっているように、やかましい」

車は双ケ丘にそって住宅街をぬけると、やがて樹木や池に恵まれた路を走った。

「たしかに、このあたりに大きな枝垂桜がある筈《はず》だが……春になると持ち主が焚火《たきび》をたいて見せてくれる……」

「あの桜でっか」と今まで黙っていた若い運転手がハンドルを握ったまま夫婦の会話に加わった。「もうすぐ見えます」

「教えてください」

運転手は車を徐行させて植木や石で埋まった一角を指さした。大きな枝垂桜が路のすぐそばに見えてきた。

「いい場所ねえ。こんな所に住めるなんて……夢のようだわ」

「何もかもだ」菊次は吐息をついてうなずいた。「戦争の頃《ころ》や戦後の時を考えると、自分がこうした家を建てることも、何だか悪いような気がする。俺たち日本人は随分、贅《ぜい》沢《たく》になったもんだな」

「だって……今まで働きづめに働いてきたんですもの。死ぬ前にささやかな家を静かな土地に持つぐらい許されると思うわ。純子たち若い人とちがって、わたしたち、あの戦争の頃、ひどい目ばかりに遭ってきたんですもの」

妻の言う通りかもしれぬと菊次は思った。しかし彼のまぶたには何時《いつ》もの事ながら、戦死したむかしの学友たちの顔が一瞬、通りすぎた。大陸や南の海で死んだあいつ等には、今、自分がやっと摑《つか》んだささやかな贅沢さえ永遠に与えられないのだ……。

車は広沢の池を通過し、ひろびろとした畠と向こうの山々を見ながら、清滝のインターチェンジに方向を変えた。

「神主さん、もう来ていらっしゃるかしら」

「大丈夫だろう。会社から野口が皆、手配してくれたから」

「あの人なら安心していいわね。ねえ、わたし時々、思うんですけど、野口さんみたいな方、純子のお婿さんにどうかしらって……」

「野口が断るだろうよ。あんな強情娘を……」

そう言いながら菊次は部下の野口の浅黒い顔とその汚れていない眼とを思いだした。彼が好きな部下のタイプだった。

（もし野口と娘とが結婚してくれたら）

一方ではそれが嬉《うれ》しいような気がして、しかし他方ではそれを寂しいと思う気持ちとが彼の心に同時に働いた。

菊次には二人しか子供がいない。上が娘の純子で、下が男の子の公一だった。

純子は大学の英文科を卒《お》える前、学校の先輩がやっている「エスプリ」という会社に入りたいと言った。

その時、世の常の父親なみに菊次はいい顔をしなかった。はっきりとした理由があったわけではない。ただ何となく面白くなかったのである。

「いったい、どんな仕事をしているんだ、その会社は」

「二つあるの。ひとつは広告業。もうひとつは男の人のためにスタイリストをやるの」

「よく、わからないね、そのスタイリストとは何だ」

「それよね」と純子は笑って答えた。「お父さまぐらいの年齢の人のためにすべての服装を選んであげる仕事よ。その年代の人は若い子とちがって服装に自信がない世代でしょう。そのくせ心のなかではやっぱり、恰好《かっこう》よくしたがっている、そんな人のための服装のコンサルタントをする仕事なの」

　そんな職業があるのかと菊次は初めて知ったが、

「知らなかったの？　会員組織で……政治家や実業家からは重宝がられているのよ」

「感心せんな」菊次は一寸、にがい顔をした。「そんなところに勤めるのは」

「じゃ銀行か大会社の庶務課に入れって言うの。それともお父さまは女が働くのがお嫌なの」

　逆襲されて彼は言葉につまったが遂に本音を吐いた。

「そうじゃないさ。ただね、どうせ結婚をする女性が一年か二年、そうした職場でほんの少し働いて社会を見学したような口ぶりをするのが父さんには不愉快なんだ。男はみんな本気で自分の仕事に身を賭《か》けている……」

「それは社会が悪いんじゃない？　女に身を賭けて働かせてくれないからよ」

純子は学生っぽい口調で学生っぽい理屈をふりまわした。

結局、菊次は折れた。純子は元気よく毎日、そのエスプリ社という彼には理解できぬ会社に通っている。時々は帰宅が遅くなることもある。

「姉貴は……あれで社会に進出したつもりさ」

息子の公一は父親の質問にせせら笑いながら教えてくれた。男同士だからその点は気持ちがあう。

だが菊次にはこの大学一年の息子より純子のほうが何となく可愛い。公一のことも勿《もち》論《ろん》、心配だが娘のほうがずっと気にかかるのだ。

だから今日も――。

純子を京都に連れてくればよかったと思った。

公一とちがって、いずれは嫁にやらねばならぬ。それは口惜しいが何処《どこ》の馬の骨ともわからぬ男に掌中の珠を奪われる気持ちである。だが残り少ない父と娘との生活のなかで、ひとつでも思い出を持ちたい。京都に連れてきて、自分の終《つい》の住家ができる土地を一緒にみたかった。

いささか寂しかった。その寂しい気持ちで彼は妻と念仏寺のすぐそばでタクシーをおりた。

菊次が「終の住家」にしようとしたこの清滝の土地は後亀山天皇の御陵のすぐ背後に

あった。

　陵にそった路には日曜日や祭日など、嵯峨野を歩く若い女性たちが列をなして念仏寺の方角にむかっていくが、一歩はなれたその場所は文字通り「終の住家」らしい静かさに包まれている。

　すぐ眼の前に、あの古歌で名高い小倉山が迫っていた。陽のあたる京の街が遠くに見えた。このような土地を偶然とは言え手に入れたことを菊次は充分、満足していた。

　その場所に夫妻が到着した時には既に五、六人の男たちがすっかり地鎮祭の支度をすませて、煙草をふかしていた。そして彼等のそばに注連縄《しめなわ》をはり、餅《もち》や果物に酒をおいた仮祭壇もできあがっていた。

「やあ」

　と設計家と工務店の社長とが菊次をみとめてたちあがった。

「お待ちしてました。今日はね、杭《くい》もうって敷地を見て頂こうと思っていましてね」

　菊次は自分の所有地となった細長い土地を照れくさそうに見まわした。雑草はすっかり切りとられ、小さな竹と雑木とが残っている。

　杭と杭との間を設計家と歩きまわりながら菊次はやがて出来るであろう家を空想した。ここを客間に、ここを居間に、ここが台所、ここが風呂場……そしていささか感慨無量だった。

「地相もいいですよ」

と工務店の社長が笑いながら言った。

「そうですか」

小肥《こぶと》りの神主が姿を見せて、ささやかな地鎮祭がはじまった。念仏寺に近いこのあたりは昔はきっと無縁仏が多くあった場所にちがいない。その人たちの葬られた土地に家を作る以上、しっかり祈禱《きとう》してもらわねばならぬと菊次は思った。

彼は手をあわせながら、ここに住む自分の姿を想像した。孫たちが遊びにくる。純子や公一が結婚してそれぞれ子供をつれて連休の日々、東京からここにやってくる。皆で嵯峨野を散歩しよう。広沢池で舟を浮かべよう。嵐山の渡月橋で桜餅をたべよう。

そう思うと彼は無理はしたがこの土地を手に入れてよかったと思った。

ほのぼのとした倖《しあわ》せの感情が胸をただよった。菊次は五十六歳だった。

二時間後、みなに礼を言い、京都ホテルに向かった。

「これから大変だわねえ」和食堂で食事をしている時、妻がぽつりと言った。「ローンでも毎年、たくさん返金していかなければならないし……」

「何とかなるさ、俺はまだ働くから」

もし健康が続けばの話だが、と彼は心のなかで呟《つぶや》いた。部屋に戻って東京の自宅に電話をすると受話器の向こうで公一の声が音楽の響きのなかで聞こえた。

「うるさいな。そのバケツを叩くような音を消しなさい。純子はいるのか」

「いませんよ。今夜は遅いと言っていた」

かすかな不安を感じ、公一に問いつめると、

「知らないよ、姉貴の仕事のことなんか」

無愛想な返事が戻ってきた。

「おい」

「なんですか」

「純子がまだ家に戻っていないようだ」

「大丈夫ですよ」

「馬鹿」菊次はプリプリして、「嫁入り前の娘がこんな時間まで外に出歩いている……」

「昔と違いますよ。そんなかたいこと言って……パパはきびしすぎると公一も純子も言ってます」

「俺は……ふしだらは許さん」

「へえ。御自分は午前さまなのに……へえ……」

「男と女とは違う。お前のしつけが甘いから子供たちがこうなる」

いつも繰りかえされる同じ口争いが夫婦の間にはじまったが、菊次の細君は夫を軽くいなしてテレビの画面にふたたび顔を向けた。

翌日も晴れて、暑い。

夫婦が買っておいた帰りの新幹線の時刻は四時すぎなのでまだゆっくり余裕がある。

妻の希望で下賀茂のある店で漬物を何人かの知人に送った。それから骨董屋《こっとうや》を二、三軒のぞいてみた。

「なにもかも高くなっていますわねえ」

蕎麦猪口《そばちょこ》をほしげだった妻はびっくりして手を引っこめた。清滝に家ができれば、また古いものが欲しくなる。しかし、そこまでは菊次にはとても無理だと思えた。

「これから何処に行く」

菊次の提案で夫婦はタクシーをひろい、鞍馬にドライブをすることにした。京の街をすぎると、もう東京などとは違って、渓流や深い樹々に覆われた山に入るのが京のよいところだった。

「鞍馬というのはね、むかしここに修行にこられた高僧が仏の乗られた鞍をつけた白馬を見て、そのために鞍馬と名づけられたそうだ」

「へえ。牛若丸のことでしか鞍馬は知らなかったけど……あなた、詳しいんですね。なぜ」

菊次はニヤニヤ笑いながら黙っていた。

妻には言っていないが……この鞍馬には遠い思い出がある。

学生時代——というのは彼がまだ慶応の学生だった頃だが失恋をした。相手の女性が他の人と結婚式をあげる日、彼はとても東京にいる気になれなくて、満員の東海道線に乗って京都にきたのだった。そして滅入った気持ちでこの鞍馬を訪れた思い出がある。

その女性の名はまだ記憶に残っている。しかし今はたんなる若い頃の思い出以上の何ものでもない。彼女がどこに住んでいるのかも知らない。

二時すぎまでこの鞍馬で時間をつぶした。寺の背後の原生林の茂った森を歩き、昼食をとった。そしてゆっくり京都駅に行った。

東京に着いたのは七時をまわっていて家にはあかるい灯がともっていた。

「ただ今」

と夫婦が玄関をあけて声をかけると、

「お帰りなさい」

あかるい、はずんだ声で花模様のエプロンをかけた純子がとび出てきた。そのうしろから、もっそり公一が出迎えた。

「くたびれた?」

「くたびれんよ」

もう菊次は上機嫌だった。昨夜のことなどケロリと忘れて、娘に笑顔をみせ、靴をぬいだ。

久しぶりに食卓に家族が一人も欠けずそろった——そんな感じで。

「どうだ、公一」

菊次はウイスキーの瓶を息子にむけた。

「遠慮します。来週、試験だから」

「そうか。ママはどうだ」

「わたしは沢山」と妻は首をふった。「どうしてそんなものが、おいしいのかしら」

「味もわからん女は話もできんね」

「味のわかる女がここに、いまあーす」

純子が片手をあげた。

「ほう」

菊次は笑顔を娘にむけた。

「お前、ウイスキーを飲めるのか」

「飲むわよお」と純子はおどけてみせた。「だって会社でも仕事のあと、皆で一杯やることあるんですもの」

「おいしいのか」

菊次はあたらしいコップに氷を入れて純子に手わたした。

「じゃ、一杯、パパにつきあいなさい」

琥珀《こはく》の液体を娘はまるで昔から飲みなれたように口に入れた。

「まあ、何でしょう。嫁入り前の娘がウイスキーを飲むなんて」

と妻がたしなめると、

「ママ、古いなあ。うちの女子学生なんかにはね、すごい酒飲みもいるんだ。時代は刻々と変わっているのさ」

と公一がせせら笑った。

「でもね公一、いざ結婚となると男の人はそんな女を嫌がるものよ」

「そんな了見の狭い男のお嫁には行かないもの」

純子は母親を無視してコップの水割りをほとんど飲みほしていた。

「もらい口がなくなりますよ、あんまり自惚《うぬぼ》れていると。この前の見合いだって、いいお話だったのに……」

箸《はし》を動かしながら妻は残念そうにまた愚痴《ぐち》を言い始めた。二カ月ほど前、純子に何回目かの縁談があったのにそれを断ったことである。相手はロンドンに留学して戻ってきた青年で家柄もよかった。

「まあ、いい」と菊次は娘の肩を持った。「当人の気が進まなければ仕方がないさ。それにあの青年――小生意気なところもあったしな」

「あなたが純子より先に、ぶちこわしたんじゃありませんか。折角のいい縁談を」

妻の言う通りだった。表面では娘の縁談を気にしながら、いざ話が始まると相手に何となくケチをつけるのは父親の彼だった。そのため進みかけた話も終わってしまうのである。

酔いのまわった頭で菊次はぼんやりと、考える。

(いつまでも手もとにおいておきたいのだ。あたり前だ。手塩にかけて育てた娘を滅多な男にわたしてなるものか)

それが彼の本音だった。口に出してこそ言わね、父親としての本音だった。

「お嫁になんか、行かなくていいの。わたくし」

純子は少し大きな声で言った。その時、彼女の顔になぜか寂しそうな影がかすめた。

「あれぇ」公一があわてて御飯をのみこんで、「そりゃ約束違反じゃないか。お嫁に行ったら今、使っている部屋もステレオもぼくにくれると言う約束だったじゃないか」

「考えが変わったの」

と純子は弟をむいて平然と言った。

(まあ、俺の家族は全員、しあわせだ)

そうした会話を聞きながら菊次はしみじみ思った。それは五十六歳の男の感傷だった。

菊次の会社は原宿に近かった。

新宿で乗りかえ、それから表参道を歩いて会社に行くのが毎日のコースである。

そのコースを歩きながら戦中世代に属する菊次はいつもある感慨にふける。

（こんなじゃなかった……）

彼のまぶたに浮かぶのは人影のない広い暗い通りである。それは文字通り表参道という名にふさわしく明治神宮の入口まで通ずる参道の路だった。参道だったから両側には大きな樹が植えられていたが、眼につくような店も建物もなかった。そしてその路にはモンペをはいた女や国民服の男が神宮にむかってうなだれるような姿で歩いていた……。

それが今はどうだろう。色とりどりの店や珈琲店《コーヒーてん》が並び、川のように若者たちがうろつきまわっている。

「君たちは」

菊次はよく自分の若い部下たちに同じ話をくりかえす。

「戦争中、空襲の翌朝、この通りに焼死体がごろごろ並べられていたと信じるかね」

「へえー、本当ですか」

「本当だよ」

しかし聴いている部下たちは戦中派の例の思い出話がまた始まった、という表情をする。戦争なんてロング・ロング・アゴーなのに。

「夢みたいな話ですね」

夢みたい——何と言う言葉を遣うんだ。あの戦争を夢みたいな話などと言われてたまるものか。そんな時、不快と当惑との色が一瞬、菊次の顔をかすめるのだった。

五分ほど歩いて六階建てのビルがある。会社はそこだった。

「お早う」

受付の女の子に軽く頭をさげてエレベーターにのる。それから四階のボタンを押す。

机についてお茶をすすって、それから書類箱の未決書類に眼を通していると、野口がこちらにやってきた。

「部長。来年用カレンダーの件でお話があるんですが」

新年までまだ七カ月あったが、もうその正月用のカレンダーの企画がはじまっているのだ。先週の会議で菊次は部下にそれぞれのプランを出せと命じておいた。

「ぼくら若い者で話しあったのですが」

「うん」

「今までのやり方を根本的に捨てようと思うんです。今まではうちの社でも他の社でもカレンダーと言えば女優やプロのモデルを使っていました。それが無難だからです。しかし、今度、ぼくたちはまったく素人の娘や若い奥さんを見つけてモデルにしたいんですが」

「素人の?」

菊次はこの部下のいかにも勢いこんだ顔をゆっくりと見あげた。

「見つかるかね、そういう素人の女性たちが」

「むずかしく、ありませんよ。今の娘たちは人気女優やプロのモデルとそんなに差がないぐらい表情もゆたかで度胸もありますよ。その上、普通の奥さんやお嬢さんがわが社の製品をこう使っているというポスターなら、お客さまも親近感を感じると思うんです。しかもギャラだって安くすみますし」

野口はこの自分の名案がどうして菊次にわからないかと言うように、こちらの眼をじっと見た。

「一度、二つぐらい試作ポスターを作ってかまわないでしょうか」

書類箱に入れた書類に眼を通して判を押すと、菊次は野口が机においていった企画書にざっと眼を通した。

企画書提出者には野口だけでなく、宣伝部の若い者たちの名が列記してある。部内では青年将校と自称している連中である。

その企画書に書かれているのは、大体さきほど野口がしゃべったことだった。

アイデアとしてはたしかに面白い。手あかでよごれた有名女優や有名モデルを使うよりも、素人の娘や若い人妻をモデルにしてポスターをつくる考えは斬新にみえる。

しかし——。

長年、宣伝と商品開発で飯をくってきた菊次は一寸、ひっかかる点がないわけではない。

若い連中は目あたらしい企画を思いつくと、自分のアイデアだけに熱中して頭の一点に盲点ができる。

その盲点は客がそのポスターを見て、どう感じるかである。

その感じかたにも三つある。ひとつはツマらないという感じかただ。次に面白い、素敵だという感じかただ。三番目は購買欲をそそられる感じかただ。

二番目と三番目の感じかたは似かよっているようだが違うのである。素敵だと思う気持ちとは雲泥の差がある。

そこが部下の若い連中にはまだ、よく呑《の》みこめていない。

(野口にその点をどう考えているか、きいてみよう)

菊次はそう思いながら、忙しげに働いている部下たちを眺めた。

その部下たちのなかで彼は何となく野口に眼をかけていた。

眼をかけた動機には野口が彼の母校のずっと後輩で、入社試験を受ける時、校長の紹介状を持って彼の家にたずねてきたことも手伝っていた。

学生服に体を包んで浅黒い顔に白い歯をみせた野口は菊次には好青年のように思えた。

礼儀も正しいし、それに菊次と同じ高校で（菊次の頃はまだ五年制の中学だったが、戦後、学制改革で高校に変わったのである）フットボール選手だったせいか、ハキハキとしていた。

「校長先生はお元気かね」

「ええ、もう学校はおよしになっておられますが、御壮健です。くれぐれも宜《よろ》しく、とのことでした」

「どうして化粧品の会社に君は入りたいのかい」

「実は大学の卒論のテーマが、香料の歴史だったのです」

「香料の歴史？　そうか君は西洋史を勉強したのか」

「そうです」

そんな彼との会話もまだ菊次は憶えていた。

入社して彼の下に配属されてからも野口は仲間や先輩からの受けもよい。見どころのある奴だという気が次第に菊次にもしているのである。

その日の夕方――。

菊次は退社しようとする野口に、

「君」とそっと声をかけた。「企画書を読んだよ。そのことで、一寸、話がある。少し空いているかね、時間が」

部長である自分が会社内で部下の一人だけを誘うようなことは菊次が平生から心に戒めていたことだが、今度は一寸、理由があった。

清滝の家を建てるにあたって、野口が知りあいの工務店と設計家とを紹介してくれたのである。地鎮祭のため菊次夫婦が京都に行く時も野口は向こうに連絡をとってくれたのだ。

「おかげでね、すませてきたよ」

と菊次は彼と肩をならべてエレベーターに乗りながら礼を言った。

「おめでとうございます」

「なかなか良い大工さんたちでね。安心したよ、私も」

エレベーターをおりビルを出て、

「君、少しつきあわないか」

と菊次は誘った。

会社の帰りに菊次が一杯やりにいくのは表参道にある「重よし」という店である。その店は彼が黙って腰かけていても、うまいものを出してくれる。

カウンターに腰をおろして、熱いおしぼりで顔をごしごしとふきながら、

「今日の君の企画案だがね」

「如何《いかが》でしょう」

「いい案だと思うがね」

そう言うと野口はホッとした顔をした。

「あの案は武田、泰、福田たちと考えたものです」

「案そのものは私も反対せん。しかし案を作りながら君たちはそのポスターを見るお客さまの心理を考えたかね。面白いポスターは必ずしもお客さまの購買欲をそそるとは限らんのだ」

銚子が運ばれてきた。菊次は野口にその銚子をかたむけてやりながら自分の気持ちを話した。

「化粧品を作っているわが社のお客さまの大半は女性だ。女性の心理は——個人的には私などよくわからんが——しかし仕事での経験から言うとポスターに女優やモデルが出れば許すけれど、自分と同じ素人が出ているのをみると、まず軽い嫉妬《しっと》を起こす。自分が選ばれなかったというヤキモチだ。そのヤキモチが彼女たちの購買欲を損ねないか、君たち考えたかね」

「いや」野口は首をふった。「考えませんでした。しかし部長。たとえ、そうでも……」

「いかんね」

菊次は静かに相手の発言を抑えた。

「アイデアにぼくは反対はせん。だからテストのポスターは作って重役会議にまわしたまえ。しかし君たち若い者がお客さまの心理を考えずに自分たちの思いつきに酔っている点が私の気になるんだ」

こんなに親切に話してやることを菊次は今まで他の若い社員にしたことはなかった。眼をかけている野口だからこそ、親が子に教えるように丁寧にわかりやすく自分の経験から得た教訓を語ってやっている。

「こう言う話がある。十年前のことだ。うちの開発部で女性化粧品のデザインを女性のベテランだけに任せたことがある。彼女たち三人を外国に出張させてね、勉強させたんだ。そして失敗した」

「はあ」

「なぜ失敗したかわかるかね。彼女たちは欧米のお客と日本のお客とのちがいを考えなかったからだよ」

「ちがいですか」

「そうだ」

菊次は野口の顔に一瞬だが不満の色がうかぶのを見た。しかしその不満を野口は苦い薬でも服みこむように素早くかくした。

「よくわかりました。有難うございました」

「うん。だからお客さまは神さまなり、この当たり前のことを念頭からいつも離さぬようにするんだな。うちの化粧品は自分たちのアイデアのためにあるのじゃない。お客さまに買って頂くためにあるんだ」

盃《さかずき》を手に持って真剣に聞いている野口を見て菊次は突然、京都での妻の言葉を思いだした。

「野口さんみたいな方が純子と結婚してくれたら――」

それは悪くはない。自分としても満足いくような気がする。しかし今のところ娘の念頭には時々、家に遊びにくる野口のことはないようだ。一方、この男は純子をどう考えているのだろう。

「ところで……」

「はい」

「素人の娘さんで……カレンダーに出て頂けるような人を君たちは知っているのかね」

「これから探します」

菊次のひそかな探りを気づかないのか、野口は白い歯をみせて笑った。

「探すって……君たちはガール・フレンズもおらんのか」

「宣伝部の奴等は皆、酒を飲む以外は能がありませんから」

「それじゃカレンダーも心細い話じゃないか」

「仕事なら別です。仕事のために美しい女性を探すなら体当たりでやります」

菊次はその返事をきくと、なぜかホッとした気持ちになった。少なくともこの青年には現在のところ好きな娘は別にいないようだ。

「ところで部長。東洋パルヒュムがこの頃、随分、チョッカイをかけているって、本当ですか」

「少し、ひどくなったようだな」

「大丈夫ですか、部長」

「大丈夫だ。君たちが心配することはない。君たちは宣伝のほうに専心してくれればいいんだ」

菊次は宣伝部とほかに開発部の部長もかねた重役である。

鐘紡や資生堂のような大手筋とちがうが菊次の会社や東洋パルヒュムは新興の化粧品会社として売りだしてきている。特に東洋パルヒュムは菊次の会社と競りあってきている。そしておたがいの新製品や企画に探りを入れあっているが、この頃、その探りあいが激しくなっているのを野口は言っているようだった。

「うちでは、今までにない香りを持ったものを出すそうですね」

「知らんね、そんなことは」

菊次は顔を横にむけた。開発部の秘密は同じ社の者でも洩《も》らすことはできない。

「君はそんなデマ、誰《だれ》にきいた」

「いえ。失礼しました」

開発部の誰かがふと洩らしたのかもしれない。明日厳重に叱《しか》っておかねばならぬ。

すべての始まり

洋服屋の橋本と純子は霞が関ビルのエレベーターにのった。

橋本は両手に旅行用のグッチの鞄をぶらさげているが、別に旅行に行くのではなく、客の仮縫いの洋服がそのなかに入っていた。

エレベーターをおりて受付の女の子に来意をつげると、電話の連絡を受けた難波社長の秘書があらわれた。

「今、来客中ですが……すぐ体があきます」

秘書の青年はゴルフ焼けのした顔に微笑をうかべて純子と橋本とを社長室のすぐそばの応接間に入れた。

応接間の窓から東京が地平線まで拡がっている。眼下に玩具のように車の走る道路が見おろせる。東京は今日も曇っていた。

橋本は仮縫いの服を出し、純子は用意してきたネクタイやカフス・ボタンをテーブルの上に並べた。その時、応接間の扉に軽いノックの音がして、さきほどの秘書と社長の難波が姿をみせた。

「やあ、やあ」

軽く手をあげて難波はソファに腰をおろし足をくんだ。

「拝見しようか」

「はい」

仮縫いの服はこげ茶のコーデュロイである。そしてカフス・ボタンとネクタイとはラバンのものである。

「ほう……照れくさいね、こんな服は」

「いいえ。お似合いになる筈です」

純子は自信にみちた眼をあげて、

「お召しかえ、頂けますか」

と頼んだ。

年齢《とし》にしては肥満していない難波が服をぬぎはじめると彼女は眼をそらせ、その着がえを待った。

「しかし、我々、中高年のためのスタイリストとはいい仕事だな」照れくさいのか、少し嗄《しゃが》れた声で難波は世辞を純子に言い、「あんたの考えか」

「いいえ。大学の先輩が私に勉強しろと言ってくれました。今の社長ですけど……」

「大学の。あんたはどこの大学」

「上智でございます」

「上智。あそこはアーメンでしょ。石井さんもアーメンかね」

「いいえ。そのほうは縁がなくて」

そう言いながら純子は難波の着終わった服をこまかく調べて洋服屋に注意した。

「橋本さん。お肩のラインが気になるけど」

「はい」

「それから左腕の寸法、少し長すぎませんかしら……」

ひとつ、ひとつ指摘して難波の体をそっと動かした。動かしてもワイシャツの襟《えり》の先が上衣にかくれるか、どうか調べるためである。難波もなれたもので温和《おとな》しい子供のように彼女に任せている。

「君を服装コンサルタントにしている連中に小坂君や遠山君も入っているんだってね。この間、パーティーで小坂君に会ったら洒落《しゃれ》たのを着てるんだ。石井さんの見たてだろうと言ったら図星だった」

難波は鼻のつまったような声をだして笑った。

「今、君をコンサルタントにしているのは何人ぐらいだね」

「はい。十二、三人、いらっしゃいます」

「みな、四十歳以上？」

「お若い方は御自分でお洒落をなさる時間的余裕がおありですから……わたくしがお手伝いをするのは、どうしてもお忙しい御年齢の方になりますの」

「いや、忙しいと言うより、洒落るのに自信のない世代なのさ」と難波は自嘲《じちょう》するように笑った。「なにしろ戦中派だからね。色のついたマフラーひとつ、つけても非国民と言われた頃に青春を送ったので、洒落をする暇もなかった。君のお父さんなどもそうだろう」

「はい……申しわけございませんが、ヤボったい恰好をしております」

また鼻のつまったような笑い声を難波社長はあげた。

この社長の言う通り——。

四十歳以上の中高年の日本人はどうも服装感覚が悪い。照れているのか、習慣なのかしらないがネクタイと服のとり合わせや、服と靴下や靴の色が地味すぎるため、陰気くさい。

当人たちもそれを知っているのだが、と言って、自分にあう色や服を見つける暇もないし、相談する相手もいないので内心、困っている。

そこに眼をつけて純子の先輩が男性のための服装コンサルタントを養成することにした。純子もその教育をうけた一人だった。

会員組織になっていて、入会金は一寸高いが、その代わり、会員には専属のスタイリストがつく。それぞれのスタイリストは女性で自分の担当する客の顔、形、髪の量などをすべて熟知し、その人の予算に応じて服からワイシャツ、装身具を選んでくる。相手を一番、引きたてる外観を考える、スタイル専属秘書になるのだ。

眼のつけどころが良かったため、申し込みは多かった。国会議員も社長、重役もテレビによく出る文化人も会員になっている。あたらしい女性の職業なのである。

「ようし」

難波社長は満足そうに純子の持参したネクタイを胸にあてて、

「気に入った」

とほめてくれた。

「有難うございます」

やはりこの仕事をやって良かった——そんな悦びが湧《わ》くのはこんな時だった。

自分は決して結婚までの一時の腰かけとして仕事をしているのではない。純子はそのつもりだった。

だが彼女の父親も母親もその点をわかってくれない。娘の気まぐれ、一種の遊びだろうと言った眼で毎日、出勤する彼女を眺めている。

とりわけ父の菊次は口では若い者に理解ありげなことを言っているけれども、心の底

には、

（女と男とはちがう。女の倖せは結婚して家庭に入ることだ……）

古い世代の考えがやっぱりあるようだ。弟の公一だってその影響を受けてか、大学生のくせに姉の彼女が早くお嫁に行くことを期待している。

別に新しい型の女性になるつもりはないが、純子は自分の人生が古い柵《しがらみ》や道徳で束縛されるべきではないと考えていた。

（それはパパやママの人生じゃなく、わたくしの人生だもの）

父親はそんな彼女の考えを人生をまだ知らぬ甘ったれたお嬢さんの思いつきだと笑うのだった。

霞が関ビルの出口で洋服屋の橋本と別れた。

これから三つほど店を歩きまわらねばならない。いずれもメンズ・ウエアか、男性用の小ものを売っている店で、顔なじみになっている。そうした店で自分の担当するお客のために新しい品物を見ておくのも仕事のひとつだった。

バス・ストップでバスを待ちながら彼女は自分の小さな手帳を眺めた。手帳にはお客のためにそろえねばならぬものが書きこんである。

藤井さま、ネクタイとカーディガン

内村さま、ゴルフ用長袖《ながそで》スポーツシャツ

「純子さん」

その時、急に声をかけられた。顔をあげると眼の前に中古のプリムスがとまって、見おぼえのある笑顔がこちらを見ていた。

父の会社にいる野口である。野口は父と同じ学校を卒業したため、入社してからも時々、家に遊びに来ていた。

「どこにいらっしゃるんです」

「大手町」

「じゃあ、お乗りなさい。ぼくたちもその方角に行くんですから」

彼は助手席からおりて、自分のシートを純子がはいりやすいように倒してくれた。

野口がきちんとスーツを着ているのに、少しよごれたサファリの上衣をひっかけた運転席の男は純子に無愛想に会釈しただけだった。

「純子さんもお仕事ですか」

「ええ」

「最上さん。こちらはうちの部長のお嬢さんだよ。スタイリストと言う仕事をしている。そうでしょ、純子さん」

たのみもしないのに野口はその無愛想な男に純子の仕事について説明をしはじめた。最上とよばれた相手はハンドルを握ったままその話を聞いていた。別に興味もなさそ

うだ。そして、

「大手町に真っ直ぐ、行けばいいの」

とぶっきら棒に野口にたずねた。

「そうだよ。純子さん、こちらはカメラマンの最上さん。うちの部でも時々、仕事をたのんでいるのです」

申しわけございませんと純子が丁寧に礼を言うと、

「いいえ」

最上は相変わらず前方をむいたまま、愛嬌《あいきょう》のない声で返事をした。

しばらく三人は黙っていた。

「そうだ」

と野口は思いついたように声をあげた。

「最上さん。試作用カレンダーにこの人のも一枚、作ったらどうだろう。純子さん、今日、お仕事がおすみになってから二時間ほど時間はありませんか」

「なんのお話ですの」

「実はね、今、うちの部で素人のお嬢さんを探しているんです」

彼は自分の思いつきに酔ったように正月用カレンダーのアイデアをしゃべった。

「三枚ぐらい試作ポスターを作ってみたいんですが、その一枚に純子さん、出て頂けませんか」

「とんでもない」純子は笑いながら首をふった。「父に叱られます。公私混同を嫌う人ですから」

「でもそれを公表するんじゃないんですから。あくまでサンプル用なんですから。むしろ反対者のお父さんを説得するために、純子さんに出て頂ければ逆にうまくいくような気がします」

「でも、わたくし、こんな服装だし……」

「普通の服装が逆にこちらの狙《ねら》いなんです。あくまでも素人に素人らしくしてもらうのが目的なんだから」

「困るわ、わたくし。こんなんじゃ乗せて頂くんじゃなかったわ」

押し問答をかわして結局、押しきられた形になった。夕方、会社に迎えにきてもらうことになったのである。

大手町でおろしてもらって、三、四軒、店を覗《のぞ》いて新宿西口の会社に戻った。

会社と言っても西口広場に面したマンションの二室を借りている。

「ただ今」

みんな忙しく働いている。ほとんどが同じ大学の先輩後輩で、今までにない仕事のアイデアで作られた会社だから、誰もが張りきっているのだ。

「この会社がやがてコンツェルンになるのもならぬのも全員の腕次第だ」

と社長の伊藤はいつも言う。社長と言ったって大学では純子の七年先輩だ。ビックリ箱からとび出る男とそっくりの顔をしている。専務の本藤だって常務の広石だって伊藤の同級生だ。

「今日、あとで暇がある？」

と隣席の中條英子が声をかけた。

「いいえ。今日は駄目。どうして」

「リヤ王の切符を二枚もらったの」

「リヤ王ってシェイクスピアの」

「そう……ちょっと評判よ」

「折角だけど、今日はまずいんだ……」

純子は夕方まで担当客のあたらしい仕入品の計画表を作った。それぞれの予算に応じて買わねばならぬものを考えるのである。

五時すぎ、マンションの出口をおりると若い青年が、

「石井さんですか。あの最上の代理でお迎えに参りました」

とさっきの古ぼけたプリムスに彼女を乗せた。最上の助手をしている青年だった。

赤坂の乃木坂にちかいスタジオに連れていかれた。スタジオというより普通の洋館の

部屋を改造したもので一部屋、一部屋が貸スタジオになっている。

その二階のがらんとした部屋には既に化粧品をおいた洗面所のセットがくまれ、最上が二人ほどの助手とライティングを整えていた。

「すみませんね」

最上は相変わらず、ぶっきら棒だった。

「野口君は来る筈だったのですが、急用ができて失礼するそうです」

なにか、はめられた感じがした。

「ジュースでも飲みますか。ああ、いらない。そうですか」

最上はニコリともせず、

「じゃあ、そこに立ってください、そう、今、一寸、外出する前で化粧をなおすという感じで……」

はじめはポラロイド・カメラを使って位置のテストをしてから、

「かたいな。自然な風に。……もっと自然なポーズになりませんか」

少しずつ声が荒くなってくる。

「眼線をこちらに向けて、かたい。肩の力をぬいて。駄目だね、それじゃ」

純子は少し腹がたってきた。こちらは女優でも何でもない。嫌だというのに無理に引っ張ってこられたのだ。それを「駄目だね、それじゃ」とは失礼だと思った。

むっとした純子は腹をきめた。よし、それならば照れたりせずに、きちんとやってやろう——そんな気持ちになったのである。

そんな気構えができたせいか、体の力がフッとぬけた時、

「あッ、その調子」

最上はトンボをつかまえた子供のような声をだした。急いで助手からカメラを受けとり、機関銃でも、射つように連続的にシャッターを押した。

「いいですよ。そう。そのポーズで、今度は一寸、腕をくんで、もう少し顔を右にそらせて」

色々なポーズをとらされてから、

「終わり」

最上はカメラを胸にあてたまま嬉しそうな顔をみせた。さっきのぶっきら棒な態度が態度だっただけにその笑顔は子供のように無邪気に思えた。

「お疲れさま。ジュース、飲みますか、いらない。じゃ御苦労さまでした」

あまりのぶっきら棒な言いかたに純子は急に可笑《おか》しくなって、

「ジュース、やっぱり頂きます」

「あ、ジュースね」

最上は自分で廊下に出ていった。廊下にある自動販売機で買ってくるらしい。

「すみません」

あと片づけをしていた助手が純子に頭をさげて、

「気を悪くしないでください。最上さんは仕事の時はのめりこむ性格なので」

「わかっていますわ」

「時々、モデルを怒鳴りつけて相手を怒らすこともあるんです。本当は人物を撮るのは
最上さんの専門じゃないんです。彼は山を撮って賞をもらったカメラマンなんです」

「山を……」

最上がのっそりと戻ってきた。熊《くま》のような歩きかたである。ジュースの缶を三つ、大
きな手で純子と助手とに手わたし、自分も口にあてて一気にのみほした。

「写真をこんな風に撮られるのは初めてですか」

「はい」

「そうでしょう。そうだろうと思いました」

彼は手で口をぬぐって空缶を紙屑籠《かみくずかご》に放りこんだ。

「最上さんも人物を撮るのは馴《な》れていらっしゃらないでしょ」

「そうです」

と最上は不審そうな顔をして、

「どうして、わかります」

「だってこわい声をお出しになるんですもの。びくっとしましたわ」と純子はからかった。

「山をお撮りになる時もあんな声をお出しになりますの」

するとと最上ははにかんだ表情をして、

「出しません」

と呟いた。

「山を撮るのは商売じゃないからです。ぼくが撮りたいから撮るんです。それに山に怒鳴っても山はビクともしません。向こうがその気になるまで何時間も待っているんです。何時間も待って山はほんの数分間だけ、ポーズをとってくれます」

彼は糞真面目な眼で純子を見つめながら、糞真面目な説明をした。

「じゃ、帰りましょう。このスタジオ、六時半までの約束になっていますから」

帰宅してから今日の出来事を母親に話をすると、

「野口さんが？　へえー」

叱られるかと思ったのに、

「お前なんかをモデルにするなんて野口さんも……ほかに娘さんを知らないのね」

意外な返事が返ってきた。母親からその話をきいた父親のほうも、

「あいつ、公私混同をしやがって」

わけのわからぬことを呟いたが別に機嫌を悪くした気配はない。

少しふしぎな気がした。

ひょっとすると、両親は野口と自分との結婚を望んでいるのかしらと、そんな気がふとした。だが野口にたいして純子は特別な感情を抱いたことは一度もない。うちに時々、遊びにくる若い人の一人――それ以上の気持ちはない。

(年ごろになると、色々とややこしいわ)

彼女はややこしいことのひとつを思いだした。

担当客の一人でこの頃、純子にデートを誘ってくる実業家がいる。宗という青年で父親の作った大きな食品会社の社長をしている。勿論、妻子のある人だ。

お客との個人的な交際は自由だが担当客とは必要以上につきあわないというのが純子の気持ちだったが、しかし、

「ダンヒルのコートで洒落たものがみつかったのでね、一緒に見て頂けませんか」

とか、

「伊太利《イタリア》の靴を手に入れたいのだが」

そういう誘いかたをされると仕事と関係してくる以上、断るわけにはいかない。そういうものを一緒に見に行ったあと、食事を共にしたこともある。

今週の土曜、その宗と会うことになっていた。近いうちに欧州《ヨーロッパ》に出かけるので旅行鞄を探してもらいたいと言うのである。待ちあわせの場所は帝国ホテルのなかにある会員制のクラブだった。

宗のことは嫌いではなかった。個人的に交際するのはややこしいとは思うがこの青年社長に会って純子は決して不快な気持ちになったことはなかった。

宗は青年実業家にありがちな横柄なところや、人を人とも思わぬ態度がない。その会社に出かけてもこちらが恐縮するぐらい気をつかってくれる。それが彼女にたいしてだけではなく、秘書の若い女の子にも同じなのにも好感が持てた。

だから一緒に小ものを見てあるいている時、ふっと彼に男性を感ずる一瞬もある。そしてそんな時、(このかたの奥さまはどんなかただろう) と軽い羨望《せんぼう》をまじえた感情が淡雪のように心に起きる。

その土曜日の夕方、日比谷で地下鉄をおりて帝国ホテルに行き、約束の二階の会員制クラブの扉を押した。

グランド・ピアノがひとつおいてあるだけで、あとは雑然とソファの並んだこの広いクラブでは客たちが商談をかわしたり、新聞をよみながら相手のくるのを待っていた。

宗は隅の席でひとりで何か書類を見ていたが、純子をみると軽く片手をあげ、

「呼び出して申しわけありませんでした」

ゴルフ焼けのした顔に微笑をうかべて、

「これから鞄をみたら、石井さん、一寸、時間を頂けませんか」

「なんでしょう」

「実は明日がぼくの子供の誕生日です。プレゼントも見て頂きたいんです」

(奥さまがいらっしゃるのに……)

ふと、ふしぎな疑問が心をかすめた。お子さまへのプレゼントなら御夫婦でお探しになったらよいのに……。

だが彼はそんな純子の疑惑には気づかぬように手に持った書類をうすい鞄に入れて、

「参りましょうか」

とソファから長身の体を起こした。

日比谷から歩いて並木通りに出た。この通りで旅行鞄をそろえている店を二軒ほど純子は知っている。

「この頃はヨーロッパも盗難が多くて、ロンドンの飛行場でも抜きとりが多いそうですの。だから二重鍵の鞄になさいましたら……」

と彼女は宗に奨めた。

形と色とが品のいい伊太利《イタリア》製の鞄が二つあった。

「どちらがいいと思いますか」

宗が純子の顔を窺《うかが》いながら訊《たず》ねると、

「こちらが、よいと思いますわ」

自信のある声を純子は出した。

宗はうなずいて、

「では、これにしましょう」

その鞄をぶらさげ、軽く二、三度、左右にふってみた。

彼の表情には純子の選択にたいする信頼があふれていた。他の客たちには、「そうかな」とか、「それでいいの」と一寸、難色をしめす人がいないわけではない。しかし宗は洋服や身につけるものは勿論のこと、こんな旅行鞄にも彼女の眼をまったく信じてくれる。

素直といえば、あまりに素直なのだが、

（いいのかしら）

この時もかすかな不安が胸をかすめた、自分はたしかに彼の衣服には責任を持ったスタイリストである。

しかし鞄のことなどは妻に相談すべきではないか。

「奥さまにも……」と純子は呟いた。「お気にめすといいんですけれど」

「女房はこういうこと、関心がないんです」

と宗は何でもないように答えた。

「子供のプレゼントも見て頂けますか」

包装した鞄をぶらさげて彼は先にたって店を出た。

「お子さまのものは」と純子は笑いながら、「わたくしにはとても自信ありませんわ。小さな弟や妹がいませんもの」

「男の子のものなら、ぼくが考えますが、娘のものは、わからなくてね」

「それこそ奥さまに御相談なさったほうが、およろしいですわ。どんなものがお好きか一番、御存知でしょうから」

たちどまった宗の眼に一瞬、谷をよぎる雲の影のように暗い色が走った。

「実は……ぼくは妻と別居しています」

純子は息をのんで、

「ごめんなさい」

と顔を赤らめた。聞いてはならぬことを聞いてしまった、と思う。

「子供は今、妻と一緒にいますので……ええ、時々は子供とは会うのですが……男の子と女の子とです」

「ごめんなさい。わたくし、何も存じませんでしたので、不躾《ぶしつけ》なことを申しました」

と純子はあやまった。

「いや、かまいません」

と宗は静かに、

「いつかは、あなたにもお話ししておこうと思いました」

と寂しそうな微笑を頰《ほお》に浮かべた。

「子供のプレゼント、見て頂けますね」

「はい」

二人は並木通りから表通りに出てデパートまで歩いた。

デパートで彼の二人の子供のためにおそろいのスポーツシャツと玩具とを買った。女の子にはチンチンをする犬のおもちゃを、男の子にはミニ・インベーダーをみつけたが、その時、売り子の女の子が純子に、

「奥さま、お子さまはお幾つでございましょうか」

とたずねた。

宗は黙りこみ、純子は顔を赤らめた。

買い物をすませてデパートを出ると日は暮れかかっている。

「つきあって頂いたお礼に食事を一緒にさせてください」

宗に誘われたが、純子は断った。これ以上、深入りするのを警戒する気持ちが心をかすめたからだった。

「そうですか」

がっかりしたような顔をして宗は両手に三つの大きな紙袋をぶらさげ、

「本当に有難う」

と頭をさげた。

タクシーをつかまえるため路に立っている宗のうしろ姿が寂しげである。そのうしろ姿が純子のまぶたから地下鉄に乗ったあとも離れなかった。

どうしてあんな人が奥さまと別居したのだろう。なにが原因だったのだろう。夫婦の関係にはまだ結婚をしていない自分にわからぬような複雑なものがあるのだろうか。

なんだか悲しい気持ちがした。なぜ悲しいのか自分でもわからない。

(生きるって、やっぱり、むずかしいのかなあ……)

大学を出た時はいっぱしに世の中、人間はもうわかったような気がしていたが、こうしてスタイリストとして働きはじめてみると、やっぱり不可解なことが少しずつ出てくる。

家に戻ってみると、今日は珍しく父親が早く帰宅していて、

「少し風邪気味で頭が痛いんだって。あなたが帰ってくれて、よかったわ、御機嫌がわるかったんだから」

母親がそっと囁《ささや》いたが、

「そうお」

「今日は何をしたの」

「別に、いつもの通り」

平生ならば母親にも一日に起こったことを洗いざらい話す純子だったが、なぜか宗のためにデパートまで寄ったことを彼女は黙っていた。

言えば母親はきっと宗について蔑《さげす》んだようなことを一言、口に出すにちがいない。別居する夫婦などは純子の父親や母親に言わせれば、どこか欠陥のある人間なのである。

風邪気味だと言うのに父親は純子の顔をみると上機嫌になり食卓に姿をあらわした。

その食卓で、見合いの話が来ていると母親が言う。

「わたし、いやよ」

純子は自分でもハッとするような強い声をだした。見合いがいやなのではない。ただ今日、妻と別居した宗のうしろ姿を見たことが今日の彼女にそんな声を出させたのである。

そんな娘の心の動きを父や母は何もわかりはしない。

追憶

「ねえ、パパ」

地下鉄のなかで菊次は娘と並んで吊革《つりかわ》にぶらさがっていた。彼は会社に、純子は今日の予定の客と会うために、珍しく今朝は一緒に家を出、一緒にこの地下鉄に乗ったのである。

「今度の縁談、お断りしていいでしょ」

「どうして」

「まだ、結婚なんて実感がないの」

吊革を持ったまま、顔を斜めに向けて純子は甘えるような眼で父親をみた。そのような甘えかたをすると父親が機嫌がよくなることを彼女は子供の時から知っている。何かを買ってもらいたい時、母親を説き伏せたい時、彼女はいつもこのような眼を父にしてみせた。

「実感がないと言ったってお前……」菊次は照れくさそうに、「そんなことをしていたら、生涯、独身だぞ」

「独身でもいいわ、一生、パパのそばにいてあげるもの」

「迷惑だね、お前、結婚する気ないのか」

「そりゃあ、いつかはするけど」

「誰か」と菊次は一瞬、息をのんで、「自分で決めた人が……いるのか」

「いるもんですか」と純子は笑った。「そんな素敵な人って意外とあらわれないのよ。パパ、今頃の若い男は皆、頼り甲斐ないし、女っぽいし」

「そうかな」

彼は半分、満足し、半分、困ったことだと思いながら、また野口のことを甦《よみがえ》らせた。

「ねえ、断っていいでしょ、ママはうるさく言うけど……」

「我儘《わがまま》な奴だな。しかし気が進まぬものは仕方ないだろ」

「ありがと、パパ」

彼はわざと素気ない表情をみせてホームにおりた。それから電車が動きはじめてから、チラッと純子のいる車輛《しゃりょう》に眼をやった。娘は笑顔をこちらに向けていた。

(いつまでも子供だ、しようがない)

彼は娘がいつまでも子供であることが嬉しかった。娘のなかに成熟した女を感じるのは本能的に避けたい気持ちがある。それはたとえば娘の下着が眼にふれたり、湯あがりの姿にぶつかったりした時、思わず視線をそらす気持ちと同じだった。

いつもより上機嫌で彼は地下鉄の出口を出て会社まで歩いたが会社に入ると、むっとした顔になりエレベーターのボタンを押した。

「部長、カレンダーの試作品ができました」

野口はゴムをかけたポスターの筒を机において一礼して自分の席に戻っていった。

老眼鏡を上衣から出してかけ、菊次はそのカラー・ポスターを一枚、机にひろげた。

純子がすました顔をして、会社の製品を手に持って立っている。

「馬鹿な奴だ」

思わず唇がほころびそうになったが、部内全員の視線がひそかに自分に集中しているのを感じて、さりげなく次のポスターに手をのばす。

一人の臈《ろう》たけた年輩の女性が和服を着てこちらを向いていた。菊次は息をのんだ。臈たけた女性には見憶えがあった。その顔は学生時代に忘れようとして忘れることのできなかったものだった。こちらを向いた大きな眼もまた記憶に残っていた。

菊次はそのポスターを食い入るように凝視していた。部屋のなかの部下たちが自分を窺っていることも忘れていた。それから老眼鏡をはずし、ハンカチでレンズをふいて三枚目のポスターに眼をやった。

心を鎮めるように煙草をだして火をつけ、ゆっくりと煙を吐いた。

野口がふたたび席にやってきて、

「いかがでしょうか」

「まあ、いいだろう」

「有難うございます」

引きさがろうとする野口に、

「君、しかし本当のポスターはこれと同じモデルを使うんじゃないだろうね」

「いけませんでしょうか」

「モデルは変えなさい、第一にこっちの年輩の女性はいかん。それに自分の娘を社のポスターに使うのは私の立場上、困る」

菊次はにが笑いをみせて、

「それはそうと、このお年寄りは君が探してきたのかね」

「いいえ、これは泰君の知りあいだそうですが」

「そう」

努めて平静を装って菊次は、

「じゃ、泰君を一寸、よんでくれたまえ」

と命じた。

野口が引きさがり、かわって泰が不安そうな顔であらわれると、

「君、このモデルの奥さんは君の知りあいかね」

「知りあいと言うほどじゃありません。ぼくは松濤《しょうとう》の公園でよく、この人を見るんです。散歩をされているんです、お年は部長と同じくらいですが、とても品があるしお若くみえます。お願いして撮らせて頂きました。お知りあいですか」

「松濤の公園でねえ、いや、なぜこんな年の女性をモデルにしたのかと思ったのだ」

「ええ、色々な年齢の方が当社の商品を使ってくださっていることがわかると思ったんです。もちろん何度も頭をさげて試作以外には使わないとかたく約束をしました。どうか、ぼくの出世を助けてください、とまで言いました」

「そうしたら、承知してくださった？」

「はい」

そういう人だ。あの人はそういう女性だったと菊次は思った。

その日は、仕事が忙しかった。この宣伝部の部屋と開発部の部屋とを行き来して書類をみたり、報告を聞いたりしたが、その合間、合間に三十五、六年前にその人と会った三田の構内や綱町のひっそりとした坂路のことがまぶたに浮かんだ。学生服を着た自分たちとその頃、流行した落下傘スカートをはいた彼女の笑顔が胸に痛いほど甦った。

（もう三十五年前か）

あの頃は三田の校舎は戦災で焼けただれていた。煉瓦《れんが》づくりの図書館の屋根は落ち、その瓦礫《がれき》がまわりに散っていた。大講堂も姿を消し、おまけに進駐軍が校舎の一部を宿舎にしていたから、学生たちはわずかな建物のなかにつめこまれて講義を受けていたのだ。

その学生たちも半分以上が復員をしてきた連中だった。学生服を焼かれた彼等は古びた作業服や兵隊服を着て学校にやってきた。そして授業がすむとアルバイトに駆けずりまわる——そんな時代だった。

校舎の半ばは焼けただれ、休講も多い毎日だったが、それでも菊次たちは戦災の焼け跡を通って大学に通うのが楽しかった。

それはまず、あの戦争に自分たちが奇蹟的に生き残って今、勉強をしているという悦びだった。もう兵隊にとられたり、戦場に行かされたりする不安はない。怯《おび》えながら、絶望の気持ちで召集令を待っていた毎日は終わった。その悦びが戦争で死んだ人たちへの申しわけなさと混じって菊次たち学生の胸にいつも拡がっていた。

自由になれた——この実感はひしひしと小波のように押し寄せてくる。いやな軍事教練はもうない。不快な国策迎合の訓示を聞く必要もない。校庭のベンチや教室の隅で誰はばかることなく友だちとのびのび話し合うことができる。

そうした悦びに別の特別な楽しみがつけ加わった。

それは、それまで女性を入れなかった大学が女子学生たちを入学させたことだった。

菊次たちは戦後の——いや日本での最初の男女共学の大学生だった。

雑草の茂る野原に、点々と赤い花がみえるように、殺風景な校舎や校庭に年頃の娘たちがあらわれた。男女交際などに馴れなかった菊次たちは照れくさい、まぶしい眼でそれを窺った。

満員の国電にゆられ、寿司づめのバスで押され、やっと三田の丘にのぼる。そして教室に入る。とその教室に何人かの女子学生が温和しく腰かけている。

(学校に来て、よかった)

心の底から、そう思う。そのくせ菊次たち大半の学生はそれら女子学生に声ひとつかける勇気もない。ただ遠くから、眼をパチパチさせて眺めているだけだった。

ある日——。

「なあ、ちょっと名案あるんや」

といつも席をならべている大橋という学生に相談をもちかけられた。

「あの女子学生たちにうまく接触する方法を考えたんやけどな」

関西の出身で予科の時から菊次と一緒だった大橋は古ぼけた学生服に草履をひっかけて登校してくる。

戦後という物がない時代だったから、そんな妙な恰好をしても教師もクラス・メートも別にふしぎな顔をしなかった。

菊次は上眼づかいで大橋をみつめた。大橋はおしゃべりで騒々しいのに菊次は比較的、無口なほうである。

「あのな」

大橋は他の学生には見えぬように古ぼけた学生服のポケットから名刺型のカードをとりだした。

「なんだ、それは」

「見てみい。書いてあるやろ。慶応義塾大学女子学生指導委員会、会長、大橋真也と」

「なんのことだ」

「女子学生たちは慶応に入りたてや。わからんことも多いさかい、そういう彼女たちの面倒をみ、相談にのり、指導する委員会を作るのやな。ぼくが会長。君が副会長。この名刺さえあれば女子学生に有難がられながら接触できるやろ」

菊次は黙っていた。大橋はその沈黙を同意と受けとった。

大橋の指図でその日の昼休み、二十枚ほど名刺型の紙に「慶応大学、女子学生指導委員会」という肩書と、自分たちの名を書きこんだ。

心の半分では馬鹿馬鹿しいと思う気持ちと、あとの半分では、ひょっとしたらという期待もあったことは疑いない。でなければこんな愚劣なことを菊次が手伝う筈はなかった。

いずれにしろ、その名刺を持って二人は校舎を出た。昼休みの校庭にはあちら、こちらで学生が寝ころんだり、ベンチに腰をかけていた。演説館のなかから楽器を練習している音がきこえた。

焼けおちた大講堂のそばに三、四人の女子学生がノートをひろげて何か話し合っていた。彼女たちのそばに寄り、狎々《なれなれ》しく声をかけるのは菊次は勿論、あつかましい大橋にも苦しいほどの勇気がいった。二人とも今の若者たちのように気やすく女の子と話をした経験がなかった。

「あのですねえ」

大橋は顔を強張《こわば》らせて彼女たちの前にたった。まるで怒っているようにみえた。

「ぼくら、こういう者ですねん」

女子学生たちは怪訝《けげん》そうな眼で大橋をみあげ、その一人が差しだされた名刺を受けとった。それから彼女は友人にそれを手わたした。

「つまり、ぼくらは君たちに相談というか、指導と言いますか、そういうことをしますねん、そやさかい、何でも相談してください」

大橋は視線をそらせ、うわずった声でその言葉を一気に言った。

「なんの相談ですの」

と女子学生の一人が真顔でたずねた。

「そりゃ、勉強のことや、この慶応について、色々、ありますやろ」

「そんな相談は教務課にいたします」

「しかしやねえ、教務課より学生どうしのほうが気やすう、できるんと、ちがいまっか」

菊次は大橋の背後で恥ずかしさをこらえて立っていた。いつものことながら、この友人の口車にのって愚かなことをした我が身が情けなかった。

「わたしたち、別に相談なんか、いりません」

「はあ」

「結構です」

「さよか」

鳩《はと》が豆鉄砲をくらわされたような顔をして大橋はうしろをふり向いた。

「行こ。あかんわ」

背後で女子学生たちの吹き出す声がきこえた。

「俺はもう嫌だぜ。こんなこと」

菊次は憤然として首をふったが、大橋はまだ自分の案を捨てきれぬらしく、

「もう一回やる。それで、あかんかったら、諦《あきら》めよ」

と言った。

塾監局の建物のかげから女子学生が一人、こちらに姿をみせた。瓜実顔《うりざねがお》の色の白い娘だった。菊次が逃げ腰になって立ちどまると、大橋は彼女に近づき、名刺をふりまわして話しかけた。

彼女は笑いながら首をふったが、その笑いにさっきの女子学生たちのような冷笑や蔑みはなかった。子供の悪戯《いたずら》を笑って見ているような笑いかただった。

「今度もあかん」

すごすごと大橋は引きかえしてきた。

それっきり、その女子学生の姿を見なかった。大橋の馬鹿馬鹿しい案も水泡に帰し、二人はそれ以上、校内の女の子たちに接近する勇気もなくなっていた。

「俺は、いいアルバイトを思いついたんやがね」

一カ月ほどたって、大橋はまた妙な考えを起こして菊次に話をした。

「今度は女子学生のことやない。金儲《かねもう》けや。今、あちこちに靴みがき屋が出ているやろ。俺はその靴みがきを学校の校庭でやろうと思うとる。この前、宮城前でモッコかつぎをして、くたくたに疲れてしもうた。靴みがきなら楽やし、靴墨とブラシとだけで商売ができるのやさかい、元手もいらん。それに大学の校内ならば地まわりが来て、場銭もとりあげん。まるまるこちらの儲けになる」

菊次は遠いものを見るように視線をそらせていた。大橋が次に言おうとしていることを彼は警戒したのである。

「それでやな……」

と大橋は菊次の顔色を窺いながら、

「お前も一緒に靴みがき、やってくれんか」

「俺？」

ほれ、来た、と彼は思った。

「俺は嫌だ」

「たのむよ。友だちやないか。必ず儲かるて」

翌日の放課後、二人は屋根の焼けおちた図書館の前で拾ってきた足おきがわりの煉瓦を前に「塾生靴みがき、一人、二円」と書いたボール紙をマロニエの樹にぶらさげて客を待っていた。

通りすぎる塾生の一人も笑いはしなかった。彼等のほとんどがさまざまなアルバイトをやっていた時代だったからである。

キャバレーのボーイをやる者もいたし、進駐軍の雑役夫になっている者もいた。力に自信のある者は力仕事のアルバイトを見つけていた。

二十分ほどたってから一人の塾生が二人の前に近よって、

「みがいてもらえるでしょうか」

とおずおずと言った。

「うん。やったるで」

大橋は横柄にうなずき、彼のさしだした足を煉瓦の上において靴墨を塗りはじめた。

客の塾生は驚いたような声を出し、

「あッ、ぼくのズボンにも靴墨がついた」

と叫んだ。靴みがきの時は客のズボンを巻きあげておかねば靴墨でよごすこともあるのを大橋も菊次も忘れていたのだった。

二番目の客の場合はもっと悲劇的だった。不幸にしてその客の靴は赤靴だった。大橋はさきほどの客の黒靴をみがいたブラシでその赤靴をこすりはじめた。ブラシはひとつしか買っていなかったのだ。

「あのお……」

気の弱そうなその客は当惑を顔いっぱいにあらわして、

「ぼくの靴が……赤黒くなっていきますが」

「え、赤黒く」

大橋は狼狽《ろうばい》して、

「しもうた。ブラシにさっきの客の黒い靴墨がしみこんどったんや」

うらめしげな眼でその塾生は大橋と菊次との顔をじっとみつめ、呟いた。

「この靴、買ったばかりなのに……」

そんな失敗を次々と重ねて三日、四日となると大橋と菊次との靴みがきもどうやら様になってきた。

三田の塾生たちも同じ大学の仲間が靴みがきまでやって勉強をしていることに同情してくれたのか、次々と姿をみせて金を払っていった。

なかには、

「いえ、同じ学生に靴をみがかすなんて……とてもできません」

自分で二人の靴墨とブラシをかりて靴の手入れをして、代金だけはおいていく男もいた。

二人が腰をおろしている図書館のそばで幼稚舎の小学生が時々、遊んでいたが、

「ぼくたち、こんなことしないでも学校に行けるんだから倖せだなあ」

小声で話し合っているのが聞こえてきて、大橋と菊次は思わず苦笑した。

翌日、その小さな児童たちはフェルトの布をそれぞれ持ってきた。

「あの……このフェルトの布を使うと靴が光るんです」

またある日、三田の学生新聞部の塾生がカメラを肩にぶらさげてあらわれ、

「記事にしたいんですが、写真を撮らせてくれますか」

とたのんできた。二人は靴ブラシと靴墨とを手に持ち、焼け落ちた図書館の前で写真

を撮られた。二週間ほどすると学生新聞に、

「靴みがきの塾生」

という写真が出ていたが、そのなかで大橋も菊次もひどく緊張して立っていた。

一日の収益は三十円ほどあり、それを二人は半分ずつ、わけあった。アルバイトとしては悪い仕事ではない。

「これで俺がどんなに商才にたけとるか、わかったやろ」

得意そうに、嬉しそうに大橋は靴みがきの道具を片づけながら自慢した。

バイトをやって半月ほどたった夕方、二人が煉瓦の上に腰をおろして客を待っていると、四、五人の女子学生が向こうから姿をみせた。

さすがに恥ずかしくて眼をそらせていると、

「あら」

その一人が立ちどまった。いつか女子学生指導委員会の名刺をつきつけた色の白い、瓜実顔の娘だった。

彼女はしばらく二人の姿を面白そうに見ていたが、にこにことして、こちらにやってくると、

「今日は」

と挨拶《あいさつ》をした。

「靴みがきやっている塾生って、あなたたちでしたの」

「そうです」

大橋は真っ赤になってうなずいた。

「わたくし、いつも裏門のほうから学校に来るので気づかなかったわ。お客さん、ありますの」

「忙しうて、困ってまっさ」

「女子学生指導委員会はやめたんですすか」

「誰も入ってくれへんから、諦めましてん」

彼女は声をたてて笑うと、

「さよなら」

と言って遠くで彼女を待っている友だちに加わった。大橋と菊次とは嬉しくてたまらなかった。

その翌日から時折彼女は図書館の前に姿をみせるようになった。姿を見せるだけでなく、大橋と菊次とのために差し入れの果物や手製のお菓子を持ってきてくれた。

山内節子――それが彼女の名だった――美学科の学生だった。

「ぼくもこいつも社会学科ですねん」

と大橋は菊次を指さして答えた。

「文学部のなかで一番、就職につぶしがきくのが社会学科ですさかい。美学科は女の子には向いているけど、男が入ったら社会に出て困るやろうなあ」

するると彼女は声をだして笑った。その笑顔が雨あがりに突然、部屋にさしこんでくる陽の光のようにあかるかった。菊次はその笑顔に次第に心ひかれた。

「芋餡《いもあん》でごめんなさいね。小豆が手に入らないもんだから」

差し入れのお菓子は芋餡を入れた饅頭《まんじゅう》で彼女が自分で作ったものだった。

「助かりまっさ。ほんま言うと、ぼくたち、今日、外食券がなくて昼飯ぬきでしてん」

大橋は両手で饅頭をつかみ口のなかにつめこみ、菊次もあわてて呑みこんだために咽《の》喉《ど》をつまらせた。

「また、差し入れ、持ってきますわ」

節子は笑いながら校舎のほうに姿を消した。大学の放課後からはじまる語学校にも登録していて、英語を勉強しているのだった。

「あの人、なぜ俺たちに好意を持ってくれるのだろう」

と菊次は不審げに大橋にたずねた。彼にはどう見ても見ばえのしない自分たちに彼女が親切にしてくれる理由がわからなかった。

「惚《ほ》れとるのと……ちがうか」

大橋は急に真面目な顔をしてうつむくと、蚊のなくような声で答えた。

「惚れている？　誰に」

「ひょっとすると……俺に」

「まさか」

「いや、わからん」

大橋は真剣だった。

「気をつけて見とると、彼女が俺をみる眼つきが特別な気がするんや」

この男、どこまでお目でたくできているのだろう、と菊次は思った。彼女が大橋のように騒がしく風采《ふうさい》あがらぬ男を好きになる筈はない。

（すると……この俺に気があるんじゃないだろうか）

突然、頭を横切ったこの想像に菊次は狼狽《ろうばい》した。そう言えばあの人はここに来ても自分のほうに顔を向けていたような気がする。そうか。ひょっとすると、そうかも知れない。

言いようのない照れ臭さと悦びとが胸にこみあげてきた。彼は口もとがほころびるのを感じて、それをぐっと抑え、大橋をそっと窺った。

大橋もまた、嬉しさと懸命に闘っている——そんな表情をしている。

（馬鹿が……）と菊次は心のなかで呟いた。（彼女が俺に気があると、こいつは、わかっておらんのだ）

しかし一方、彼はもし自分の想像が事実となった場合、この友がどんなに傷つくかに気がついた。慶応に入学した時から、何かとウマがあい、友人となってきたこの男を裏切るのは彼は辛かった。

（俺……どうしよう）

菊次は黙っていた。

節子の差し入れは水曜日と金曜日に必ずあった。それはその曜日に彼女が放課後も語学の勉強のために学校に残るからだった。

だから、放課後の講義がすむ時間になると大橋も菊次も落ちつきを失い、靴をみがきながら、おのずと視線を校舎の出口のほうに向けていた。

やがて彼女があらわれる。にこにことしてこちらに向かってやってくる。

「どうですの、今日の成績は？」

「まあまあ、でっさ」

ほくほくしながら大橋がほころびたポケットから今日の収入をみせる。

「よかったわねえ」

節子はまるで自分のバイトの儲けのように嬉しそうに微笑する。菊次はいつもそのあどけない笑顔がうつくしいと思った。

「ごめんなさい。今日はこんな差し入れしかないの」

彼女が林檎《りんご》を一つずつ大橋と菊次に手わたす。たった林檎一つでも節子の思いやりが二人には嬉しかった。

「節子さん」

と大橋は菊次より先にその林檎を洋服でこすり一口くらいついて、

「今日はぼくらが奢《おご》りまっさ。いつも差し入れしてもろうとるさかい。三田の通りにサッカリンやない、ほんまの砂糖、使《つこ》うている汁粉屋ができましてん。汁粉、たべに行きませんか」

「悪いわ、そんなの」

「石井かて奢りたい言うてまっさ。なあ、石井」

菊次は別に異存はなかった。二人は急いで靴墨とブラシとを片付け、足おき台がわりの煉瓦を図書館のかげにかくし、遠慮している彼女を連れて、幻の門をおりた。

戦争で一面に焼けた三田の通りにバラックの店が少しずつ並びはじめ、映画のセットのような雰囲気になった。そのバラックの一つに時間をきめて本当の砂糖を使った滝田という汁粉屋ができた。

三人が店に入ると席は満員で、待っているお客もいるほどだった。だが長い間、滅多に口にしたことのない本当の汁粉を食べられるようになったことも、戦争が終わったという実感が大橋や菊次の胸にしみじみとこみあげてくるのだった。

菊次は節子の笑顔が自分に向けられるたびに照れ臭さ、恥ずかしさと共に言いようのない嬉しさを感じた。

(この人はぼくを気に入っている……)

たとえば彼女は大橋にはお茶をつがなかったが、菊次の湯呑みに茶を入れてくれた。無意識でした行為だろうが、その無意識に彼女の自分にたいするひそかな思慕が含まれていると菊次は思った。

(そうだとすると悪いなあ、大橋に)

だがなにも気づかぬ大橋は夢中になって自分を節子に売りこんでいる。

「ぼく、商才があると自信がありますねん。日吉の予科のころ、随分、儲けましたんや。アルバイトで」

(ああ……)と菊次は大橋が可哀想になる。(こいつは何も気づいていない)

菊次はなんとなく辛かった。友人の惚れた娘がもし自分を好いているなら――その矛盾が彼を苦しめた。

「偉いわ。大橋さんや石井さんは――人がやれない靴みがきを堂々とやるような男の人ってわたくし好きだわ」

「それほどでもないんやけど」

大橋はうつむいてニヤッと笑った。そして彼女にわからぬように菊次に素早く言った。

「石井。お前、払《はろ》うとけ」

翌週の水曜日、ふしぎに彼女が姿をみせなかった。足おき台がわりの煉瓦を前にして二人は校舎に顔を向けながら、陽が陰り、塾監局のそばの銀杏《いちよう》が夕靄《ゆうもや》に包まれるまでむなしく待っていた。

「病気やろか」

「そんなことはない。先週は元気だったろ」

「なんぞ、俺たちのこと気に障ったんやろか。汁粉屋でお前、へんなこと言うたんと違うか」

「たえずしゃべっていたのはお前じゃないか」

大橋は不安そうに眼を横にそらし、

「彼女、俺のこと嫌いになったのやろか」

馬鹿め、と菊次は心のなかで舌打ちをした。この男、どこまでおめでたいのだろう。節子さんが自分を好いていると確信してやがる。

だが彼もまた大橋と同じように不安に駆られている。うつむいたまま二人は冷えてきた夕暮れのなかで、それぞれ彼女の心をあれこれと推量し、首をひねった。

金曜日——。

夕方まで、やっぱり彼女はあらわれなかった。肩を寄せあい止まり木にとまる十姉妹《じゅうしまつ》のように大橋と菊次とはたがいに口もきかず校舎の出口ばかり眺めていた。

その出口から恰幅《かっぷく》のいい教授が手さげ鞄をさげて出てきた。経済学部の部長の山内教授だった。

文学部の大橋や菊次には直接の関係はなかったが山内教授の名や姿は知っていた。反マルクス経済学の俊英として若い頃、論陣を張り、三田に山内ありと言われた人である。その後の学問的な業績も学界から次々に認められ、慶応を代表する教授として学生たちから尊敬をされている。

その教授が今、校舎から出て、こちらを向くと微笑しながら二人の方に歩いてくる。

大橋がひきつった声で呟くと、あわてて、ブラシと靴墨の瓶をかくそうとした。こんなアルバイトをしているのを叱られると思ったのである。

「おい、山内先生や」

「君たちかい、有名な靴みがき屋さんは」

意外にも教授は笑いながら立ちどまり、親しげに声をかけた。

「学生新聞で読んだよ。娘から話もきいた。娘は君たちのファンでね、感心しているんだ。ああやって勉強を続けているのは立派だと言っていた」

「はあー」

どぎまぎして二人はペコペコと頭をさげると、

「この間、娘に君たち、自分で稼いだお金で御馳走《ごちそう》してくれたんだってね」

「あッ」

大橋は眼玉が飛び出たように、

「あの人が、先生の……お嬢さん」

「そうだよ」

教授は愉快そうに笑った。

「君たちの後輩になる。よろしくたのむよ。娘は今、風邪で学校を休んでいるが、君たちによろしく伝えてくれと言っていたよ。じゃあ、しっかりやりたまえ、ぼくも今度、靴をみがいてもらうよ」

教授が夕靄の坂路をおり、幻の門から三田の通りに消えたあと、二人は茫然《ぼうぜん》と顔をみあわせた。

「あの人が……」と大橋が呻《うめ》いた。「山内先生のお嬢さん」

あの頃の自分はちょうど純子よりは二つほど年下で、公一よりは大きかった。大学生になったことで、人生や社会についてもう、わかったような慢心を抱いていたが、実は何も知らず、子供っぽかったのだ。

当時の自分を純子や公一にくらべてみるとある点では大人びていたことは確かだが、別の点では世間ずれはしていなかった。

なにより初心《うぶ》だったのは異性にたいしてである。小さい時から男女共学に馴れている純子や公一は異性の友だちにドギマギしたり肩を張ったりはしない。ごく自然に相手を見る眼を持っているようである。

だが、あの頃、自分たち世代は――。

異性というだけで胸がたかなった。話しかけたり、話しかけられるだけで真っ赤になった。大橋も自分もそうだった。

(それがいいことだったか、悪いことだったか)

もしあの大学時代の話をすれば純子や公一は吹きだすだろう。吹きだして、

「パパたちは、どうかしてたんじゃない?」

と、からかってくるにちがいないのだ。

からかわれるのが嫌と言うより、何となく照れ臭くて菊次は当時の自分のことを子供たちには内緒にしていた。父親の威厳を損ずるような話はしないほうがいい。どんな親にだって子供に話せないような青春の恥ずかしい秘密があるのだ。

三田の綱町の細い坂路がまぶたに甦ってくる。そこは空襲で焼けなかったため、ふるい屋敷やふるい洋館や、それらの家のふるい樹木が残っていた。

「そんなこと、わたくしと関係ないわ」

その綱町の坂路を歩きながら節子は苦笑して答えた。大橋が山内先生のお嬢さんやと

知らなかったと悲壮な顔をして言った時である。

「父は父。わたくしは、あなたたちと同じ学生だわ」

「そりゃそうや。しかし、こだわるなあ」

「何に？」

「だってぼくも石井もぐうたら学生やさかい。先生のところには優秀な連中がよく行くんやろ」

「あら、勉強できる人と言う意味？　そりゃ、うちには研究室のかたも学生もよく遊びにいらっしゃるけれど……でも父はどんな塾生でも可愛いと言っているわ。それにわたくし、大橋さんや石井さんは勇気があるといつも父に言っているのよ」

綱町の坂をのぼりきったところで、節子は二人にさよならと言った。山内教授の家はその坂から少しおりたところにあった。

「絶望や」

彼女の姿が消えると大橋は悄然《しょうぜん》とつぶやいた。

「なにが絶望なんだ」

「そやろ。身分ちがいや。俺のようなバイト学生と山内先生のお嬢さんはケタがちがうやんか」

それは俺も同じだと言いかけて菊次は思わず口をつぐんだ。

「俺、勉強するで」突然、大橋は天啓を受けたように叫んだ。「勉強して彼女の恋人にふさわしい男になるんや」

馬鹿が、と菊次は思った。まだ、うぬぼれてやがる。

しかし彼もまた心にちかった。俺こそ勉強する。彼女が認めてくれるような学生になる。

勉強をする。そして山内教授や節子に認められるような男になってみせる。大橋はそう叫び、菊次もまた心中ひそかに期するものがあった。

それもすべて彼女への思慕のなせる業だった。もし節子に抱いた特別の感情がなかったら、それまで怠け者と言う名に相応《ふさわ》しかった二人がこんな気持ちにはならなかったろう。

「その勉強についてやが……」

と大橋がそれから何日かして、また奇妙なアイデアを考え出してきた。

「今更、怠けとった俺たちが急に勉強をしてもはじまらん。要は試験の成績に目ざましい点をとればいいのやがな。それで……俺に名案があるねん」

「名案?」

「そや。しかも金が儲かって試験にええ成績をとるという滅多にないアイデアや」

関西出身の大橋には何をするにも金が儲かることが伴わねばならないらしかった。

「そんな都合のいい話が世のなかにあるもんか」

「それを思いついたんやがな」

大橋はこの名案をまるで人に奪われると思ったのか、鼻をぴくぴくと動かし声をひくめた。

「どや……」

うちあけられたが菊次は首をかしげた。大橋のアイデアはカンニングをするなどという不正な手段ではなかった。不正な手段ではなかったが……。

「そう都合よく、いくか」

「いくがな。やってみよ」

学期試験があと一カ月半に迫ってきたその頃、二人は構内の掲示板に下手糞な字でこんな広告を出した。

「文学部の試験ノートを代わって写します、一冊五円」

その頃は今とちがって教授の講義ノートをコピーして堂々と学生に売るという習慣はなかった。だから平生、バイトで学校に出られない連中は誰かからノートを借りて自力で筆写せねば試験勉強はできない。

当然、五、六人の学生から申し込みがあった。社会学概論、哲学史、美学概論――大橋と菊次とは客の要求のなかから自分たちの試験勉強に適合するものを承諾し、あとは断った。

毎日、同じノートをせっせと筆写する。五冊か六冊を懸命にうつしおわった時、さすがにその内容の大半をほとんど暗記《そらん》じてしまっていた。アルバイトをしながら試験勉強ができたのである。

「どうや」

菊次の下宿に来て肩をならべ、筆写を続けていた大橋は、この時も鼻をぴくぴくとさせて自慢した。

「俺は天才やないか。こういうアイデアを次々と思いつくなんて」

「金儲けだけは、たしかに才能のある男だな」

「俺は今度の試験で続々と優をとるで。そして慶応を卒業したら金を儲けたる。節子さんに存分、ぜいたくもさせるのや」

大橋の天才的な点は、試験が迫るにつれノート写しの値段を五円から七円、七円から八円と次々と値上げしていった点だった。

背に腹のかえられぬ連中がやむをえず、泪《なみだ》をのんでこの値段を支払った。そして菊次と大橋とは自信満々で試験を受けることができた。

試験がはじまった。どうにもならぬ語学だけは別として大橋も菊次も今まで持ったことのない自信で答案を書き、レポートを出した。ぐうたらだった二人にとって、こんな経験ははじめてだった。

答案用紙を埋めながら、菊次はまぶたの裏に節子の笑顔を思いうかべた。おそらく大橋にしても同じだったろう。

最終の試験が終わって大橋と肩をならべて校庭に出た時、

「万歳」

二人は手をあげて叫びたい気持ちだった。校舎からやはり試験を終えた他の学生たちが疲れきった顔でぞろぞろと出てきた。

「バロック様式とロココ様式の比較の問題は一行も書けなかったなあ」

美学科の学生らしい男が溜息《ためいき》をついていた。

「阿呆《あほう》が……」

と大橋はその男をチラッと見て蔑むように言った。

「勉強せんからや。要するに要領が悪いんやなあ。俺とちごうて」

菊次は今日ばかりは大橋の自慢をうなずいて聞くより仕方なかった。この友人のアイデアのお蔭《かげ》で彼もみじめな目をしないですんだことは確かである。

「あっ、節子さん」

大橋は目ざとく校庭に集まっている学生のなかに山内節子をみつけて近よった。

「ぼくらは、うまくいきましたけど。節子さんは」

「あまり自信ないの」

しかし節子はニコニコ笑っていた。それから思いだしたように、

「あの……次の土曜日、父が若いかたをうちにお招きしていますの。試験が終わると、いつも、そうするのよ。大橋さんも石井さんもいらっしゃいません？」

「ぼくたちに」

急な誘いに菊次も大橋もびっくりして、

「そやけど、ぼくら文学部やさかい、場違いとちがいますか」

「そんなこと、同じ慶応の塾生や研究室の人たちですもの」

大橋は嬉しさを嚙《か》み殺したような顔で菊次をみつめ、

「行こか」

と小さな声で言った。

「お待ちしていますわ。じゃ、ね」

彼女はうなずくと片手を一寸あげて女子学生たちの群れに駆けていった。

奔流のような嬉しさが胸に押しよせてきた。試験はうまくいった。その上、節子から招待を受けた。倖せすぎるほど倖せだった。

「ああ」

大橋はそう叫ぶと幻の門に向かって走りだした。

「散髪屋や。散髪。散髪に行こう」

土曜日、二人は散髪をして靴をみがき制服にブラシをかけ、そしておずおずと綱町の坂路をのぼり、山内教授の家をたずねた。戦災からまぬがれたその洋館には灯があかるくともり、窓から笑い声が聞こえた。

胸をどきどきならしてベルを押した。扉をあけてくれたのは意外にも山内教授だった。

「やあ、よく来たね。まだ、皆は集まっていないが節子の婚約者《フィアンセ》の安西君ともう飲みはじめていたところだ。あがりたまえ、試験はうまく、いったかね」

節子に婚約者がいた――。

それは樫《かし》の棒で不意に殴られたような衝撃だった。大橋の顔があの時、白くなったのを菊次は今でも憶えている。

婚約者の安西は三年前に経済学部を卒業した温和しそうな青年で、山内教授が紹介すると、気どらず、親しみをこめた顔で二人に挨拶をした。教授と安西とはそのまま庭球《テニス》のことを話し合っていた。

そのうち次々と客が来た。教授の研究室の助手やゼミナールの学生たちである。そして二人はそのなかで何か場違いな場所に坐《すわ》らされたような恰好で沈黙を続けていた。時折、教授や節子が会話のなかに引きこもうとしてくれたが、とてもそんな気持ちになれなかった。

一時間ほどで山内邸を辞去した。綱町の真っ暗な坂路を二人はだまったまま三田の通りにおりた。通りはひっそりとしてバラック建ての店も灯を消し、どこかの家でラジオの浪花節《なにわぶし》が聞こえていた。

「畜生」

突然、大橋が怒鳴った。

「馬鹿野郎」

菊次も大橋と同じように真っ暗な空にむかって叫びたい衝動にかられた。

「畜生、馬鹿野郎」

二人は田町の駅に向かう、そこだけ焼け残った家々の間をぬけてたがいに畜生、馬鹿野郎と叫びあいながら二匹の野良犬のように歩いた。自分たちがどんなにおめでたく、馬鹿だったか、叫ぶたびに思い知らされる気持ちだった。

田町の駅の前にポツンと暗いアセチレンランプをつけて屋台が出ていた。そのよごれた椅子《いす》に腰をおろし、二人は親爺《おやじ》のさし出したカストリをあおった。

「どうすればいいんや……俺は」

酒くさい息を吐きながら大橋は菊次にたずねた。

「折角、試験でええ成績とったのに」

菊次も同じ思いだった。

「諦めんといかんのか」

「諦めねばいかん。婚約者がいる」

「婚約者がいれば、諦めんといかんのか」

「当然だ。節子さんの倖せを傷つけたらいかん」

大橋はうなだれて、うなずいた。

「安西という人の倖せも傷つけてはいかん」

大橋は突然、腹をたてて怒鳴った。

「勝手なこと言うな。お前には恋の苦しさがわかっとらんのや」

「わかっている」

「なぜや」

菊次の顔をいぶかしげに見て、大橋がやがて気がついたように、

「そうか……お前も好きやったんか」

菊次は黙っていた。その沈黙で大橋はすべてを了解したようだった。

その夜から二カ月、二人は何度も語りあい、罵《ののし》りあい、溜息をつき、そして節子のことを諦めた。婚約者のいる人に思いを寄せてはならぬという倫理観がやっぱり彼等の心にあったからだ。京都に二人で旅をしたのは結婚式の当日だった。

（あの夜は目茶苦茶だった）

五十六歳になった菊次の心にはあの思い出はもう懐かしいと言っていいくらいだ。若い頃の滑稽《こっけい》な追憶でしかなくなっていた。

その時サッチャー首相は

外国に行った宗が絵葉書を送ってくれた。なぜか、エリザベス女王の写真をうつした絵葉書で、

「こちらは毎日、雨です。仕事のほうが捗《はかど》りましたので昨日、暇を見てボンド・ストリートを散歩しました。やはりこのストリートには圧倒的に男ものを売る店が多くあり、あなたが御覧になったらな、と思いました」

純子はその絵葉書をちらっと読んで引き出しにしまった。別に嬉しいとか懐かしいというような特別の感情は起きなかった。

四、五日して今度は仏蘭西《フランス》から、また葉書が来た。ヴェルサイユ宮殿でマリー・アントワネットの居間や私室を特別見学させてもらい、その豪華な調度にびっくりしたと書いてあった。

次の絵葉書はフランクフルトとワルシャワからだった。

「この人は君の担当客かい」社長の伊藤は相変わらずビックリ箱から出た人形のような

顔をして純子をからかった。「君に随分、好意を持っているようだね」

「まさか」あわてて純子はうち消した。「奥さまもお子さまもおありの方ですわ」

「家庭がある男だって恋をすることはありますよ」

するとそばにいた本藤がホッホッと鳩《はと》のなくような声を出して笑った。笑い上戸の心のやさしい上役である。

宗がこうして度々、葉書をくれるのは少し迷惑な気持ちがした。たんなる客以外の感情を持っていない人から必要以上の好意を見せられるのはやはり重荷で負担である。

最後の便りはまた巴里《パリ》からだった。宗はフランクフルト、ワルシャワと廻《まわ》って帰国の飛行機に乗るため巴里に戻ったそうで、今度は絵葉書ではなく、インター・コンチネンタル・ホテルと金文字で印刷された封筒だった。

「十八日のモスクワ経由のエア・フランスで帰国します。到着はおそらく夜八時になるでしょう。あなたのお土産も買いました。お気に召すといいのですが」

宗の絵葉書や手紙には男が恋人に出す狎々《なれなれ》しさはどこにもない。だが知人友人に書いているにしては、どこかに限界を越えた口調があるし、それに煩雑すぎた。

(まいるなあ)

純子は思わず溜息をついた。

宗は会社にとっても自分にとっても大切なお客の一人である。だから、まったく無視すると言うわけにはいかない。これが会社と関係のない相手なら、手紙に書いてある土産など婉曲《えんきょく》に辞退するのだが、しかし、そんな冷たい態度もとれないだろうと純子は思った。だが、もらえば、もらうで彼が自分の好意を受けてくれたと思うにちがいない。その錯覚がまた純子には重荷になるのである。

（これもひとつの社会勉強かしら……）

男と肩を並べて働いている多くの女性はこんな時、どう処理したのだろうか、英国のサッチャー首相は若い頃、同じ悩みを悩まなかったかしら。

（まいったなあ）

頭をかかえて、そう呟くと隣席の中條英子が、何をまちがえたか、

「人間、辛抱だ」

と角力《すもう》の親方の声を真似た。

だが、純子の心には宗の旅行も帰国の日取りも別に深い痕《あと》を残しはしなかった。

それよりも、彼女は芝居好きの中條英子から誘われて観劇した歌舞伎《かぶき》のほうがその週、強く印象に残ったぐらいである。

若い彼女は歌舞伎というと食わず嫌いで何となく敬遠していたのだが、中條英子が偶然、切符を二枚、友人からもらったため、つきあわされたのだった。

幸四郎と松緑《しょうろく》との顔あわせの「加賀鳶《かがとび》」に吉右衛門《きちえもん》の「猩々《しょうじょう》」が出しもので、ふたつとも純子は夢中になって観た。吉右衛門の踊りも楽しかったし、松緑の悪人ぶりも充分に堪能した。

「有難う、歌舞伎って面白いのねえ」

劇場を出て近くのスナックで中條英子と水割りを飲みながら純子は礼を言った。

「お供がわたくしでごめんなさいね」英子は笑って、「宗さんだったら良かったのにね」

宗がたびたびくれた絵葉書のことは彼女も知っていた。

「困るわ。あなたまでそんな事を言って」と純子は怒ったふりをして、「わたくし、お客さまに、そんな気持ちは持てないの」

「そりゃ、わかるけど、お客さまだから恋愛していけない筈ないでしょ」

英子は出身校は違ったが、純子より年上の人妻だった。

「その人、あなたのこと好きなんでしょ」

「奥さまがいらっしゃるのよ、その方」純子は目を丸くして首をふり、「奥さまのいる人などに関心持てないわ」

「そうかなあ。そんなこと恋愛すれば問題なくなると思うけれど」と英子は水割りを一口のんで、「わたくしにはそんな経験ないし、今の主人を愛しているけれど……あなたみたいに若い人が相手に奥さまがいるからと言って、恋ができないのは変だと思うけど」

「でも、ややこしいじゃないの、そんな人と恋愛するのは」

「ややこしいから恋愛が切実になると言うことがあるわ。その人、奥さまとうまくいっていらっしゃるの」

英子の質問に純子は一瞬だまった。それから、ためらい声で、

「今、別居しているとおっしゃってたけど」

「じゃあ、危ないなあ」

「冗談じゃないわ、逆立ちしたってお客さまと仕事以外の関係にはならないつもりよ」

純子はむきになって、そう反駁《はんばく》した。

英子と別れて新宿まで出て、電車の吊革にぶらさがりながら、さきほどの会話を反芻《はんすう》した。

危ないなあ、と英子は冗談を言ったが、宗と自分とが危なくなる可能性がある筈はなかった。

妻子ある人と恋愛をしたり、結婚するなど今日まで考えたことは一度もない。

いずれはお嫁にいくだろうけど、その時は父にも母にも弟にも祝福されるような相手をみつけたかった。

その点、自分は平凡な普通の娘だと純子はいつも思っていた。父や母を悲しませるよ

うなことはしたくない……。

家に戻ると父はまだ帰宅しておらず、弟の公一が茶の間と食堂を兼ねた部屋で頬杖《ほおづえ》をつきながらテレビを見ていた。

台所では母親が息子のために何かを作っている気配がした。大学生の公一は夜の食事だけでは足りず、十時頃になるとラーメンか茶づけを母親に要求するのである。

「歌舞伎、みてきたのよ」

と純子は台所の母親に声をかけた。

「へえ。何をやっていたの」

「加賀鳶」

手をふきながらあらわれた母親は娘時代にみたむかしの吉右衛門がいかに素敵だったかをしゃべりはじめた。公一はつまらなそうに、

「ぼくには苦手だなあ。あの三味線や常磐津《ときわず》はテンポがまどろっこしくて……言葉もむずかしいし……」

「日本のいいものが、こうして忘れられるんだねえ」

と母親は歎いてみせた。

公一の見ていたテレビの洋画に突然、小さな白い文字が流れはじめた。臨時ニュースという字がまず出て、

「何だろう」

三人が注目していると、横書きの文字は次々と流れて、

「巴里発、モスクワ経由の東京行きエア・フランス航空機が行方不明になりました」

そしてその文字が二度くりかえされ、臨時ニュース終わりという字が出て消えた。

「行方不明？　また、ハイジャックか」

母親のつくったラーメンのどんぶりに首をつっこみながら公一が呟いた。

「こわいねえ、まだ、やっているの、あの人たち」

「しばらく鳴りをひそめていたもんな」

純子は画面にうつった今の文字を思いだしながら、

「あッ」

と小声で叫んだ。

「どうしたんだい。驚かすなよ」

「知っている人がその飛行機に乗っているかもしれない」

宗の最後の手紙。巴里のインター・コンチネンタル・ホテルの金文字が印刷された封筒は他の絵葉書と一緒に会社の机の引き出しに放りこんである。しかし、たしかに彼は今日か、明日のモスクワ経由のエア・フランスで帰国すると書いていた。正確な日は思いだせない。

「知っている人って誰だい」

「わたくしのお客さま。担当している人なの。出張でヨーロッパに行ってたの」

「たしかに、今の飛行機に乗っていたのかい」

「手紙にそんなこと、書いていらしたけど……」

「成田まで行かなくちゃ、いけないの」と母親は不安そうに、「大事なお客さまなら」

「まさか。そこまで、しなくてもいいけれど……」

しかし、やはり一寸は気がかりだった。

「次のニュースは何時？」

「十一時だよ」

次のニュースではもっと詳しいことがわかるかもしれない。

いつか、子供へのプレゼントをぶらさげて寂しそうにタクシーに乗った宗のうしろ姿がふと純子のまぶたを横切った。

十時半頃、父親が帰ってきた。

「純子、いいものを見せてやろう」

着がえをすますと菊次は例のポスターを茶の間に持ってきて娘に手渡し、自分はニヤニヤ笑いながら水割りをなめていた。

「あら、嫌だ。わたくし、変な顔しているわ」

最上の撮った試作用ポスターをテーブルに拡げて純子は不満そうに頰をふくらませた。

「実物が実物だから、仕方ねえだろう」

弟にからかわれて、

「でも、これほどお多福じゃないわよ」

「結構、美人に撮れてるさ」

菊次は横から口を入れた。世の父親の常として彼も自分の娘がそう悪い器量ではないと考えていた。時には、ひょっとした瞬間に、

「美しい娘だ」

と思う時さえある。もっとも、そう思いながら彼は自分の親馬鹿に気づいて、ひそかに苦笑するのだった。

純子は横眼でテレビを見ながら十一時のニュースが来ないかと待っていた。

「姉貴。河野って憶えているだろ」

と突然、公一が画面をみながら話しかけてきた。

「憶えているわ。あなたが高校の時、一緒にサッカーをやっていた人でしょ」

「そうさ。あいつ、この俳優に似ていると思わないかい」

「似ている？　似てないわよ。あの人、何をしているの」

「あいつ……あいつ、今、人妻と恋愛しているんだ。悩んでいたよ」

「へえ、河野さんが。そんなロマンチックな面もあったの？」

「ぼく、憬《あこが》れちゃうなあ。人妻と恋愛なんて」

公一が羨《うらや》ましげにそう言うと、急に父親が、

「馬鹿を言うな」

と不快そうな声を出した。

「そんな友人の何が羨ましい」

「でもなんとなくロマンチックじゃないの」

「そういうことはふしだら男がすることだ。その細君も細君だな。夫があるのに学生なんぞを誘惑するなんて。『けじめ』と言うものがない」

「古いなあ、パパは」

公一はまた、いつもの癖がはじまったというような顔をして、

「また、『けじめ』論か。『けじめ』など考えていたら恋愛なぞ、できないよなあ、姉貴」

眼くばせをして素早く椅子から立ちあがり、

「ぼく、勉強しようッと」

急いで茶の間を出ていった。菊次はむっとして、

「あいつ、悪い思想にかぶれている」

「パパ、公一は話として言っただけよ」

父親をなだめながら純子は十一時のニュースに眼をやった。

また品行方正のような顔をしたアナウンサーが机のうしろに腰をかけて、今日のニュースを読みあげた。国会のニュース、引き逃げ事件、火事。そして最後に、

「巴里発、モスクワ経由、東京行きのエア・フランス航空機は一時、消息を絶ち、関係者を憂慮させていましたが、リトアニアのビリニュス飛行場に緊急着陸していることがわかりました。原因は濃霧のためと、レーダーの故障によるものと思われます」

まわってきた紙を読みあげた。

ほっとした気持ちが胸にこみあげてきた。

（よかったわ）

心から素直に純子はそう思った。

帰国したら、その宗がすぐ電話をかけてくることは純子も感じていた。そしてその予感は彼女の心を重くるしいものにさせた。それはやらねばならぬレポートを与えられた大学生時代のあの気持ちによく似ていた。

だが、あのテレビの臨時ニュースがあった夜から二日たっても三日たっても宗からは電話はなかった。

（どうしたんだろう）

ふしぎなもので、今度はそのことが純子の気になりはじめた。予想していたものが裏切られたこともあったが、宗の上に何かがあったのかしら、と思うようになった。

四日目、会社にその宗から電話があって、

「入院しましてね」

「入院？　どうなさったんです」

「いや、何でもないんです。飛行機のなかで膝《ひざ》をうって一寸、怪我をしたのです。もう大丈夫」

宗はむしろ愉快そうに、受話器の奥で声をたてて笑った。

電話を切ったあと、

（見舞いにいこうかしら。どうしようかしら）

と純子は気がかりになった。

たんなるお客なら、花でも送って見舞いに行かないほうがいいだろう。しかし、宗のほうからわざわざ怪我をしたと電話をかけてきた以上、知らぬ顔をするわけにもいかない――。

「どうしたらいいかしら」

と中條英子に相談すると、

「そりゃ行っておあげなさいよ。そんなことにこだわるのは、かえって可笑しいわ」

と言われた。

夕方、宗が入院している病院に出かけた。霞町にちかい「ルコント」という菓子屋でケーキを包ませた。

宗の病室は四階の奥で扉を叩くと、

「はい」

という声が聞こえた。扉をうす目にあけると包帯をまいた足を毛布の上に投げだして宗は経済雑誌を読んでいた。

「いかが……ですか」

「よく来てくれましたね。いや、飛行機が濃霧のためソビエトの小さな軍用飛行場に着陸しましてね。その時、足をぶつけて、一寸、怪我をしただけです。もう心配いりません」

「テレビのニュースに出ておりました」

「そうですってね」

純子は自分が心配したというようなことは一言も言わなかった。話をしながらもあくまで客とスタイリストとの関係を保とうと気をつけた。しばらく話をして、

「早く、よくなってください」

立ちあがろうとすると、扉があいて配膳係《はいぜんがかり》のおばさんが夕食を運んできた。盆の上

にあまりおいしそうには見えぬ食事が載せられていた。

（これを、宗さんは一人で食べるのかしら）

妻と別居していることは既にきいていた。どういう事情があったのかはしらない。

しかし妻や子供から離れた男が病室で一人わびしく、この食事を食べる光景を想像すると純子は悲しかった。自分なら、いかに夫と別れていようと、こんなことはさせないと思った。

食事が終わるまで純子はそのそばに付き添った。それは娘らしい同情に動かされたためである。

「片付けますわ」

純子は盆を両手で持ち、廊下においてある配膳車にのせた。それから病室に戻り、

「じゃあ……」

と自分のハンドバッグを手にして、

「お大事になさいませ」

宗はベッドから微笑しながら、うなずいてみせた。

なにか重い義務を果たしたような気持ちで彼女は駅に向かった。プラットホームの雑踏で電車を待ちながら、今、あの病室で一人ぽつんといる宗の姿を想像した。どういう事情があったのか知らないが、三十歳をすぎた男が妻の看病も受けず病室で、夕暮れが

夜になるのを待っている姿はあわれだった。

（でも、わたくしは彼の恋人でもないんだから……）

と彼女は自分に言いきかせた。

（これで充分だわ）

一週間たったある日、宗の秘書から電話がかかってきた。

「宗にかわります」

やがて当人の明るい声がして退院したことと見舞いの礼を言ってきた。

「よろしゅうございましたわね」

「それで、私の全快祝いに出ていただけないでしょうか」

「全快祝い？　パーティーでも」

宗はそれに返事をせず、日時と場所とを告げた。場所は霞町にちかい仏蘭西料理店だった。

パーティーならばたくさんの人が集まっているのだろう。彼女はそれなら出席してもかまわないような気がした。ただ自分が宗との関係にこんなにこだわるのが重苦しい気がしないでもない。会社の伊藤社長、本藤専務のような男性なら大学時代の先輩ということもあるし、それに間違っても自分に言い寄ってくる相手ではないから気楽に食事ができたり、お茶をのめるのだが、そういう気やすさを宗との交際にみつけられないのがイヤだった。

当日、会社に遅く残って、化粧室で着がえをすませ、タクシーでパーティーのある仏蘭西料理店をさがした。

それは麻布の坂路にそった小さな洋館で、店というより個人の邸宅にみえた。眼にうるむ灯が窓からながれ庭の樹を淡くうかびあがらせていた。

タクシーをおりた純子に、

「石井さまですね」

若いボーイが声をかけた。

「そうです」

「お待ちです」

ボーイにつれられて入ると、レストランは二階屋になっていて、入口ちかいひとつはバー、庭に面したひとつは食事ができるようにテーブルを並べていた。

宗はバーで食前酒を飲みながら夕刊を読んでいた。

「よく、いらっしゃいましたね」

彼は夕刊を横において椅子から立ちあがった。

「わたくし、早く参りましたのかしら」

他に客の姿が一人もいないので不審気にたずねると、

「いや、お客はぼくとあなただけです。この店は今日、ぼくたち以外、他のお客は参りません」

宗は微笑しながら答えた。

「ここはぼくの友人がやっている店なんです。だから特に今夜のような我儘ができたんですが……」

宗は純子の顔色が変わったのに気づいて、すぐ弁解をした。

「要するにぼくはあなたと二人だけで自分の全快祝いをやりたかったものですから……」

それは困ります、と純子は言いたかった。恋人でもない彼にそういう扱いを受けるのはむしろ苦しかった。しかし一見、温和しそうにみえる宗にそんな強引さがあったことを彼女は驚きながら、自分の心がぐっと押されるのを感じた。

「テーブルにつきましょう」

食卓の上には二本の銀の燭台《しょくだい》がおかれていて、その炎が蝶《ちょう》のはばたくようにゆれていた。庭の照明が芝生や大きな樹々の葉を浮かびあがらせているのがひろい硝子窓《ガラスまど》からみえた。

氷に入れたシャンパンをボーイが運び、二人のグラスについだ。

「今度、外国旅行に出かけたのは仕事のためだったのですが」シャンパンを飲みほしたあと、宗は突然、話しはじめた。「もう一つ、自分の気持ちをはっきり、決めたいと思ったからです。妻と別居していることは既にお話ししましたが、今後の自分の生きかたを、きちんと考えたかったのです」

ボーイが魚のスープを運んできた。そのボーイの存在を気にしてか、宗はスープに入れる、クリームを別の小皿にとらせ、

「これをパンにつけて召し上がってごらんなさい。酒のさかなにいいですよ。巴里で教えてもらってきたのです」

そしてそのボーイが葡萄酒《ぶどうしゅ》をついで立ち去ると、さっきの話を続けた。

「ヨーロッパをまわっている間、いろいろと考えました。しかしその考えに結論が出たのは、巴里を発って東京に戻る飛行機のなかでした」

純子はスプーンを口に運びながら宗の話を当惑と苦痛との交じった気持ちで黙って聞いていた。水の流れの方向がわかるように彼女は宗がやがて何を言いだすかが予想できた。その予想にはかすかな期待もないわけではなかったが、しかし、そう期待している自分を認めるのが苦しかった。

「飛行機が北欧からソビエトに入ってひどい霧のなかでモスクワではなく別の飛行場についた時、がらんとした真夜中の待合室で三時間ほど待たされました。その飛行場も深い霧に包まれていて兵隊たちが入口に立っていました。ぼくはその待合室の固いベンチ

に腰かけながら結論を出したのです」

ボーイはスープ皿をさげ、うずらを皿にのせて運んできた。

「うずらはお嫌いですか」

「いいえ」

宗はその結論を口に出すのを少しためらっていた。

「それを言うのは勇気がいりますから、葡萄酒を飲みます」

彼は冗談ではぐらかしながら、葡萄酒を一気にのみほした。

「その結論は自分ながら厚かましいと思われることです。なにしろ一度、結婚して子供も二人ある男が自分の倖せのために出した結論ですから。しかしあなたにうちあけるだけはうちあけたいと思ったのです」

フォークとナイフをおいて純子が眼を伏せたまま自分の話を聞いているのに気づいた宗は、

「ああ、ごめんなさい。どうぞ食事をなさってください」

と促した。

黙ったまま二人は、うずらの肉を口に運んでいた。

クレソンのサラダが出た。デザートはスフレとデミタスの珈琲《コーヒー》だった。

珈琲を飲みながら宗は思い出したようにポケットに手を入れて小さなビロードの箱を

とり出した。

「土産です。お気に入るかどうか、わかりませんが、ぼくが選んだのです」

純子はテーブルに置かれた暗紫色のその箱を眺めたが手を出さなかった。

「見て頂けませんか」

彼女はそれをあけて、そのなかにサファイヤの指輪が入っているのを知った。

「わたくし……」

うつむいたまま、純子は小さな声で言った。

「頂戴《ちょうだい》できません。こんな高価なものを」

「なぜでしょう。あなたのために、折角求めてきたのですが」

「でも……心苦しいんです」

沈黙がしばらく続いた。やがて宗はブランデー・グラスを運んできたボーイがまた立ち去ると、

「今さっき、ぼくが申しあげたことと、この指輪を結びつけていらっしゃるのでしたら……御懸念なくお取りください」

と静かに促した。

「どうぞ」

しかし純子が更に首をふると宗は強い声で、

「じゃあ、はっきりと申します。厚かましい話ですが……ぼくといつか結婚してください」

そう言って、ブランデー・グラスを唇にあてた。

純子はだまっていた。この言葉が食事が終わるまでに宗の口から出ることは始めから承知していたが、いざ、それを聞くと何と返事をしてよいかわからなかった。

「御好意は有難うございます。でも」

それだけをやっと言って次の言葉をさがした。彼の心を傷つけないで断る言葉をさがした。

「でも……わたくし、自信がないのです」

「自信とおっしゃると、ぼくの子供のことですか」

「それもあります。でもそれ以上に宗さんにたいする気持ちに自信がないのです」

「よくわかります。藪《やぶ》から棒にこういう申し込みをしてもイエスとはすぐ、おっしゃらぬことはよく承知していました。それに一度、結婚もして子供もある男です。どんなに御迷惑かはわかっているのです。しかし、ぼくはあなたと一緒に暮らしたいんです」

声は静かだが、その奥底に強さがあった。その声だけでも宗が考えに考えぬいて、この申し込みをしたことはよくわかった。

「今すぐとは申しません。ぼくも妻と近々、ちゃんと離婚します。そして何度も何度もあなたに申し込むつもりです。もし万が一、その気におなりになったら、この指輪を受け取ってくださいますか」

純子はかすかにうなずいた。

宗はもう、それ以上、純子の気持ちを押そうとはしなかった。食事が終わったあと、話題を変えてロンドンで見た服装品の話をしたり、ワルシャワで見物した民族舞踊のことを語った。

それに相づちを打ったり、微笑んだりしながら純子の気持ちは別の事に集中していた。そんな純子の表情が重くなるのに気づくと、

「車を用意させます」

宗はボーイをよんだ。

「お送りしますよ」

「いえ、今日は……一人で帰らせて頂きます。考えてみたいんです」

宗はうなずいて彼女の言うままに一人でハイヤーに乗せてくれた。

車窓にネオンの光が虹《にじ》のように流れていった。六本木を通過した時、純子は、

「ここで、おろしてください」

と運転手にたのんだ。

本当に一人になって考えてみたかったのである。このまま家に戻って両親や弟の前で

何もなかったような顔をして、何もなかったように話題にくわわる気にはなれなかった。

宗が真剣であることは彼女にもわかっていた。もし、彼が子供もおらず、妻のある人でなかったならば、その申し込みは自分にあるいは悦びを与えたかもしれない。それだけに彼女は真剣に彼の申し込みを心のなかで整理してみたかった。

交叉点《こうさてん》から狸穴《まみあな》のほうに向かう路に、彼女は静かな小さなスナックのあるのを知っていた。伊藤社長や本藤専務の行きつけの店で、連れてこられたことがある。白いピアノがあって、時々、女の人がそのピアノで曲をかなでるほかは客たちも静かに酒を飲んでいるような店である。

その店のカウンターの隅にすわって、彼女はチンザノをたのむと頬杖をついて、じっとピアノの曲をきいた。

自分の心をまだ動かさないものは何だろう。

彼に妻子があるからだろうか、いいや、そうではない。

妻子があっても、もしその人が妻ともう愛しあわなくなっていて、自分との間に恋が生まれたならば、腕に飛びこんでもいいと彼女は考える世代に属していた。大切なのは二人の感情であって惰性や形式ではないと思う若い世代の一人だった。

だから、宗が妻と離婚したならば、彼と恋愛をするのは彼女のモラルを傷つけはしなかった。

彼に子供がいるためだろうか。

これはやはりひとつの問題だった。まだ若い自分に自分が生んだのではない子供を押しつけられるのはやはり愉快ではなかった。

その上、父や母が許すまい。それは確かである。父や母は結局は「けじめ」を大切にする戦中派の世代の人間である。自分の娘が妻もあり子もある男性と結ばれたとしたら、どんなに激怒するかわからなかった。

（やっぱり、家族から祝福されながら、お嫁にいきたい）

彼女の心の底でそう思うものがいつもある。父や母の倖せな顔に見まもられ、弟も悦んでくれるような結婚――そんな結婚がしたい。

（お断りしよう）

彼女はそう思った。チンザノを飲んで椅子から立ちあがろうとした時、階段を一人の男がおりてきた。

男は純子をみると言った。

「あれぇ」

会社の伊藤社長だった。ビックリ箱からとび出た男のような顔で、

「なんだ。どうして一人で、この店に来てるんだ」

「一人じゃ、いけません？」

「いけないさ、しかし……」

「考え事をしたかったんです」

大学の先輩で今は自分の上司である伊藤や本藤は純子にとって兄のような相手である。彼女はふっと伊藤に相談したい衝動にかられ、

「今、帰ろうかと思っていたんですけど、社長がいらっしゃったのなら、もう一杯、飲んでいこうかな。お邪魔？」

「邪魔なこと、あるもんか、いいさ。つきあってもらいたいぐらいだよ。しかし浮かぬ顔しているね」

「やっぱり、そうですか」と純子は一度たちあがった椅子に坐りなおし、「悩んでるんです」

「男性のことだろ」

「ええ、まあ。相談にのってくれますか」

「いいよ」

純子は伊藤のビックリ箱から出たような顔が好きだった。多少、神経質なところがあるがちょっぴりロマンチストの面のある点にも好意を持っていた。

「その人はとても良い方なんです。良い方だし、わたくしには勿体《もったい》ないような人なのですけど……結婚を申し込まれても自信がないんです」

宗という名と自分の客だということは言わず純子は大体を伊藤に打ち明けた。打ち明けながら心のなかで、伊藤がやめろ、と言ってくれるのを待った。やめろと言ってくれれば、今の自分の決心は更にきっぱり固まると思った。

「ふうん」水割りのコップを眺めながら伊藤は、「これはぼくの勝手な考えかもしれないが……その人は本気のようだね」

「ええ、そうと思いますけど」

「しかし別居している妻がいる。子供もいる。君は自分がむざむざ、そんな不都合な環境に飛びこみたくないんだろ」

「ええ、そう思いました」

「じゃ、ぼくに相談する必要ないじゃないか。簡単に断ればいい話じゃないか。それなのにわざわざ、ぼくに相談したのは……心のどこか隅でその人に心ひかれている部分ができたんじゃないのかい」

「そんな……」

純子は顔を赤らめた。

「本当かい」伊藤は純子の顔をじっと見て、「じゃあ、断んなさいよ。しかし言っておくけど、もし心ひかれている部分があるなら、その人と結婚しても別に悪くないと思うがね。ぼくの友人でも細君と別れて別の女性と結婚して倖せになっている奴はいくらでもいるから。ただ、問題はその人が何故、奥さんとうまくいかなかったかだ。その原因はよく突きつめた上で結論を出すんだな」

伊藤とはそのあと、二時間ほど話し合ったが、別れてからも記憶に残ったのは「心の隅で宗にひかれている部分ができたんじゃないか」と言われたことである。

少女の時、純子は自分で気づかぬうちに乳房がふくらみはじめたのを知って、びっくりした記憶がある。

それと同じように、たんなる客だと思っていた宗に心ひかれる部分がいつの間にかふくらみつつあるのだろうか。自分では自覚していないのに、そんな気持ちがいつの間にか生まれてきたのだろうか。

宗の飛行機の行方を心配したこと。見舞いにいった夕方、わびしい彼の姿に同情したこと。そして今夜の宗の強引な招待――それらが純子に宗をあらためて客以上の存在として見させたのかもしれなかった。

（いけない。もし、そうなら）

彼女ははじめて危険を感じた。黒い口をあけているクレバスを近くに感じた登山家のように退らねばならない。

その夜、純子は宗にたいして手紙を書いた。自分には自信のないことをはっきりとのべた。

「御好意は有難いとは思いますけど、やはり今まで通りに宗さんのスタイリストとしてだけ、おつきあいさせて頂きたいと存じます」

翌日、出勤の途中、バスの停留所に近いポストにその手紙を入れた。ポストの奥でコトりという、かすかな小さな音が聞こえた。

(これで……終わった)

ほっとした安心感と、しかし、ちょっぴり寂しい何かが心に残った。もちろん、これらの事は父にも母にも黙っていた。

五日ほどたって返事がきた。

「お手紙、拝見しました。あなたのお断りになるお気持ちは充分、わかります。それは始めから予想していたことですから」

しかし、宗は諦めないと、はっきり書いていた。

「予想しながらああいう申し込みをしたのは自分にも覚悟があったからです。考えた末だったからです。私も多少の人生経験はある以上、あらゆる点から、自分とあなたとの幸、不幸を考慮しました。その上で、決心をしたのです」

この時、手紙の一語一語がじりじりと純子の心に迫ってきた。温和しい宗がこうした強い迫り方をするのは本気であり、真剣であるからにちがいなかった。

「私は諦めません。諦める気になれないからです」

家のなかは母は茶の間におり、公一は大学の友人と遊びに出かけていた。静かだった。

「妻との離婚後は子供は妻と生活するようになると思います。正直いってそれは寂しいことですが、子供のためにそのほうがいいような気がします」

もし、そうなれば、わたしには宗さんの子供の面倒をみる必要はない。もしそうなればこの申し込みは一人の独身である男のそれとそう変わりはない。

その気持ちが純子の頭をかすめた時、彼女の心はたしかにぐらついた。

（いけないわ）彼女は自分に言いきかせた。（わたくしはまだ若いんだもの、色々な可能性があるのだもの）

再　会

会議を終えて廊下に出た時、山崎専務の秘書が立っていた。

「部長。一寸、お時間がおありでしょうか。専務がお話ししたいとおっしゃっておられますが」

「すぐ伺うと申しあげてください」

自分の机に書類をおきに戻ると、菊次はすぐに一階上の専務の部屋に行った。

「およびですか」

山崎専務は椅子から体を起こして、硝子の灰皿に煙草を強くもみ消した。

「うん。会議はもう終わったのかね」

「御報告にあがろうと思っていましたがね。開発部ではやはりクロードを今年中に出したいのですが……」

「いや、そのことで、君に来てもらったのさ」

クロードとは今度、開発部と附属研究所で作りだした新しい化粧品の名だった。研究所ではこの一年、たとえばゲランのように抑えてあっさりとした香料の開発にとりくんでいたが、やっと自信のあるものを見つけたのである。

「販売チェーンで難色をしめしてね」

「林君がですか」

「うん。彼はクロードは若向きじゃないと言うんだ。つまり匂《にお》いがあまりに淡白で、上品は上品だが中年向きすぎると考えているんだがね」

「専務」

菊次は、林部長の陽にやけた顔を思いだしながら、

「しかし、たとえば米国のプレジャーみたいな匂いの強い男性化粧品は若い世代の間でも次第に人気がなくなっているんです」

「林君はそれは米国での話で、日本じゃまだまだ当分はどぎついものが売れると言うんだ」

「私は……そうは思いませんね。特に男性化粧品は季節に関係があります。日本のような湿気の多い国ではかえって、さらりとしたものをつけるのが客の心理だと存じますが……」

「販売チェーンでは兎《と》に角《かく》、二の足を踏んでいる。今度の共同会議の時、林君は反対意見を出すだろう。それをあらかじめ君に教えておこうと思ってね」

「有難うございました」

礼を言って菊次は専務の部屋を出た。

販売チェーンと開発部との意見はこの頃、ことごとに、対立する。それはたんに新製品にたいする林と菊次との考えの違いのためだけではなく、この二年、つづいている社長派と専務派との眼にみえない争いの反映でもあった。

専務は研究所から開発部を経た経歴を持っている。社長は営業部門の出身だ。したがっておのずと両者の間にはいいものを出そうとする気持ちと売れねば駄目だという考えとの開きができてきた。

菊次は宣伝部と開発部とに責任を持っているため、どうしても「いいものを出そう」という専務の主張に賛成した。しかしそのために林部長との間に無用な軋轢《あつれき》をつくるのは嫌だった。

「反対のために反対されるのは、ごめんだ」

廊下を歩きながら彼は舌打ちをした。

夕方、会社を出たあと、午後からの気持ちが晴れないので「重よし」で酒を飲んで帰ろうと思った。山崎専務に言われたことは半日、もつれた凧《たこ》のように心にひっかかっている。

菊次は性格的に「売らんかな」商法がいやだった。勿論、会社であり利益をあげるのが目的である以上、売ることは第一の目的だが、しかし製品はそれだけに吟味されねばならなかった。上質でなければならなかった。

だが販売チェーンはそうは考えていない。販売チェーンは上質のものより、趣味のひくい客に迎合するものでも多量に売れればいいと考えている。そのために香料よりもそれを入れる容器や瓶の形で客をひこうとする。販売チェーンの林部長と菊次とがいつも意見が対立するのはその点にあった。

「化粧品はまたアクセサリーであり、装飾品だ」

というのが林部長の考えであり、菊次は容器や瓶よりも中身が上質であることが会社の信用になると主張した。化粧品というのは人間だけが使う芸術であり、匂いとか香りは音楽の音や絵の色と同じように文化の手段でありうるという気持ちが菊次の信念になっていた。それは文学部出身である菊次の当然の考えでもあった。

(早く京都で悠々自適の生活を送りたい)

近頃、会社で嫌なことがあると、すぐそう考えるようになった。

「関西に来い。お前とかみさんの面倒ぐらい、俺がみたるで」

と大橋がたびたび、そう言ってくれている。学生時代からの親友であるこの友人は今大阪でかなりの広告会社を作っていた。

だが菊次にはまだ現在の仕事には愛着があった。その上、娘も息子もまだ一人前ではない。純子がかたづき、公一がせめて就職するまでは東京で働いていたい。

「重よし」は表参道の駅寄りにあり、マンションの一階にあった。この店にはほとんど毎日のように食事にくる常連がいて、その人たちの半分は上のマンションに住んでいた。いずれも食べものにうるさい人たちらしく、したがって店が出すものはすべて吟味されていた。目だたないが東京では本当においしい店のひとつだと菊次はいつも思っていた。

混んでいた。菊次は隅の椅子に腰をかけて水割りを一杯、飲んだ。隣には洒落た服装をしている二人の女性が食事をしていて、

「関西の人って、どうして、はもが好きなのかしら。うちの伯母なんて、死ぬ前にははもだけは思いきり食べたいと言っているわ」

「ふしぎね。東京生まれには、それほどまでにおいしいとは思わないけど……」

いずれも人妻らしく、話題は自分たちの子供の話にうつっていった。共にある私立の有名小学校にわが子を入れたいらしかった。

「でも、うちなんか夫と別居しているでしょ。やっぱりこんな時、都合がわるくて」

とその一人が困ったように言った。

「だから今日、母に相談にいってまた叱られたの。安西家の人間だと思うなって」

「お母さまって優しそうで、きびしいのね」

安西という名が菊次の注意をひいた。それは山内節子が嫁いだ家の名だったからであ

る。

安西という名前を耳にした瞬間から菊次はその若い人妻をそっと窺った。浅黒くやけて眼の大きな、どちらかと言えば現代的な美人だが、あの山内節子の顔には似てはいない。

（やはり、彼女の娘ではないのだろう）

そう思った時、また二人の会話が聞こえてきた。

「でもお宅のお母さまは慶応でしょ。お祖父さまも慶応の先生だったのでしょ。だから心配はいらないわ」

「そんなの駄目。そんな情実はあの学校はみとめないの」

うつむいて、杯を手に持ったまま菊次は一種の感動に似た感情を味わっていた。世のなかは広いようで狭かった。そして縁というものはふしぎなものだった。この間、部下が作ったポスター見本にあの人の姿がうつっていた。そしてそれから日も浅いのに、彼女の娘と偶然、隣り合わせに坐っている。

「出ましょうか。今日のお勘定、わたくしにもたせてね」

「悪いわね。御馳走さまでした」

二人は化粧をなおすと主人に二言、三言話しかけ店を出ていった。

「今のお客さま、時々、お見えになるのかね」

板前の一人に彼はさりげなくたずねた。

「おいでになりますよ、宗さんでしょう。御実家のほうにも御贔屓《ごひいき》にして頂いております」

「御実家というと安西さん？」

「えっ、御存知ですか」

「いや、まあ」菊次は言葉を濁して、「御実家はお近くかい」

「深町の交叉点のそばです。料亭の『初波奈』のある通りです」

もし、自分がたずねていったら、節子はどんな顔をするだろうかと菊次は思った。学生時代に靴磨きをしていたあの二人の塾生を彼女はまだ憶えているだろうか。

あれから三十年をこえた歳月がたった。むかしぐうたらだった彼も大橋もどうにか社会で働いている。そして清楚《せいそ》だったあの女子学生にも同じ三十年の歳月が流れた。

会って久闊《きゅうかつ》を叙したいと言う気持ちが菊次の胸に烈《はげ》しく起こった。今はもう、もちろん昔に抱いたような気持ちは失せている。こちらも妻子ある年輩の男であり、向こうもちゃんとした家庭の妻である。菊次は自分の分を知っていたし、ただ昔話をかわしたいだけだった。

（馬鹿な……。今更、たずねていけるか）

と彼は苦笑しながら水割りをのみほした。

店を出て原宿の駅まで歩こうとして、彼はふと彼女の家の前を通ってみようかと考えた。

手をあげてタクシーをひろった。

「深町交叉点の『初波奈』のある路を通って上通りに出てくれ」

その料亭は庭の桜の花が有名で菊次も一、二度、利用したことがある。

車は代々木公園にそった広い路を走り、やがて細い坂路をのぼった。菊次は白っぽい洋館の門に安西と書いた灯がともっているのを車の窓から見つけた。

(あの人は今、ここに住んでいるのか)

感慨が胸をしめつけた。

役員会議が開かれた。

楕円形のテーブルを囲んで高山社長、山崎専務、秋常務、金田常務、それに取締役兼部長の菊次と林が腰をかけた。

秘密会議なので他の社員は顔をみせず、ただ社長秘書の奥川がテーブルに資料をくばり飲み物を運んだ。議題はもちろん開発部が研究してきたクロードを新製品にするかどうかの問題だった。

最初の報告は開発部長として菊次が行った。彼はこの香料を使った男性化粧品が他社にはないこと、そして色々な面からみて仏蘭西《フランス》のものに決して劣らないことを強調した。

見本の瓶が各役員にまわされ、その匂いを一人一人が嗅《か》いだのち、菊次の手もとに戻った。

「これはゲランよりいいかもしれん」

秋常務が瓶を嗅いだ時、菊次をみて、うなずいてくれた。

「上品だし、嫌味もない。ゲランより一オンスどのくらい安く出来るかね」

菊次は資料の二枚目を読みあげ、原価コストを説明すると秋常務は、

「じゃあ輸入品の三分の二の値段で売れるじゃないか」

その時、林部長が異議をはさんだ。

「販売チェーンの観点から言いますと、その値段ではわが社の客にはあまりに高すぎます」

「しかし中高年ならその値では手を出すんじゃないかね」

「中高年の客と若い客とがわが社の製品をどのくらいの比率で買っているでしょう。四、六の比率です。四のために六を無視することは販売チェーンとしてはできません」

林部長はそう言いながら時々、高山社長のほうへチラッと視線を走らせた。それは彼が社長の同意をひそかに求めているためだった。

高山社長は七年前、就任すると自社の製品を若い客向きに変え、会社の営業不振を救

っている。以来、この会社は若い男女むけのデザインを瓶や箱にほどこし、その世代むきの値段で新製品を作ってきた。

だが開発部ではこの一年、菊次の考えもあって本当に上質の香水やコロンをやはり会社の製品にすべきではないかという反省が生まれてきた。

「君、香料は芸術なんだ。文化だぞ」

菊次は事あるごとに若い連中に自分の考えを吹きこんだ。香料を作ることに誇りを持てと言いたかったのである。だがその考えはどうしても社長の現在の方針にふれることであり、販売チェーンの林部長の考えに対立するものでもあった。林はその点を今、暗黙のうちに高山社長に訴えているのである。

「だがねえ、君」

山崎専務と共に菊次を応援してくれる秋常務はやんわりと、

「わが社も多少は高いが水準の高いものを持ってもいい時機じゃないかね」

と林部長に皮肉を言った。

黙りこんだ林部長には金田常務が味方になった。

社長も専務も沈黙したまま双方のやりとりを聞いている。彼らはそれぞれの派閥の前《ぜん》哨戦《しょうせん》をいろいろな思惑を胸にひめて眺めているようだった。

それはどこの会社にもある派閥の争いだった。だが菊次にとって、それはたんなる派閥の問題だけではなかった。

五十六歳になった彼は戦後、次第に自分たちの心に何かが失われていったことを何時も感じていた。それは一言でいえば「けじめ」ということだった。

すべてのことに「けじめ」がなくなっている。むかしの日本人が教育のあるなしにかかわらず持っていた人間の「けじめ」である。

会社の製品を売らんがために若向きにするのはいい。しかし売らんがためだけにその質を低下させることは「けじめ」をなくすことだ。そう菊次は思う。むかしの職人や職工はいいものを作ることに労働の悦びを持っていた。いいものを作ることを忘れ、よく売れるために手段を選ばぬのはたとえ利益をあげる会社であっても「けじめ」のないことだ。これではいわゆる「利の動物」――エコノミック・アニマルといわれても仕方がない、仕事に誇りと威厳と信頼感がなくなってしまう。

それが菊次の考えだった。

会社だけではない。この間、息子の公一が人妻と恋愛をしている学友の話をした時、

「『けじめ』がない」

と腹をたてたのも同じ気持ちからだった。どんなにその女性が恋しくても相手が人妻であれば抑えようと努力するのが「けじめ」だと菊次は思う。抑えて、しかもやむをえずその人妻と恋愛をするなら、それ相応の制裁や罰を覚悟するのがむかしの日本人だっ

た。

それが今はまるで人妻との恋愛を得意になって吹聴し、それを公一のように憬れる若者が随分といる。「けじめ」がなくなってしまったのだ。菊次にはその点が不快であり、腹だたしかった。

だが――。

「けじめ」などを持ちだす彼を純子も公一も古いという。むかしの人間の考えだと笑う。今の世のなかでは通用しないと反対する。娘や息子だけではない。会社の若い連中にも「けじめ」をしゃべる菊次をキョトンとして聞いている者がいる。まるで遠い国の風俗をみているような眼つきをする者もいる。

役員会議に出席している金田常務や社長がこの「けじめ」をどう考えているか、菊次にはわからない。しかし彼にはその点で社長派にはついてゆけない気持ちが胸にいつも、つきまとってきた。と言って山崎専務や秋常務に菊次はまったく追従しているのでもなかった。

なぜならこの二人は菊次のような考えかたよりは、むしろ社長に対立するために彼を応援している面もあるからだった。

会議は一時間ほど続いた。最後まで口を開かなかった山崎専務が、

「社長のお考えをおきかせください」

と促した。最終的な責任を回避するためである。もし自分が専務として断をくだせば、このクロードが不振だった際、それ見たことかと言われるからであろう。

眼をつぶっていた社長はかすかにうなずいて、

「うん。秋君や石井君の考えは一面もっともだ。私としても……クロードを売りだすために一応、準備してもかまわぬと思う」

驚いた菊次は円卓の向こう側にいる林部長の顔色が変わったのに気がついた。

林部長としては社長がこういう断をくだすとは予想もしていなかったのであろう。

しかし、それは菊次も同じであり、山崎専務も秋常務も同様だったのである。専務は菊次に視線を走らせ、意外だという表情をみせた。

「山崎君は反対じゃないだろうね」

突然、高山社長は磊落《らいらく》を装った笑顔を専務に向けた。質問は唐突であり、唐突であったから一種の気合があった。その気合に山崎専務は考える暇もなく、

「ええ。私としても異存ございません」

「じゃあ、クロードの売り出しは君が石井君を監督しながらやってくれたまえ」

そう言うと笑顔を崩さず、

「これで決まったと。ぼくは客が待っているから失敬するよ」

と言って椅子から立ちあがった。

社長が姿を消すと部屋のなかに白けた沈黙が続いた。

不機嫌な表情をみせたまま山崎専務は机の上の資料をつかみ、秋常務に眼くばせをした。

会議は終わった。菊次は開発部に戻り、資料を引き出しに入れて鍵をしめた。極秘の資料はたとえ同じ社の者でも開発部以外の者は発表まで見てはならなかったからである。

（老獪《ろうかい》な方だ）

鍵をしめながら菊次は会議なれした社長の今の発言のうまさに今更のように感心をした。

一応、クロードに賛意をみせる。そして間髪を入れず、その実際的な責任を自分の対立者である山崎専務に押しつける。

そうすればクロードが成功した場合は自分の功績にでき、失敗すれば専務の失策だと言える。社長の発言にはそういう狙いがあった。

もちろん、その狙いを専務は気づいたにちがいない。社長の笑顔と気合に乗せられたおのれの迂闊《うかつ》を今ごろ口惜しがっているだろう。そしてその対策を今夜でも秋常務とうちあわせるだろう。

こんな会社にもこんな術策の渦がある。それを思うと菊次は何とも言えぬ悲哀を感じた。そしてあの清滝の小さな家に早く隠退したい気持ちが胸にこみあげてくる。

「阿呆、また文学青年みたいな考えを起こしよって」

そんな時、大阪にいる大橋に自分の愚痴をこぼすと、いつもそう笑われた。しかし、学生時代の大橋も菊次もまだ、こういう風に汚れた世界にいなかった。つくづく、あの頃が懐かしいと思う。

開発部の部下たちは会議の結果を知ると歓声をあげた。長い間、研究所で苦労して実験を続けてきた者は特に嬉しそうだった。

「もちろん、君たちは承知しているだろうが」

と菊次はうかれている彼等に釘をさした。

「クロードのことはおくびにも他の部の者に洩らしてはならん。いずれは宣伝部でも協力するが、私がいいと言うまでは宣伝部の連中にも黙っていてほしい。まして社外でこの話はいっさい厳禁だ」

「わかっています」

開発部の連中は大きくうなずいた。

忙しい日が毎日、続いた。クロードの売り出しが決まると販売チェーン部と開発部とは合同でその売りかたについて協議を重ねた。そしてその容器やクロードという文字の案が何回も検討されてから、はじめて宣伝部にこの新製品の販売を教えた。

「パパ」

純子がある朝、洗面所で声をかけてきた。

「今日、夕方、原宿のほうに用があるんですけど、一緒に帰らない？」

「いいよ」

菊次は上機嫌でうなずいた。娘からこう誘われるということは滅多になかっただけに、やはり父親として悪い気持ちはしない。

「じゃあ、原宿の『ティファニー』という店でお待ちしているわ」

「『ティファニー』？　喫茶店か。喫茶店はどうも苦手だな」

しかし結局、落ち合うことにした。

夕方になって帰り支度をしていると野口が、

「部長。なにか、いいことがあるんですか」

「いや、別に。どうしてだね」

「口笛など吹いておられるもんですから」

「女の子に会うのさ。私だって、たまにはデイトぐらいするよ」

鳩が豆鉄砲をくらったような顔をしている野口を残して会社を出た。

「ティファニー」は表参道にそった店で、硝子戸からなかを覗くと純子はもう席について珈琲《コーヒー》を飲んでいた。

「疲れた顔しているわね」

「ああ。このところ忙しくてね。パパも年だな……そんなことより、お前、なにか話があったんじゃないのか」

純子の顔色が一寸かわったが、急に微笑をつくって、

「別に。なぜ、そんなことをきくの」

「いや。そんな気がしたからさ」

彼は娘を「重よし」に連れていきたい気持ちになった。娘と二人っきりで酒を飲む。悪い思いつきじゃなかった。

「一寸、つきあわんか。夕方に珈琲ではどうもいかん」

彼が杯を持つ真似をしてみせると、

「駄目ねえ。うちに戻って飲めばいいのに」

「ママみたいなことを言うな。つきあいなさい」

伝票を持って彼は娘の珈琲代を払ってやり、暮色のつつみはじめた表参道を青山に向かって歩きはじめた。

純子や公一と同じぐらいの若い男女が両側の歩道をただ、ぶらぶらと歩いている。路にはアクセサリーを並べた露店が出て長髪の青年が立っている。

菊次は笑いながら娘に話しかけて、ふと向こうから二人の女性が路をのぼってくるのに眼をやった。

一人はいつか「重よし」で会った若い人妻だった。もう一人は和服を着た品のいい年輩の女性だった。

節子だった。

「どうしたの、パパ」

ふいに足をとめた父親を純子は怪訝そうに見あげた。節子とその娘とは今、「重よし」に入ろうとしている。

「どうしたのよ」

「いや……」

純子の眼にも父親がなぜか狼狽しているのがはっきりとわかった。

狼狽した父親は娘の腕を強くとると二人の女性が姿を消した「重よし」の前を足早に通りすぎ、表参道の交叉点まで連れていった。

「パパ、一体、何があったのよ」

「何でもない」

菊次は苦笑して首をふった。

「兎に角、休もう」

彼は交叉点をわたったところに小さなスナックのあることを知っていた。彼自身はあまり行かないが、宣伝部や開発部の若い連中に、二、三度、誘われたことがある。

そのスナックで自分の部下が来ていないことを確かめてから、彼は水割りをボーイに注文した。

「きっと、何かあったんだわ。今の女の人を知っているの、パパ」

妻と同じように疑いぶかい眼で娘は菊次をみつめた。

(ああ、こいつが嫁にいったら)

と菊次はふと思った。

(亭主をこういう眼をして、とっちめるんだろうな)

「そうさ、むかし、知っていた人だったんだ」

菊次は娘に何もかも話をしていい気持ちになっていた。第一、話をしたって別に悪いようなことではない。もう三十年以上も前の思い出なのである。

「むかしって、何時?」

「パパが大学生の時だ。大橋のおじさんとね……」

水割りをなめ菊次はニヤニヤと笑いながら自分たちの失恋を娘に語った。

純子は別に驚く様子もなく、時々、吹きだしては、

「パパたちって幼稚だったのねえ。子供みたいじゃないの」

と溜息をついた。

「むかしの大学生って、男女のことでは意外とすれてなかったのね」

「しかし、そのほかでは大人だったよ」

「どうかしら。わたくしたちと全然、考えがちがうわ。婚約者がいるから諦めるなんて、随分おかしいと思うけどなあ」

菊次は真顔になって、

「人間には『けじめ』と言うものがある。婚約者のいる人に横恋慕するようなことは、してはならぬとパパたちは思った」

「大橋のおじさんも」

「そうさ」

「信じられないわ。でも純子たちの世代だったら相手に婚約者がいても、その人が本当に好きなら奪うほうが正しいと思うけれど……」

純子はむきになって自分の考えを主張した。

「それは……今の若い連中に『けじめ』がなくなったからだ。『けじめ』を破ることを勇気だの、男らしいと思っているからだ。そんなもの勇気でも男らしくもないぞ」

「じゃあ、何が勇気なの」

「自分を抑えることさ。けじめの前で自分を抑えることのほうが男らしいのさ」

菊次はきびしい声で答えた。それは彼には会社の若い者にも言いたい言葉だった。

「パパのおっしゃること、わかるけど」純子はふしぎそうに、「でも何故、さっき、その方に声をおかけにならなかったの、向こうの方だって、きっとお悦びになったでしょうに」

「うん、声をかけようとは思ったんだがね」菊次はさすがに照れ臭そうな顔をして、

「できなかったのさ」

「なぜ」

「向こうだって、忘れているだろう。それに御迷惑だろう」

「そんなこと、あるもんですか。わたくしたちの世代だったら、きっと声をかけあったと思うわ、昔の友だちでしょ」

「そりゃ、そうだが……」

「ねえ、パパ。今からその店に行って、一寸、今日はを言っていらっしゃいよ」

「馬鹿な」

菊次はニヤニヤと笑って首をふった。

しかし純子が何度も勧めると、

「そうかな。じゃあ、声をかけてみようか」

と満更でもない顔で椅子から立ちあがり、

「おい、母さんには内証だぞ」

「わかってるわ。わたくしもそれほど馬鹿じゃありません」

スナックを出て、さっき来た路をもう一度ひきかえし、「重よし」の前までくると、

「やっぱり、よそう」

尻《しり》ごみをする父親の肩を純子は押して、

「駄目」

と強く言った。

胸の鼓動を抑えながら菊次は「重よし」の戸をあけた。店内は客がこんでいて若い板前が忙しげに働いている。

「いらっしゃい」

大声をかけられて、ふらふらと二、三歩なかに入り、菊次はテーブルに腰をかけた二人の女性にちらっと眼をやった。彼女たちは箸を動かしながら何かを話していた。

「満員だね」

「すみません。一寸、たてこんでいますが、今、席を作ります」

その時、節子が何げなく、こちらをふりかえった。ふりかえった彼女の顔にはあの女子学生時代の面影は残ってはいたが、しかしすべて落ちついた臈たけた姿に変わっていた。

（ああ）

胸を鋭い針で刺されたような痛みが走った。三田の焼けた図書館、教室の匂い、午後

の校庭の日ざし。それら昔のものが菊次の頭を走馬灯のように横切る。しかし節子は入口ちかくに茫然と立っている男が昔の学友だとはまったく気づかなかった。長い歳月がこの男の容貌《ようぼう》に生活の埃《ほこり》、人生の泥をつけていたからである。彼女はそのまま娘と食事をつづけながら何か話し込んでいた。

「いや……」

菊次は寂しさを噛みしめながら板前に答えた。

「また出なおしてくるよ」

哀しかった。しかし、それは仕方のないことだった。娘が歩道で影のように父親を待っていた。

「どうだったの」

「駄目さ。忘れておられるようだ」

やはり行くんじゃなかった――後悔と恥ずかしさを味わいながら、しかし菊次は照れた笑いを顔に浮かべた。

道ならぬ

（父や母になぜ言えないんだろう）

純子は宗のことを考えるたび、いつもうしろめたさを感じた。

宗から結婚を申し込まれた事、断っても彼が諦めぬと言っていること——そんな経過を彼女はまだ両親にしゃべっていない。

いや、経過だけでなく宗という人のことも一度も家庭で口に出してはいない。

父や母に心配をかけたくないためか。妻子ある男から接近されたというだけで、父親が激怒し、母親が小言を言うのは純子にはわかっていた。

無用なことで両親を不安にさせたくない。

そんな配慮から黙っているのだろうか、それとも彼女自身の心のなかに自分が良くないことをしているという気持ちがあって、それが父にも母にも秘密にさせているのだろうか。

そこが純子自身にもよくわからなかった。

宗から三通、手紙がきた。会社宛《あて》である。しかし返事は出していないが、純子の心には次の手紙をひそかに待つような気持ちが少しずつ生まれてきた。

書いてある内容はあからさまな愛情の告白である。

「ぼくはあなたに我が身をかえりみぬ申し込みをしました。あなたがぼくのように一度、結婚し、失敗した男を相手にされぬ御気持ちはよくわかります。まして子供もある身です。まだ若いあなたに子供の母親になってくれとは申しませんが、法律的には母になって頂くことをお願いしているのです。

それがどんなに厚かましいか、よく承知しています。しかし、その分だけ、ぼくはあなたを倖せにしたいと毎日、考えているのです」

そのような手紙をもし他の人間から受け取ったならば、不快感がきっとこみあげてきただろう。

しかし――。

不快ではなかった。不快ではなくなってきた。しびれるような陶酔は感じなかったが、自分の心が少しずつ押されるような気がした。

そのたびごとに不安になった。こわかった。うっかりして、このまま宗に心ひかれることがあってはならぬと反省した。だから返事は書かない。電話が会社にかかってきても中條英子にたのんで居留守をつかってもらった。

「困るわねえ」英子は溜息をついて、「兎も角も宗さんはあなたの担当のお客でしょ。いつまでも居留守を使うわけにもいかないわよ」

「ほかの人に担当を代わってもらおうかしら」

「それが皆、手一杯で駄目だって。向こうにはっきり断らないからよ」

「断ったの。でも諦めないって」

「人間、辛抱だ」

英子に忠告を受けて純子は宗にきっぱりと拒絶を言おうと思った。

もう手紙を出さないでほしい。もう仕事以外の電話はお断りしたい。自分には折角の御好意を受ける自信がない。そう宗に話をして、それで駄目なら担当としての仕事をはずしてもらおうと思った。

宗からまた電話がかかってきた。純子は会うことを承知した。はっきりさせるためである。

拒絶のために宗に会いに行くのだ。

純子は彼の指定してきた銀座の交詢社ビルに行くまでそう自分に言いきかせた。そう言いきかせることでぐらつきかけた心を励ました。

交詢社ビルは英国の紳士たちのクラブと同じように作られた実業家たちの社交場であることは彼女も知っていたが、なかに入るのは初めてだった。

古風と言うよりはもう古ぼけた建物の扉を押して受付の女性に宗の名を告げると、三階の談話室で既にお待ちですと教えられた。

すべてが明治時代のような装飾の談話室で宗は彼女を待っていた。近くの革椅子にふかぶかと腰をおろした二人の老紳士が新聞を読んでいたが、この老紳士たちは眼鏡ごしにちらと純子を見て、また視線を新聞にうつした。

「ネクタイを二本、用意してきました」

と彼女は紙袋から英国製のネクタイを二本とりだした。そしてできるだけ事務的に、客とスタイリストとの関係で話そうと努力した。そんな彼女を宗は微笑しながら眺めて、

「有難う」

と礼を言った。

「どちらをお取りになりますか。わたくしはこちらが、三カ月前にお作りしたベージュの洋服に似合うと思いますけど……」

「お任せしますよ。そのためにあなたにお願いしているんだから」

宗はまるで気張った妹でも見るように微笑を頬から消さなかった。

「じゃ……」

純子は二人の老紳士の視線を気にしながら革椅子から立ちあがると、

「これで、失礼いたします」

断固として宗に拒絶の意志を伝えるつもりだったが、そのチャンスがなかった。でも、自分のこのつめたい態度で彼はわかる筈だわと純子は思った。

「もうお帰りになるんですか」

宗はニヤニヤしながら自分も椅子から立った。

「はい」

「おや、おや、お茶ぐらい飲んでいらっしゃればいいのに……」

「結構です」

彼はエレベーターのなかにも一緒に入ってくると、

「このまま、本当にお帰りになるのですか」

「はい、次の仕事もありますから」

「ぼくも帰るつもりです。今日は車を持ってきましたから……そこまでお送りしましょう」

「わたくし、地下鉄で行ったほうが……」

しかし宗は黙ったまま交詢社ビルを出ると歩道にたって自分の車を探した。部下らしい青年が黒塗りのリンカーンに腰かけていた。

「羽染君、有難う。あとはぼくが運転していくから、君は帰っていいよ」

「そうですか」

青年は純子に軽く頭をさげて、

「失礼します」

と言って扉を開いた。

車にのって純子は自分が自分でわからなくなってきた。半分では拒まなかったことを後悔しながら、あとの半分では宗と一緒にいることを望んでいる、そんな自分の矛盾が苦しかった。

「何処へ次の御用があるのですか」

宗はハンドルを握りながら訊ねた。

「渋谷の方です」

「お仕事ですか」

「ええ」

「ちょうど良かった。ぼくも渋谷の方に行くところでした」

純子は黙っていた。宗も黙っていた。二人が沈黙している間、車は銀座から日比谷に出て霞が関のハイウエーに入った。

「本当に御仕事があるのですか」

「…………」

「あなたが今日、ぼくに何かをおっしゃりにいらっしゃった事は、わかっています。そして何をおっしゃりたかったかもわかっています」

宗は高速道路の前方をみつめながら静かに言った。左右にネオンの光る六本木のビルが流れていった。

「わかっていらっしゃるなら……どうぞ、わたくしのこと……お忘れになってください」

「それができるなら」と宗は呟いた。「ぼくのような男が……こんなに強情になりません。内気な人間だったぼくが、これほど強情に我を通そうとしたのは初めてです」

そのあと、また沈黙が続いたが、

「音楽会に行きませんか」

と不意に宗は言った。まるで重くるしい雰囲気を破るためのようだった。

「音楽会？　今からですの」

「ええ。ぼくの友人の家でほんの小人数だけ招いて音楽会をやるんです。今日は寺田悦子さんがピアノを弾きます。ぼくはあの人のファンだし……それにその会の幹事なんです」

「でも、こんな服装だし、わたくしのような者が……」

「みんなラフな恰好ですよ。家庭音楽会ですから」

「でも……困りますわ」

宗は何も返事をしないまま高速の渋谷の出口に向かって車を進めた。

「ぼくの最後の願いをきいてください。もう我儘は言いませんから……」

純子はその言葉を聞いてすべてが終わったのだという安心感と寂しさとをこもごも感じた。

宗は黙っている彼女の態度を承諾と受け取ったのか、松濤の住宅地に車を滑りこませた。灯のともった洋館を幾つか過ぎ、白いマンションの前に停車して、

「おりましょう」

と促した。

「本当におよろしいんでしょうか、わたくし」

「よくなかったら、お誘いしません」

宗は車の鍵をポケットに入れ、微笑しながら純子の腕をとった。

エレベーターでマンションの四階にのぼった。扉をあけると並べられた椅子に十四、五人ほどの男女が腰をおろして雑談をかわしていた。

「遅くなって」

入口で宗が皆にわびると、

「お待ちしてたのよ」

と丈のたかい、優雅な服を着た女性が笑顔で出迎えた、宗は彼女が豊旗陽子夫人でこ

のホーム・コンサートをやる「林檎の会」の幹事だと紹介した。

既に集まっている人に引きあわされたが名前は憶えられない。十分ほどしてから演奏が始まった。曲はショパンとリストとでその間に十分ほどの休憩時間があった。

さすがにホーム・コンサートだけあって演奏者が間近なのでホールで聞く音楽会よりも強い迫力がある。ピアニストのひとつ、ひとつの表情の動きと間とがはっきりとわかり、純子はここに来た恥ずかしさも、また宗の存在も忘れて椅子に腰をかけていた。

一時間の演奏が終わると、気軽なビュッフェ・パーティーがはじまった。客たちは皆、馴れているとみえ、自分で椅子をならべたり、机を運んだり、台所に入って手伝ったりしている。

かたくなっている純子にホステス役の豊旗夫人が話しかけてきた。純子の仕事に興味を持った中年の紳士が二、三人、聞き耳をたてて、

「そんな仕事があるとは知りませんでしたな。私もお願いしたいぐらいだ」

水割りのコップや食事の皿をそれぞれ手にして寄ってきた。さきほど司会をした小肥りの人は、

「ほう、あなたは上智ですか。私は上智出身じゃないが、あそこの神父さんたちはよく存じています」

と笑顔で言った。

純子はさきほどから宗が一人の色の浅黒い夫人といかにも親密そうに話し合っているのが気になった。二人はスキーのことを話題にしていたが、昔からのスキー仲間らしいことは時々その女性が彼を親しげにからかっていることでもよくわかった。

宗は純子のそばに近よらず、知らん顔をしている。そしてその女性のそばに坐り、彼女のために飲み物を持ってきてやったり、声をひそめて何かを話している。

(あの人は……もう、わたくしとのことは終わったと考えている)

さっき宗がこのコンサートについてきてほしいと言い、それを自分の最後の頼みだと口にしたことを純子は思い出した。その言葉は今、彼のよそよそしい態度をみると嘘《うそ》ではないようだった。

純子は軽い嫉妬を感じた。今日が最後だとしてもパートナーとして連れてきた自分をほったらかしている彼が恨めしかった。

酔っぱらった司会者の紳士が急に歌舞伎の役者の声色を真似はじめた。眼をむき、巨体の手足をあやつり人形のように動かした熱演に客たちは大悦びで手を叩いた。

時計を見るともう十時をすぎていた。家に何も連絡せずに十時以後、外にいることはあまりない。純子は豊旗夫人に礼を言い、皆にわからぬように帰り支度をした。

玄関の扉をあけてエレベーターの前に立っていると宗が追いかけてきて、

「もうお帰りになるのですか」

「ええ。有難うございました。遅くなりますから一足おさきに失礼します」

「送ります」

「いいんです。タクシーひろいますから。それに……」

それに宗さんにはあの女性とまだお話があるんでしょ、とからかおうとして口を噤《つぐ》んだ。

宗はしかし開いたエレベーターのなかに純子と一緒に足を踏み入れた。そして突然、彼女を自分に引きよせた。

「イヤ」

宗の腕のなかで、もがきながら純子は声をあげた。

「イヤ」

エレベーターはゆっくりと階下までおりていった。扉があいた。しかし宗は片手で純子を抱いたまま、もう一つの手で屋上のボタンを押した。ふたたび音を軋《きし》ませてエレベーターは昇りはじめた。

痩《や》せているのに宗の腕はスポーツで鍛えたせいか、強かった。もがいても純子はその腕から逃れることはできなかった。

「イヤ、イヤよ。イヤ」

同じ言葉を繰りかえしながら、しかし体の力がぬけてくるのを感じて、純子はそのまま宗の胸に顔を埋めてしまった。

「意地悪……」

最後の抵抗のようにこの言葉が彼女の口から洩れた時、エレベーターは屋上に停り、鈍い音で扉があいた。

「出ましょう」

宗は純子の背をかかえながら誰もいない屋上に連れていった。

渋谷の夜景がそこから一望できた。劇場やデパートらしい建物が無数の灯火の海のなかから黒々と浮きあがっていた。

宗は黙って煙草に火をつけた。

「ひどい方だわ」

と純子は恨みがましい声を出した。

「結婚してください」

宗はひくい声で繰りかえした。

「そんな……エゴイスト」

「あなたのことを愛しているから、仕方ありません」

彼はくゆらせた煙草を捨てて靴でもみ消した。

「ぼくのことが、どうしても嫌いなら、このまま帰ってください。しかし、もしお帰りにならないのなら……少しは好いてくださると勝手に考えます」

純子はその自信ありげな宗の声に少し腹をたてて、

「帰ります」

背をむけてエレベーターまで戻ろうとした。瞬間、宗の右手が肩にかかって強く引き戻され、

「意地悪」

ふたたび彼女はさっきと同じ言葉を叫んだ。そして近づけてきた宗のキスを受けた……。

眼をあけた時、渋谷のネオンの光が見えた。

「わたくし……何もかもわからなくなりました」

「結婚してくれますね」

宗の息づかいは体を通して純子にも感じられた。

「自信がないんです」

「自信はぼくがつけます」

このまま何も考えたくない。この感情に溺《おぼ》れてしまいたい。何も思わず、何もためらわず宗の言葉をそのまま信じたい……。

「結婚してくれますね」

「だって……」

「結婚してくれますね」

純子はうなずいた。

家の近くまで宗の車で送ってもらった。寝しずまった家々の間を車のライトだけが植え込みや石垣を浮かびあがらせ、二人はさっきから黙っていた。

「そこの角で……おろしてください」

宗はうなずいてブレーキを踏んだ。

車がとまると宗の腕が純子の肩にかかってもう一度、キスされた。

（これで終わり。これで……）

純子は自分に祈りのように言いきかせながら車をおりて角の路を小走りに走った。宗の車が動き去る音が背後できこえた。

「ただ今」

玄関の扉をあけた時、何か悪いことをして帰宅したような気がした。と言うよりも今、この玄関の向こうにある父や母や弟の世界——なんの暗い秘密もなく、お互いがお互いを信じあっている世界を自分が今、泥足で踏みにじろうとしている——そんな罪悪感が胸をぐいと締めつけた。

「遅かったね」

遠くから母の声が聞こえてきた。何も疑っていない声。ちがった世界から来る声。

「今、お風呂《ふろ》から出て着がえをしているから……ごめんなさいよ」

「いいの」

「晩御飯は？」

「中條さんとすませてきました……」

嘘は嘘の上に色を重ねた。

「おや、中條さんと。中條さんから電話があったわよ」

「え？　ああ、彼女、食事のあと、すぐ帰ったから」

彼女は母に顔を見られたくはなかったが、仕方なしに茶の間に入った。湯あがりの母が浴室からあらわれて、

「ねえ。お水を一杯くれない」

なんの疑いもない顔で水をたのんだ。

「パパは」

「まだ。このところ、新製品で忙しいんでしょ」

「また飲んで帰ってくるのね。嫌ねえ」

そんな会話を交わしながら純子は宗の髪と洋服の匂いとを突然、心に甦らした。母の顔をまともに見られなかった。

「あのねえ」

水をおいしそうに飲みほした母親は急に不安そうな表情をして、

「あなた、わたしにかくしていることない」

「ママに」

どきりとして純子は、

「なんのこと」

「公一のこと」

「公一がどうしたの」

「あの子、この頃、外出が多いでしょう。何かあなたに話していない」

別に……と言って純子は首をふった。弟の生活は姉としてあまり関心がなかった。

「何かあったの」

「いえ。今日、お掃除の時、あの子の手帳が机に放りだしてあったから、チラッと覗いたら……あの子、学生運動に入っているじゃないの。何とかと言う派に入って」

初耳だった。ロックに熱中ばかりしている弟がそんなことをやっているとは思いもしなかった。

「まさか」

と純子は首をふった。

「深入りはしていないと思うんだけど」と母親はまるで学生運動が学生にあるまじき罪悪のような顔をして、「あなたから公一に、それとなく聞いてくれない。そんなものに足を踏み入れていると就職だってできなくなるわ」

「わたくしが……公一に」

「パパに話そうかと思ったんだけど、パパだとすぐ怒りだすでしょ、公一も反抗的になるだろうし、わたしだとあの子……鼻先でせせら笑うから」

「姉弟でもおたがいタッチしないことにしているのよ。わたくしと公一は……」

しかし結局、母親の頼みを引き受けさせられてしまった。

入浴をすませ、自分の部屋で顔の手入れをしながら今夜の事を考えつづけた。自分が思いもかけぬ行為と返事とをしてしまったという不安がクリームをつける手を時々、やすませた。

（あの人の腕に飛び込んでいく自信があるの）

と彼女は自分の心に言いきかせた。

（そんなこと誰にもわかりはしない。でも愛情だって人生と同じ賭けだわ）

心のほうが彼女にそう質問してきた。

玄関があく音が階下できこえた。父ではなく弟だった。母と何かを話している。そして大きな足音をたてて二階の彼女の部屋とは隣り合わせの自分の部屋に入った。

すぐにロックの音楽がひびいた。着替えをしながらテープをまわしたらしい。

ガウンを着て弟の部屋を叩くと、

「誰？　なに」

ぶっきら棒な返事がかえってきた。

「わたくし」

部屋に入ると何とも言えぬ臭気がこもっている。ジャケットがベッドの上にも机の上にも散乱している。

「臭いわねえ。窓ぐらい、あけなさいよ」

「嫌なら出ていけよ」

「ねえ、公一」

ジャケットをわきにやって純子はベッドの端に腰をおろすと、

「ママが心配してたわよ。あなたが学生運動をやってるって」

単刀直入に切りだした。公一の顔色がさっと変わって、

「ママが」

「そうよ。あなたの手帳を掃除の時、見たんだって」

「ふーん。そうか」

「あなた、本当にやっているの」

「シンパだ。でも友だちには勧誘されている。そして奴等の言うこと、ぼくもなるほどと思うところがある。日本はどんどんひどくなってるからね」

「でもママはあなたの将来にひびかないかと心配しているのよ」

「でも、自分の気持ちを裏切るわけにもいかないだろ。目先の利のために。もっともぼくは狡《ずる》い弱い人間だから、これから、どう考えが変わるかわからないけど……でもパパやママのような安泰な生活ばかり狙うわけにもいかないんだ。パパの『けじめ』説はあわれだよ。人間、自分のやりたいことをやって、何処が悪いんだろ」

「それが信念ならばね」

しかし弟に言いきかせている言葉が自分にはねかえってくるのを純子は感じていた。

「姉貴は女だから親の肩を持つんだろうけれど……」

公一はロックのテープをとめて、

「ぼくは男だからな」

「男だから、どうだと言うの」

「色々な試行錯誤だって経験したいんだよ。親爺やお袋の時代とぼくの時代は違う。親爺はもう五十六歳だから人生観だって社会観だってそれなりに固まったんだろ。でもぼくのほうはまだ湯気をたてているゴム液みたいなもんだよ。固まっていないし、どんな形に作るのも自由なんだ。その自由の可能性をぼくは味わってみたいんだよ」

弟は大学生らしく、えらくむずかしげなことを言う。しかし弟とこう、しんみり話し合うのは久しぶりだった。

「学生運動だって親爺やお袋はハナから悪いもんだと決めてかかっているだろ。でもね、悪いのか、いいのか、悪いとしたら何処が悪いのか、自分で経験してみなきゃ、判定できないじゃないか。実際、あの連中には随分、純な奴がいるんだぜ」

「そうかもしれないけど、親のほうはただあなたの将来の安全を心配するものね。そこも考えてあげなくちゃ……」

「でも姉さん、結局、ぼくたちは親のためではなく、自分の人生のために生きてるんだろ」

まだ顔に少年の面影が残り、子供だ、子供だと思っていた弟が急に別人のように生意気なことを口に出すのを純子は驚きながら考えていた。

「そうか……自分の人生のためか」

と純子が呟くと、

「そうさ。今更なにを言っているんだい」

「でもね、兎も角、パパやママをそっとしてあげてよ。もう年なんだから」

「わかっているよ」

彼女は自分の部屋に戻りベッドのそばのスタンドをつけて、今の弟の言葉を考えこんだ。

弟の言うことは同じ年代の純子にはよくわかる気がした。父や母にはすべての基準がきまっている。なすべきこと、してはならぬこと、善いこと、悪いことの基準がきまっている。

だが若い自分や弟にはそんな基準はあらかじめ与えられているものではなくて、自分たちで見つけていかねばならぬ──そう純子も考えている。

宗との恋愛や結婚も──。

父や母は猛反対をするだろう。二人の道徳観や結婚観には妻子のある男と若い娘が恋愛することなどモラルに反する行為なのだ。

「いいか、悪いか、自分で経験してみなきゃ、判定できないじゃないか」

弟はそう言った。

スタンドの灯を消して眼をつぶったが、なかなか寝つかれなかった。

宗の洋服の匂いが甦ってきた。あの屋上から見えた夜の渋谷のネオンもまぶたの裏に甦ってきた。

自分は宗の言葉に肯いてしまった。結婚してくれませんかと言ったあの囁きに……。

恋愛の心理とは何とふしぎなものだろう。

この間までは自分には客以外の誰でもなかった宗。自分とは人生の上での関わりは少しも感じなかった宗。誘われること、電話をもらうことも時にはわずらわしく思っていた宗。その宗のことが、今は純子の頭を占めるようになった。

仕事をしていても、路を歩いていても、誰かと話をしている時も、そして夜ベッドに入って寝つくまで純子は彼のことをあれこれ考えた。

そしてまた彼に会いたいと痛切に思うようになった。仕事の間、電話のベルが事務室でなると、

（あの人かしら）

とハッと身がまえることがあった。そしてそれが宗ではなく他の客だったりすると言いようのない失望感がこみあげてきた。

（現金なものだわ）

純子はそんな自分が自分でも可笑しかった。

「純ちゃん」

と伊藤社長がある日、出先から戻った彼女をよんだ。

「さっき電話があったよ」

「どなたから」

「難波さんの秘書だ。この間、社長がたのんだタキシードの蝶ネクタイはもう見つかったかって」

宗からの連絡でなくてがっかりして、

「見つかっています」

「じゃあ、早く連絡しなくちゃ駄目じゃないか。うちはお客さまから催促を受けるようなことはするなと常々、言っている筈だ。君、この頃、ぼんやりとして気が散っているぞ」

平生はやさしいが怒ると伊藤の顔は青白くなる。

「はい。申し訳ありません」

「すぐ難波さんに報告したまえ」

難波社長は葡萄酒色のタキシードの上衣をほしがっていて、それを純子に命じて作らせたのである。その蝶ネクタイの品のいいものを三日間かかって彼女は探しあるいた。

「久しぶりで叱られたわね」と中條英子が眼くばせをして、「でもボスの言うこと本当よ。あなた近頃ぼんやりしている。恋をしているんじゃない」

純子は顔を赤らめた。

「そうでしょ」

「ええ」

「相手は……当てましょうか。宗さんでしょう」

「いつの間にか、自分でもわからぬうち、こうなったの」

「後悔しているの」

「いいえ」

純子は首をふった。

「後悔はしていない。でも宗さんはまだ奥さまもおありだし……わたくし不倫の恋みたいな気がするの。道ならぬ恋になるんじゃないかと思って……」

「人間、辛抱だ。でも……あなた、思いきったこと、やったわねえ。いいえ、反対しているんじゃないわ。自分で正しいと思っているならいいじゃないの」

と英子は鉛筆の先端をみつめながら呟いた。

発　覚

事件は祭日と日曜日とが続いた翌日の月曜日に起こった。

その日、菊次が出社すると宣伝部の泰と武田が緊張した顔で近寄ってきた。

「部長、一寸、お話があるんですが……」

「いいよ。何だね」

「それがここじゃ……拙《まず》いんです。第二応接室を使わせて頂けませんか」

二人の部下のただならぬ気配に菊次は少し驚いたが、言われるままに第二応接室に行った。

「部長」

先に来ていた泰と武田は立ったまま椅子の背をつかんで、

「クロードのことが外部に洩れているらしいんです」

とこちらの顔色を窺うように上眼遣いで言った。

「外部に洩れている？」

「ええ、盗まれた、と言ったほうがいいかもしれません」

「本当かね。なぜわかった」

「小売店です。東洋パルヒュムがゲランと同じ匂いのする化粧品を作っていると武田君が聞きこんだんです」

「小売店で？」

「ええ」と武田がうなずいて、「ぼくは開発部に前いたことがありますから、小売店の何軒かとは親しいんです。その頃、他社の情報をききこむために随分、役にたった店ですが、そこの主人が……」

「そう言ったのかね。たしかに東洋パルヒュムと……」

「ええ」

気を鎮めるために菊次は煙草を口にくわえた。

化粧品会社の世界も車の世界と同じように他社が次に何を発売するか、聞きこみをやる。大袈裟《おおげさ》に言うと産業スパイが活動するのだが、このスパイの仕事は開発部の役目だった。

開発部の社員は特命をうけて小売店をまわり聞きこみをやる。試作品を手に入れる、手に入れた試作品は早速、研究所で分析をしてその内容を調べる。

競争相手の東洋パルヒュムがいち早くクロードのことを嗅ぎつけ先手をうった、ということは当然考えられる。

しかし、どうしてクロードの内容が向こうの手に入ったのだろう。向こうでも同じことを前から研究していたのか、こちらの秘密情報を何かの手段で手に入れたのか、どちらかだ。

「しかし小売店の主人はうちと東洋パルヒュムとを混同したんじゃないのかね」

「そんなことはありません」

武田はむきになって首をふった。

「そういうことは小売店は決して間違えないんです」

武田の言うことは尤《もっと》もだった。

「そうだな」

菊次は二人の部下をみつめて、

「もし、そうならばこれはクロードの売り出しにとって大きな打撃になる。重役とも緊急に対策を考えねばならないが、しかし正確な情報を手に入れるまで君たち二人は絶対に黙っていてくれ。そして東洋パルヒュムの新製品がうちのクロードを盗んだものか、向こうで考えだしたものか、何とか探りだしてくれないか」

と言った。

正確な情報が入るまでは専務にも報告すまい、と菊次は考えた。もし泰や武田の聞き込みが誤報だったとすると社に無意味な混乱を引き起こすことになるからだ。

こういう時はあまり騒ぎたてないほうがいいことを菊次も長年の経験でわかっている。そうしないと噂《うわさ》が噂をよび、更に尾ひれがついて社員どうしに不信感を起こさせることになる。

だから菊次は何事もなかったように振る舞うことにした。しかし毎日、泰と武田からは応接室で報告を受けた。

「やっぱり、嘘じゃありません」

二人は困惑を面にあらわして、

「東洋パルヒュムはうちと同じものをやりだしてますよ」

「どうしてわかったんだ」

「向こうの研究所に大学時代の友人がいましてね、彼がやっとそれだけ教えてくれたんです。でも、それ以上は勘弁してくれと言われて、聞きだせませんでした」

「しかし、東洋パルヒュムじゃあ、前からその香料の開発を進めていたのかな」

菊次は問題の核心をたずねた。

「それが部長」と武田は声をひそめた。「どうも友人の口ぶりから推測すると、そうでもないらしいんです。彼は開発してきたんだと言っていましたが、奴の表情をみると本当か嘘かはわかります。昔からの友だちですから」

「と……やはり、うちで洩らした者がいたことになる。その分析内容を話している者がいたわけか」

三人は沈黙した。

「しかし内容を知っているのは開発部の者だけで宣伝部じゃないね。これは確かだ」

と菊次は、憮然《ぶぜん》とした顔をした。

武田と泰とが宣伝部の部屋に戻ったあとも菊次は白いレースをかけた応接室の椅子に腰をかけて考え込んでいた。

開発部の一人が東洋パルヒュムにクロードの内容を売り込んだとすると、その人間は自分が毎日、部長として声をかけ、指図し、時には一緒に飲みにつれていく誰かである。開発研究所の研究員たちも菊次の命令系統に入っているし、いずれも長年、よく知っている間柄だ。

（研究所にそんな奴がいる筈はない）

と彼は思った。思ったというよりも信じたかった。

やっとあのクロードを開発するまでの苦心の思い出をどの研究所員もわかちあっている。それは一人だけの功績ではなく全員の手柄なのだ。その全員の手柄を競争相手の社に売るような卑劣な者が研究所にいる筈はなかった。

では開発部の人間か。

どの連中の顔も菊次はすぐ思い出すことができる。気だても能力も把握しているつもりだ。

あいつ等にかりそめにも疑いをかけるのはいやだ。

しかし何らかの手をうたねばならない。できることなら自分一人で処理したいが、それは不可能だった。

菊次は山崎専務の部屋を叩いた。

「いいよ。入りたまえ」

専務づきの秘書が菊次が来たと告げに行くと、部屋の奥から山崎専務の人当たりのいい声が聞こえた。どんな相手にも愛嬌のいいのがこの専務の特徴である。

「急にお邪魔して申しわけございません」

指さされたソファに腰をおろした菊次は両手を膝において、

「実は……困った話が起こりました」

山崎専務はポケットから仁丹《じんたん》をだして口にふくんだ。煙草をやめてから話の途中、仁丹を口に入れるのが習慣となっている。

「ほう」

「東洋パルヒュムがクロードの計画を盗んだらしいのです」

仁丹を噛む専務の口の動きが止まって、じっとこちらを見た。

「本当かね」

「宣伝部の若い者がその情報を嗅ぎつけてきました。色々と調べさせましたところ、社内にクロードの内容を売った者がいると思われます」

狼狽の色が専務の顔をかすめた。人当たりのいい笑顔から微笑が消え、他人にはかくしているが小心で当惑げな性格がその表情にあらわれた。

「社内というが、それは君、開発部と我々重役しか知らん秘密じゃないか」

「そうです」

「すると重役が売ったと言うのかね。そんなことは考えられん」

「勿論です」

「君、私は社長からこのクロードについては下駄をあずけられているんだよ。クロードが東洋パルヒュムに盗まれたとなると、その責任は私がかぶることになる。困るよ、君」

山崎専務は顔を強張らせて菊次を見つめた。

「何とか手をうち給え。犯人をみつけること。そしてクロードの販売を東洋パルヒュムが新製品を売り出す前にやるんだ。それ以外、方法はないじゃないか」

「承知しております。しかしその件について重役会に報告しないでいいかを御相談にあがったのです」

「重役会に？　とんでもない。もしそれがわかったら社長は小おどりをして悦ぶだろうよ。私の失態だと言って」

「はい」

「皆にわからぬうちにクロードを出すんだ」

「しかし、クロードはまだ原香料を作り出したばかりです。私はあれを完全なものにしたいんです」

「そんなことを言っている時じゃないだろ、君」

専務の声は怒りの調子をおびていた。専務が怒っているのはこの失態が自分の地位に重大にひびくからだった。社長派はこの機会を利用して彼の責任の追及をしてくるだろう。

「完全なものでも不完全なものでも今は問題じゃないよ、君」

「わかりました」菊次はたかぶる感情を怺《こら》えてソファから立ちあがり、「この件、極秘にお願いします」

茶を持ってきた秘書の女の子に顔をむけて言った。

（この専務も結局は……こういう人だったか）

廊下に出た時、苦い胃液のようにその感情がこみあげてきた。

家に戻っても会社のことは妻子には決してしゃべらないのが菊次の習慣だった。それは菊次だけではなく彼と同じ世代の、共通した通性かもしれぬ。

食事のあと、ウイスキーの瓶と氷を前において彼は飲みはじめた。

今日一日のことを思いだすと、何もかもが不愉快だった。

(みんな、腐ってやがる)

自分の仲間が長い間かかって研究開発した香料を他社に売る人間。自分の保身と出世のためにクロードを早く売りだせと言う専務。

そういう人間は菊次にはやはり腐った男にしか思えなかった。そういう人間は昔もたしかにいた。しかし、その種の人間は社会一般からは軽蔑《けいべつ》の眼差しで見られた。だが今はちがう。そんな連中が社会の至るところに大手をふって巣をつくる世の中だ。

(どうして、こんな時代になったのだろうか)

ウイスキーをあおっていると、何とも言えぬ怒りがこみあげてくる。菊次にはその理由をうまく言えない。うまく言えないが、何か大事なものが今の人間の心から消滅してしまったような気がするのだ。そして荒廃しきったその人間たちが身の周りにうようよ、いるように思えてくる。

「おい」

と彼は妻をよんだ。

「この間撮った、清滝の土地の写真はどこにおいたっけな」

「テレビの上にありますよ」

台所から細君の声が水道の音と一緒に聞こえてくる。

会社をやめたら自分が住むであろう小さな家。その家を建てる土地の写真を菊次は眺めながら、やりきれぬ気持ちを鎮めようとした。

いつか貯金をはたいて作ったこの家に住むようになれば、もう、今のおぞましい生活や連中からは逃げられるのだ。そして嵯峨野の山や林や寺のなかで自分の好きな生活をしたいとつくづく思う。

菊次には昔の人間が隠遁《いんとん》をするあの切実な気持ちがわかったような気がした。

「純子は何時に戻ってくるんだ」

写真をみながら、また台所に向かって大声をあげた。

「わかりませんよ。公一も純子もこの頃、遅いんですから」

「若い娘が毎晩、出あるくのはよくないぞ」

彼は珍しく早く帰宅したのに、純子の顔がみえないので失望していた。

(あいつや公一だけは荒廃した人間にはしたくない)

それが親としての彼の気持ちだった。自分の立身出世や欲望のために、人間としての「けじめ」を忘れるような人間に子供たちをしたくなかった。特に今日のような日には一層その感情がつよくなる。

娘が留守をすると家が空虚になる。そして娘が在宅すると、まるで灯がまぶしくついたように明るくなる。

だから菊次は今夜は特に娘の帰宅を待っていた。

十時半、公一が戻ってきた。

だが十一時になっても純子は帰ってこない。胸さわぎがした。

いつもなら十時をすぎても帰宅しない時は出先から電話をかけてくるのが娘の習慣である。また、そのようにしろ、と言いつけてある。

「公一。純子はどうしたんだ」

息子にきいても仕方ないとわかってはいたが菊次はたまりかねて息子に大声をだした。

「知りませんよ、ぼく」

「お前、そのへんまで迎えに行ってこい」

「ぼくが？」

公一は実に当惑げな表情をみせて、

「今、風呂に入ろうとしていたのに。それに遅くなれば姉貴、タクシーで戻ってくるから大丈夫だよ」

「ぐずぐず言わずに行きなさい」

頰をふくらました公一がそれでも姉を迎えに出かけようとした時、玄関のあく音がした。

「ただ今」

純子の小さな声がきこえた。公一はプイとして、

「ほれ。帰ってきたでしょう。大丈夫だと言っているのに」

茶の間に入ってきた娘はそこに弟と父とが自分を注目しているのを見て一瞬ひるんだ顔をみせた。

「どうしたんだ。何時だと思っている」

菊次は珍しく雷を落とした。

「今頃まで連絡もせずどこをうろついていた」

「パパ、ごめんなさい。会社の人とコンパがあったの」

「いくらコンパでも若い娘が今まで外で遊んでいるのは、ふしだらと思わんか」

「連絡しようと思ったんだけど、皆を白けさせるのは悪いと思って。ねえ、パパ怒らないでよ」

娘は時々そうするように父親をなだめるため、わざと甘ったれた声をだした。その甘ったれた声が今夜は急に菊次を不快にさせた。娘のなかに女の媚態《びたい》を感じたからである。

菊次は娘のなかに自分の娘以外の「女」を感じたくはなかった。

「それをふしだらと言うんだ。『けじめ』がない。『けじめ』のない女はふしだらな女

だ」

「パパ。飛躍しないでよ」純子は急に開きなおって、「会社の人とのコンパに出て、一寸ばかり帰宅時間が遅れたからと言って、ふしだらと言われるのは心外だわ。飛躍よ。横暴よ。そんな断定のしかたは」

「何だと。お前は親がどんなに心配していたかも考えず、そんな口のききかたをするのか」

「だから、あやまったでしょ。それにパパの時代と違うのよ。わたくしたちは異性と仲良く友だちづきあいしても、それをふしだらとは思わないのよ。古い感覚で怒るの、よして頂きたいわ」

娘はそういうと椅子の背を持ったまま泣きはじめた。公一は姉が泣くのを見ると、この口論の渦にまきこまれる身の危険を感じたのか、茶の間から逃げ出そうとした。

「待ってよ、公一。あなた、パパの言うこと理不尽と思わない」

「うん、その……ぼくは……」

公一は逃げ腰になったまま、

「双方ともそれぞれ、言い分があると思うから……二人で話し合いを……」

そう言って鼠《ねずみ》のように姿をかき消した。

「パパは矛盾してるわよ」

弟の姿がかき消えると、純子の眼から更に大粒の泪が流れ、

「わたくしが大学の時は女の子もこれからは社会で働くような自立の精神が大切だなどとおっしゃっていたくせに、いざ、わたくしがお勤めをするようになると、女が働いて何になる、お嫁に早く行けと考えが変わるじゃないの。ボーイ・フレンドから電話がかかってこないような娘は持ちたくないと調子いい事をおっしゃっておきながら、一寸、会社の人たちと飲みにいくと、ふしだらだなんて……ひどいわ。得手勝手だわ」

機関銃のようにまくしたてる言葉。その間に流す泪。

菊次はさっきの怒りもどこへやら今は守勢にまわらされていた。

(母親とそっくりだ、こいつは)

彼はいまいましそうにソッポを向いて、もう、うまくもなくなったウイスキーを飲んだ。

自分が叱られると泣きはじめ、泣きながら昔、夫がうっかり口にした言葉と今の言葉との矛盾をついてくるやり口。こっちが忘れている過去のことは奇妙なほど憶えていて、それを楯《たて》にとって逆襲してくる戦法。

もう今は温和《おとな》しくなったが、昔、若かった頃、菊次は妻からこの戦法でやりこめられた。逆攻撃をかけられた。そしてたまりかねて平手打ちの一発でも食わせようものなら、

「野蛮人。人非人。父親にも兄弟にも叩かれたことのないわたしを叩くなんて……」

蜂の巣をぶちこわしたように騒ぎまわり、手がつけられなくなる。

あの戦法をどこで憶えたのか、今、純子がやっている。

「俺が得手勝手か」

「得手勝手よ。矛盾してるわよ」

入浴していた妻が茶の間に入って、

「いい加減になさいな。パパも純子も」とたのまれもせぬのに国連のように調停に乗りだして、「純子もいけません。パパがお前の帰りを心配なさっているのに、素直にあやまればいいじゃないの。パパも一寸ぐらい大目にみておやりなさいよ」

「あやまったわよ。あやまっても、ふしだらな女だ、みだらな女だなんて、ひどいわ」

俺、みだらな女だなどと言ったかしらん。菊次はすべてが面倒臭くなってくる。こちらが言いもしない言葉をつけ加えて、それに更に腹をたてるのが女の通性だ。女房も純子も女という女はすべて、こうなのだ。だから男女同権など絶対にできえないし、ありっこはないのだ。

今日一日は何と不快だったろう。どいつもこいつも腐ってやがる。

純子が茶の間から姿を消したあと、菊次はすべて興ざめた顔でウイスキーを飲んだ。

「ねえ、あなた……」と突然、妻が言った。「純子のことですけどねえ」

「うるさいな。放っとけ。あんな我儘娘」

「そうじゃありません。遅くなったことよりも、わたし、一寸、気がかりなことがあるの」

「なんだ」

「あの子、好きな人ができたんじゃないかしら」

びっくりして、コップを握りしめ、

「なぜ、わかる」

「そりゃ女ですもの、わたしだって……」

家のなかは静まりかえっていた。公一も純子もそれぞれの部屋でとっくに眠ったにちがいない。

寝床のなかで闇《やみ》を凝視しながら、

（そうか、あいつに好きな男ができたのか）

何とも言えぬ複雑な気持ちを菊次は嚙みしめた。妻はもう寝息をたてて眠りこけている。

（こいつは純子に恋人ができても……平気なのだろうか）

彼にはそれがふしぎでならなかった。妻は娘が恋をするのを当然のことであり、あたり前だと思っているのだろうか。

「わたしにはわかりますよ、あの子に好きな人ができたぐらい……」

　さっき茶の間で夫婦がとりかわした会話を菊次はまた反芻する。

「なぜ、そんなことがわかるんだ」

　菊次の声は怒りの調子にかわった。軽々しく大事な娘の心の変化をあばかないでほしいという憤慨がそこに含まれていた。

「だって、わかりません？　いつになく今日、あの子があなたに楯ついたでしょう。それがなぜか、お気づきにならなかったの」

「わからん」

「純子が会社の人とコンパがあったなんて嘘ですよ。会社の人とお酒を飲みにいったのなら、あの子は、ちゃんと遅くなるって、電話をかけてきますよ。電話をしてこなかったのは他の人と会っていたからですよ」

　菊次は恐ろしそうな顔をして細君をみつめた。平生は高を括《くく》って扱ってきた妻にそんな人の心理を見ぬく眼があると気づかなかったからである。だから女はこわい、と思った。

「誰だ、その男は」

「知りませんよ。いずれ純子が話してくるでしょ」

「あいつ……俺に嘘をつきやがって」

「娘が親に嘘をつくのは、誰かが好きになった時ですよ。わたしだって、あなたと婚約している時、親に嘘の電話をかけたことがあるじゃありませんか……」

「う……」

さっきの妻との会話がまだ耳の底に残っている。

菊次は今はじめてのように娘のなかに「女」を発見しかかっていた。今まで彼は純子を自分の娘以外に見たくはなかった。彼ではない別の青年を愛する「女」を彼女のなかに見るのを避けようとしていた。

(いずれはほかの男のものになる)

理屈ではわかっていても、それが現実となるのはやはり嫌だった。不快だった。ずっと先に延ばしておきたい気持ちがあった。

しかし、今、その時が来た。

闇のなかで彼は赤ん坊時代の純子を思いだした。盥《たらい》のなかで彼に体を洗ってもらいながら、くしゃみをした娘。小学校の入学式の時、白いリボンをつけて写真を彼から撮ってもらった娘。高校の時、運動会で走っていた娘。その純子は女ではなかった。あくまで彼の大事な大事な娘だった。眼に入れても痛くない、文字通り掌中の珠と言うべき娘だった。

その娘が今、ほかの男を愛し、自分から離れようとしている。

(面白くない)

彼は寝がえりをうち、今日一日は悪日だったと考えた。

朝がきた。いつものように朝食をとっている菊次の前にさきに食事と出勤の支度をすませて茶の間にあらわれた純子は、

「パパ、昨夜《ゆうべ》はごめんなさい」

と素直にあやまった。菊次は照れくさい思いにかられ、

「ああ」

とあわてて眼をそらせた。

あわてて眼をそらせたのは娘にあやまられた恥ずかしさのためだけではなかった。けさは自分の娘がなぜか見知らぬまぶしい別の女のような気がしたからである。自分の知らぬ別の純子が突然そこにいるような気がしたからである。

「パパ、今日も遅いの」

「わからん」

「今夜はちゃんと早く戻ってきます。じゃ、お先に行ってまいります」

「ああ」

こいつを俺から奪《と》ろうとしている青年はどんな奴だろうか。うちの会社にいる野口や武田、泰などと同じようなタイプだろうか。

だが菊次にとってその青年は最初から無礼で不愉快な男のように思えた。父親である

自分の許可もなく純子の心を奪ってしまった青年。そんな奴に好意を持てる筈はなかった。

純子が出勤してから、ぐずぐず時間をかけて菊次は妻に送られ玄関を出た。途中で娘とぶつかるのが今日は照れくさかったから、わざと時間を遅らせたのである。

「おい、このヤツデに蜘蛛《くも》の巣がはっている。ちゃんと掃除せんか。みっともない」

玄関を出て急にふりむき妻を叱りつけたのはその照れ臭さを誤魔化すためだった。

だが、その妙な感情も会社に行き、自分の椅子に坐った途端、消えてしまった。頭はあの事件の処理と処置とでいっぱいだった。

判を押さねばならぬ書類をめくりながら彼はクロードの細かな内容を知っている者を研究所以外から洗ってみた。

細かな内容——つまり分析データの極秘書類を菊次から手渡されたのはこちらの本社では社長、専務、そして二人の常務と販売チェーン部長である。開発部、宣伝部の社員は勿論、クロードの計画については心得ているが、そのデータまで熟知しているのはいない。

とすると本社内では菊次を除く社長、重役五人がまず疑われるのだが、この人たちがそんな愚かしい馬鹿げたことをする筈はなかった。なぜならそんな行為は自分たちの今日までかちとった地位を一挙に棒にふることだからである。

（やはり研究所か）

しかし菊次は研究所の連中の気風《きっぷ》を知っていた。自分たちが苦心して発明したものに誇りを持っている研究員がその誇りに泥をぬるようなことをする筈はなかった。

（一体、誰だ……）

皆目、見当がつかない。

「ぼくらも当たってみたんですが」

と泰と武田も三人でとりきめた時間に応接室にあらわれ首をふった。

「どうもつかめません。東洋パルヒュムの友人も口がかたく、絶対に教えてくれませんから」

「そうだろうな。しかし向こうがその新製品をいつ発売するかはわからんか。でないと、先をこされることになる」

「重よし」の隅の席で菊次は一人、酒を飲んでいた。

若い主人は冷蔵庫をあけたり、包丁を動かしたりする間に、彼のそばに来て白い歯をみせて笑い、

「からすみを切りましょうか」

と声をかけた。

料理の研究に熱心なその若い主人は自分で考えて色々な料理を作る。たとえばここの

手製のからすみを菊次はいつもうまいと思った。手製のからすみでおいしいのを出す店を彼は長崎で一軒だけ知っていたが、東京にそれに劣らぬものを作る店はここしかなかった。

見わたすと毎日のようにこの店に来る常連の人が今日も反対側の隅でウイスキーを飲んでいる。

この店のいいところは出すものも吟味してあるが、落ちつけることだ。一人で考えごとをしながら酒を飲んでいても、そっとしておいてくれる雰囲気がある。

菊次の視線は時々、硝子戸のほうにいく。ひょっとしてあの人があらわれぬかという期待が胸にあるのだ。だがあの日以来、彼がこの椅子に坐ることは何回かあったが、安西節子の姿は一度もみえなかった。

会ったところで今更、どうということはない。遠い昔のことは昔のことで、もし「重よし」で席をならべ、向こうが自分が誰かを気づいてくれるならば、あの不自由で貧しかった学生時代のことを懐かしく、嚙みしめるように話し合いたい。そんな気持ちである。

大橋に電話でそのことを告げると、

「そうか。よっしゃ。いつか東京に行った時、是非、会いたいもんやな」

と少し照れたような笑い声をたてたのを思い出す。

三本ほどゆっくりと飲んで店を出た。酔った頰を晩秋の風がなで、歩道に早くも落ちた葉が通行人の靴に踏まれていた。

地下鉄の入口に向かい彼はショーウインドーを何げなく眺めながら歩いた。喫茶室の大きな硝子のなかに雑談をしている若い男女の姿がはっきり見える。

(おや)

彼はたちどまって思わず笑顔をつくった。

社長秘書の奥川が一人の青年と向きあって腰かけていたからである。

会社の帰り、ボーイ・フレンドとお茶を飲んでいるらしい。

向こうも何げなく顔をあげて菊次に気がつくと一寸、びっくりしたような表情をして、それからあわてて椅子から中腰で立ちあがり挨拶をした。その気配に同席の青年もこちらを向いた。見知らぬ男だった。

(近頃の若い者は隅におけん)

彼は会釈をするとそのまま歩きだし、奥川のたのしそうな顔を思い出し、あの二人は恋人なのかと思い、それからまた純子のことを連想した。

純子もあのようにたのしそうに恋人と話すのだろうか。

(それにしても、その男は本気なのか。純子はだまされているんじゃ、ないだろうな)

朝と同じように不愉快になった。父親として自分から娘を奪っていく奴はやっぱり好きにはなれぬ。

(世の親は皆、俺と同じ気持ちなのだろうか)

山崎専務にクロードの発売を急げ、と命じられたが菊次は考慮した末、この命令を握りつぶした。

(いいものを作る。そしていいものを客に使ってもらう)

それが菊次の考えである。東洋パルヒュムがこちらの内容を手に入れた以上、向こうは先手をうつために手をかけぬ製品を一日も早く出してくるだろう。

そうなれば、こちらは「いいもの」を発売することが、ただ一つの対抗策である。また客の信用を得ることになる。

菊次はそう考えた。

その考えのなかには彼の会社にたいするひそかな抵抗もあった。儲けるだけの販売政策や若い客だけへの迎合主義に反撥《はんぱつ》して、良質の信用できる製品を販売するのがこれからの社員の教育になると思ったのである。

更にまた自分を社長や専務のあのうす汚い派閥争いの外におきたいという気持ちが、彼にこの決断をさせた。

(おそらく、その結果、俺は譴責《けんせき》処分を受けるかもしれぬ)

だが今日までの長い宮仕えをふりかえった時、菊次はもう現代という時代の言いなりになりたくないと思った。何か大事なものを失っている今の時代——その時代風潮にあわせて会社までがひたすらに製品第一主義よりも「売らんかな」の道を走っているが、それに逆らってみたい衝動にかられたのだ。

（そうしなければ、戦死した同世代の連中に申しわけがたたん）

この感情は戦中派の者でなければわからないだろう、と菊次は思う。あの連中が飛行機や潜水艇に乗って南の海で死んでいったのは、日本人がエコノミック・アニマルになるためではなかった。物の豊かさや金銭だけを求めるのが倖せだと思うような時代のためでもなかった。

「部長」

と武田と泰とはあたらしい情報を手に入れてきた。

「東洋パルヒュムの友人に聞くと、どうやら、向こうは新製品の売り出しを急いでいます。それはやっと掴めました。はっきりした日取りは教えてもらえませんでしたが……」

「そうだろう。そんなことはわかっている」菊次はニヤリと笑って、「武田君」

「はい」

「その友人にさりげなく伝えてくれ。うちは二カ月したらクロードを売り出すとな」

「本当ですか。そんなに早く開発部では発売するんですか。ラジオのスポットならともかくテレビの連続ＣＭを押えられませんよ」

「いいんだ。そう伝えるんだよ」

「でもそれは社の極秘計画でしょう？」

「馬鹿だな、君」

菊次はまたニヤリと笑った。

「そういえば向こうはあわてるだろう。あわててまだ完成もしていない粗悪品を対抗策として売ってくるかもしれん。罠《わな》にはめるんだ」

「ああ」

武田も泰も顔をかがやかせて、

「そういう手を使うんですか。見かけによらず部長、策士ですね」

「でなければ開発部で飯がくえるか」

別の発覚

宗のことを父と母に打ち明けねばならぬ。

純子は毎日、そう思っていた。今まで自分の行動を家族に秘密にしたことはない。なんでも母にしゃべり、しゃべったことは母から父に伝わっていた。秘密のないことが両親と彼女との間に信頼関係をつくりあげていたのだ。

それが今――。

生まれてはじめてと言っていい秘密を両親に持った。それは彼女の胸を重苦しくさせる。

（いずれは話さなくちゃいけない）

この事は承知している、嘘をつくのは嫌だ。

にもかかわらず、両親の顔をみると一日、一日、言うことをのばしてしまう。

（悪いことをしているんじゃない）

彼女は自分の心を鼓舞するためにもそう自問自答した。

どうして悪いことがあろう。妻のある男がもしその妻とうまく運ばない時、あたらしい愛を持つのが、どうして悪いことがあろう。そしてその男を自分が愛するのがどうして悪いことがあろう。

惰性的な結婚生活や外面だけをとりつくろっている夫婦は世のなかに無数にいる。彼等がそんなぬるま湯のような生活を続けているのは、新鮮に生きるという意志がないからだと純子は考えようとした。

父のよく使う「ふしだら」という言葉はむしろ、そんな夫婦の体裁だけの偽善的な生活に当てはまるのではないか。自分を偽り、おたがいに誤魔化して生きている——それこそふしだらではないのか。

(だから、わたくしは恥じる必要はないのだ)

それならば、どうして両親に胸を張って言えないのか。「わたくしに好きな人ができました」と。

父や母が烈火のように怒るためか。たとえ両親が怒ったとしても、自分に信念があればやがては、わかってくれると思う。頑固にみえても父は娘の信念を尊重しないほど狭量ではない筈だ。母のほうは娘が何であれ、一番倖せになってくれることを望んでいる。

わたくしは今、倖せだと純子は思う。

宗とは週に二度は落ちあって食事をするようになった。食事をするのは六本木や青山が多かった。

　食事をすませ狸穴の通りを宗に肩をだかれるようにして歩く時、彼女はやはり倖せを感じた。

　若い男とちがって年上の宗には何ともいえぬ、しっとりとした落ちつきがあって、その落ちつきのなかに身を任せている時は倖せだった。

「二人きりで」肩をだいてくれながら宗は静かに囁いた。「二日でもいい、一緒に生活してみたいね。どこか東京を離れたところで……」

　純子は思わずためらう。彼女だって、そうしたい。しかしまだ妻と決定的に別れていない宗と何処かで二日でも過ごすのは、いけないことだ。

「心配しないでもいい。たとえ何処に行っても君に指一本ふれないから」

と宗は不安そうな純子を笑って、

「君、この季節の軽井沢を知っている?」

とたずねた。

「夏なら、二、三度、行ったことはありますけど……」

「ぼくの小さな家があそこの山のなかにあるから土曜日にドライブに行きましょう。そして日曜日に戻ってくる」

「でも……」

「たった一日でもいい。二人だけで誰からも離れて時間を送りたいんだ。二人だけで……」

二人だけで、と宗は純子の耳もとで、熱っぽく、ひとりごとのように呟いた。歩きながら純子はうなずこうとする自分に懸命に抗《あらが》った。

その夜も彼は純子の家ちかく送ってくれたが、彼女が降りる時に口早に、

「土曜日、その気になったら十一時に新宿の京王プラザホテルに来てくれたまえ。昼までロビーで待っているから」

車の尾灯が遠くに消えたあともその言葉は耳の奥にまだ残っていた。

その夜も彼女は父や母に宗のことを黙っていた。

（やっぱり、行かない。まだ二人きりで時間を送るのは早すぎる）

彼女は行きたいと思うもう一人の自分にそう言いきかせた。駄々をこねる幼い妹をなだめる姉のように……。

（行けば、あなたはすべてを彼に与えることになる）

（与えて何故わるいの？　愛しあっていれば与えるのは当たり前じゃない？）

（まだ奥さまのいる方とそういうことをしていいの）

（いつかは彼と奥さまとは別れるのよ。それよりも彼とわたくしとが愛しあっていることのほうが、大事だわ）

金曜日まで、家や会社で彼女はたえずこんな問答をくりかえした。そのことだけが頭を占め、仕事はともかく、家に戻っても両親や弟はもう関心の対象とはならなかった。彼女は家のなかでもう家族の知らない自分だけの世界に生きていた。

金曜日――。

彼女は朝の食事の時に不意に母親に、

「あしたと日曜日、わたくし東京にいないわ」

「どうして？」

「社のみんなで旅行に行くの。軽井沢に」

眼をそらせ、母の顔を見ないようにしてトーストにバターを塗った。

「そう……」と母親はひとりごとのように呟いた。「どこに泊まるの」

「ホテルでしょ。でも会社が決めてくれたから心配いらないの」

「そう、会社でねえ」

母の声には娘の言うことを信じているのか、疑っているのかわからぬ曖昧《あいまい》なものがあった。

にがい胃液が口にこみあげたような、苦しい気持ちが胸に拡がり、

（わたくし変わったわ。平気で嘘をママにつくようになった……）

恋が自分をこんな悪い娘に変えたのだという自責の念が胸を針のように刺した。

「へえ、軽井沢に行くのか」

と公一だけがそばから突然、素頓狂《すっとんきょう》な声をだした。

「俺も連れていってくれよ」

小さな鞄を持って家を出た。新宿に着くまで電車にゆられながら、うしろめたさを多少感じたが、しかし小田急のホームに降りた時は、もう恋人との旅の楽しさだけが胸いっぱいに拡がっていた。

「やっぱり来てくれましたね」

ホテルのロビーで待っていた宗は純子を見ると、あかるい陽をあびた花のように笑った。彼の身につけているジャケットもズボンもみな純子が選んだものだった。

「わたくしが来ると思っていらっしゃった?」

と純子は媚《こび》をふくんだ眼で宗を見あげた。

「わからなかった。心配だった」

宗は子供のように正直に答えた。

彼の運転するニューヨーカーでホテルを出発する。

関越バイパスをまっしぐらに走ると、もう秋空に山並がみえ、桑畠が左右に拡がりはじめた。

「うしろのバスケットに果物とキャンディが入っていますよ」

ハンドルを握りながら宗はあごで背後の席を示した。純子を待っている間、ホテルの売店で買っておいてくれたのである。

宗は路をよく知っていて、関越バイパスをぬけると国道を走らずに裏街道に入った。小さな町を幾つも通りすぎる。小さな町には流れる川があり、木の茂った石垣やコスモスの咲いている家があった。そして町をすぎると桑畠がまた左右に拡がった。

「晴れていてよかった」

「いつも、この路をお通りになって軽井沢にいらっしゃるの」

「ああ。昔はね。この二年はまったく行っていないけど」

昔はね、と宗が言った時、純子はこの桑畠のなかを家族を乗せて車を運転していた宗の姿を不意に想像した。

助手席には彼の妻が乗っている。背後の席には今と同じようにキャンディや果物を入れたバスケットをかかえて彼の二人の子供が腰かけている。

今までほとんど考えたことのない彼の妻の存在がこの時、大きな鳥の翼のように純子の胸に影を落とした。純子は黙りこんで遠くを見つめていた。

「どうしたの、急に黙りこんで」

「いいえ。何でもない」

「いや、何か考えている」

と宗は気づいて、

「二年前のことを言ったのが、気に障ったの」

と心配そうに訊ねた。

「割りきれないのね、わたくし。仕方のないことだと、わかっていますけど」

純子は自分が悪いと思った。思ったが心と頭とは別々のものだった。

松井田から横川に入った。魔法の山のような妙義山が左側に迫っている。露出した岩が童話に出てくる城のような形をしている。そこからは空気が急に乾いていかにも高原に入るという雰囲気である。

「おなかがすいた？」

「いいえ」

「それじゃ昼ぬきにして行こうか。あと一時間で軽井沢だ」

数えきれぬほどのカーブを過ぎて碓氷峠《うすいとうげ》を越えると、急にひろびろとした高原が眼下にひろがった。さまざまな色の屋根を持った別荘や山小屋が林やゴルフ場の間に秋の陽をあびて散在していた。

「ぼくの山小屋はね」と宗は笑った。「こんな立派な場所じゃないよ。本当に山のなかだから。それに穴だらけなんだ」

「どうして穴だらけなのですか」

「キツツキの奴が目茶苦茶に嘴《くちばし》で穴をあけたんだ。キツツキって知っている？　ウッド・ペッカーって漫画に出てくるあの悪戯な鳥で、奴等の暴力には手のうちようがない」

宗がある日、その山荘で寝ていると、朝早く戸をしきりに叩く音がする。どなたですかとベッドから叫んでも音がする。寝ぼけ眼《まなこ》をこすりながら窓から覗くと、山荘の外側の壁にキツツキがとまって嘴でつついていたのである。

「だから穴だらけの別荘を見て、びっくりすると思うね。困るのは冬の間、その穴のなかにカケスのような他の鳥が巣を作ること」

「じゃ、鳥たちのマンションね」

「マンションか。本当にそうだ。鳥のマンションにぼく等は今から行くわけだ」

国道を長野に向けて走り、中軽井沢から星野温泉まで長い坂をのぼり、それから左折した。次第に山になるこのあたりも、さまざまな形の別荘が見えていたが、それが尽きると、しばらく紅葉した林が続いた。

宗は車をとめた。

「ここだよ」

それはゆるい谷間の斜面に建てられた山荘だった。谷間は樹林で埋まり、まわりには家はない。

「ごらん。穴だらけでしょう」

「まあ」純子は驚きの声をあげた。「戦争の跡みたい」

山荘の木の壁に無残に幾つもの傷がついていた。直径五センチほどの穴が弾痕《だんこん》のようにあちこちに残っている。

「雨が洩らないんですか」

「それはまあ、なかには厚い漆喰《しっくい》の壁があるから大丈夫だけど……」

車から鞄を出し、宗は純子を山荘のベランダに連れていくと鍵を出した。窓はすべてフレンチ窓で、ベランダは鉄平石を敷いて広かった。そこからは傾斜のゆるやかな広い庭がひろがっていた。

「入りたまえ。よごれているから気をつけてね」

入ったところが二十畳ほどの客間で、大きな籐椅子《とういす》やテーブルが並べられ、煖炉《だんろ》のそばには人間の掌の彫刻がおかれていた。

宗が窓の鎧戸《よろいど》をあけると、床に鳥の羽や埃《ごみ》が散らばっていた。

「二年も放ったらかしにしたからね」

「バケツありますか？　お掃除しますわ」

二人は電気掃除機や雑巾《ぞうきん》を使いながら荒れた山荘の掃除にかかった。

階下はサロンと食堂とキッチンとバス。二階は四つの部屋がある。

純子は床を雑巾で強くふきながら、この家に残っている宗の過去を消そうとしている自分を感じた。

たった二日だけの宗との生活だけれど自分の知らない彼の過去をこの山荘から消しとりたかったのである。まだ見たことのない彼の妻が歩いたり、息づいたりしていたすべてをふきとりたかったのだ……。

掃除がすむと客間は客間らしく、食堂は食堂らしくなった。

それから二人はすぐ近くの村まで夜の食事の買い物に行った。

誰一人いない林のなかに遅咲きの秋の七草がまだ残っている。二人の足音に無数の赤《あか》蜻蛉《とんぼ》が吾亦紅《われもこう》の茎や乳首のような花から飛びたった。

その村は大日向村といって、むかし満州の開拓民が引き揚げてきて作ったのだと宗は説明をした。村のあちこちに東京では見られぬほどの色の強いコスモスが乱れ咲いている。

肉や卵や野菜を車にのせて、また別荘に戻り、それぞれの仕事をした。純子は食事の支度にかかり、宗はセントラル・ヒーティングの火をつけたり薪《まき》を運んで煖炉に火を燃やした。

「燃えたよ」

という宗の声に手をふきながら純子が客間をのぞくと、乾いた音をたてて炎が蛾《が》のようにゆれ動いていた。そして客間からみえる広い庭は夕霧に包まれはじめ、大きな樹々が魔法使いのように腕をひろげていた。

食事の支度ができると宗は葡萄酒をぬいた。

「静かでしょう」

本当に静かだった。煖炉からあたたかい空気がながれてくるが、そのあたたかい気流が感じられるほど家のなかも庭も静寂だった。二人の動かすスプーンの音や皿だけが、かすかな音をたてた。

ここで生きて生活しているのは宗と自分とだけという実感が純子の胸にひたひたと押し寄せてきた。

「やっと二人きりになれたね」

「ええ」

食事の間、宗はあまり口をきかなかった。純子もほとんど黙っていた。余計なことをしゃべりあわなくても、むしろ黙ってこの静かさを味わっているほうが心と心とが通いあう――そんな気持ちである。

葡萄酒と煖炉のあたたかさで体がうっとりとした頃に食事が終わった。よごれた皿を台所に運んで、純子が洗ったものを宗がふいた。

それから客間に入って籐椅子を並べ、宗は薪を煖炉に放りこみ、レコードをかけ二人で音楽に耳をかたむけた。

「ふしぎですね」

「なぜ」

「東京では食事をしても、あなたはよく、話をしていらっしゃったでしょう。でもここに来て急に無口におなりになったみたい……」

純子が笑いながら訊ねると、

「本当だね」

と宗はうなずいて、

「ここにきた時から何か安心できて、もう話す必要がなくなったようだ」

と笑った。

宗は籐椅子に腰をおろし、煙草をのみながら、小さな本を読んでいた。

「何を読んでいらっしゃるの」

「詩の本。がらにもなくね」

「どなたの？」

「佐藤春夫の……」

彼は本をひろげ、純子はレコードをきいていた。時々、庭で鋭い鳥の鳴き声がひとつ、ふたつ聞こえた。

随分、山ぶかい、と彼女は思った。

煖炉の炎が少しずつ力つきた。瀕死《ひんし》の小鳥のように薪の上で羽ばたき、もがき、そして一つ一つ消えていった。

「君、入浴していらっしゃいよ」と宗はすすめた。「その間、ぼくはベッド・メーキングをしておくから。それから君の寝室は階段をあがってすぐ右の客用の部屋だ」

純子は言われるままに小さな浴室に行った。湯のなかに沈んだ自分の体を見つめ彼女は今夜、この体を宗に与えるのだ、と思った。

それは今は当然のような気がした。愛しあった以上、すべてを恋人に与えるのに彼女は何の抵抗も感じなかった。処女とか処女を失うということに拘泥する昔の世代とちがった気持ちを純子たちは持っていた。

「おさきに」

彼女は二階の客用の部屋に入ると隣室で物音をたてている宗に声をかけた。

「どうだった」

「とっても、いいお風呂でしたわ」

かわって宗が階段をおりていった。

客用の部屋は真っ白な壁にとりかこまれ、白いベッドとベッド・テーブルとスタンドがおいてあった。顔の手入れをしてパジャマに着かえ、ナイトガウンをまとって、もう一度、下におりると煖炉はすっかり消え、卓上にさっき宗が読んでいた佐藤春夫の詩集がおかれていた。

宗はその詩の幾つかに鉛筆でしるしをつけていた。好きな詩はそんなマークを書いたのであろう。

人と別るる一瞬の
思いつめたる風景は
松の梢のてっぺんに
海一寸に青みたり

純子はその詩をじっと凝視した。宗がこの詩のなかに彼の心情の何を投げ、何を読みとったか、わかるような気がした。そしてこの切迫した感情は静寂そのものに包まれた今夜、やがて向きあう彼と自分との心をあらわしているような気さえした。

彼女はふたたび客用の寝室に戻り、ベッドのなかに体を入れた。外はかなり冷えているだろうが、この山荘はセントラル・ヒーティングなので部屋のなかは心地よかった。

灯を消して眼をつぶっていると階段をのぼる宗の足音がした。部屋のなかに入った彼はしばらく、かすかな音をたてている。

（彼は来るだろう）

純子は身がまえるような気持ちで待っていた。不安とかすかな怖《おそ》れとが闇のなかで胸をしめつけた。はじめての経験はやはりこわかった。

(でもいい。悔いはない。自分の考えでやることだもの……)

毛布を顎《あご》まで引きあげて彼女は隣室の気配に聞き耳をたてた。かすかな物音もしなかった。宗はそのままベッドに入ったようだった。

何か侮辱されたような気持ちがした。ここまで来ているのに彼がためらったと言うことは馬鹿にされた感じである。と同時に、ほっとしたものも胸にこみあげた。

そのまま彼女は眠りに入った。林のなかでまた鋭い声を出して鳥が一度ないた。

朝が来た……。

眼がさめると窓の鎧戸から橙《だいだい》色《いろ》の光が流れこんでいる。純子はぼんやりとした頭で自分が東京ではなく、宗の山荘にいるのだと気がついた。

とび起き、鎧戸を開けると、真っ青な空。庭の樹々が金色にかがやいている。幹を何か黒いものが走る。栗鼠《りす》だった。

「あっ」

栗鼠は滑るように枝と枝とを渡り、姿を消した。鳥があちこちで鳴いている。

「起きた?」

隣の大きな窓をあけて宗が笑顔を出した。まだ彼もパジャマの上にガウンをはおっている。

「おはようございます。今、栗鼠がみえました」

「ああ」宗は別にふしぎそうな顔もせず、「野生の胡桃《くるみ》の樹が庭に何本かあるからね。夏は多いんだが、まだ、食べにくるんだな」

「胡桃の樹があるんですか」

「わからなかったかい」

彼は庭の大木の一つを指さして、

「あれもそうだよ」

身支度をして二人で珈琲《コーヒー》を沸かし、湯気のたったカップを持ったままま少しつめた い庭に出た。栗鼠がたべた胡桃の殻が二つにわれて、あちこちに散乱している。

「昼までこの周りを歩きまわろうか」

「ええ」

宗はステッキをとりに行き、純子は珈琲カップを手早く洗って散歩に出かけた。人は誰もいない。金色の林をぬけて小川にそって台地に向かった。宗は植物や小鳥の名をよく知っていて、これがホオの樹、あの小鳥がアカハラと教えてくれる。

「この台地の上からね、浅間山が間近にみえるよ」

その言葉通り台地をのぼった時、純子は思わず息をのんだ。狐色《きつねいろ》の浅間山が突如あらわれたからである。浅間山はその山襞《やまひだ》がひとつ、ひとつ数えられるほど大きな秋空のなかで眼前に迫っていた。裾《すそ》のあたりは樹々に覆われている が、半ばから上は赤褐色の火山礫《かざんれき》に覆われて荒涼として孤独にみえた。頂きから卵色の煙がゆっくりと流れている。

「反対側をみてごらん」

宗は浅間とは反対の方角を指さした。そこからは八ケ岳が遠くに、そのほかの信濃の山々が蒼《あお》くそびえていた。

二人はその台地を一時間ほど、歩きまわり、くたびれると台地の耕作地にたちどまり、足をやすめてまた浅間山を見つめた。

「この浅間を一番よく写す写真家がいるよ」

宗はふと思いだしたように言った。

「どなた」

「最上という写真家。ぼくは彼の写真展をみたことがある。あんなに感動した山の写真はなかった。彼はこの浅間にどのくらい登ったんだろうね」

純子はいつか自分の写真を撮ってくれたあの無愛想な男を思いだした。

赤褐色の火山礫に覆われてひとすじの煙をたてている浅間の山肌をじっと見つめていると、その山肌を登っていくあの男の姿が目にうかぶようだった。彼女は自分の恋愛もそうでありたいと思った。

午後はどこにも行かず山荘で食事をゆっくり食べ、ベランダで秋の陽が庭に木洩れて動いているのを見て時間を過ごした。宗は色々なレコードをかけてロッキングチェアに仰向けになりながら聴いていた。

それは文字通り休息だった。東京では滅多に味わえない無為な、しかし人生にとって必要な時間が砂のように流れた。三時になると二人は紅茶を飲み、ビスケットをたべ、果物の皮をむいた。

夕暮れになった。

仰向けに寝て眼をつむっていた宗が、

「さあ、そろそろ帰ろうか」

声をかけて上半身を起こした。

「イヤ」

と純子は椅子から宗のほうを向いて答えた。びっくりしたように宗はその純子をみつめて、

「なぜ……」

と小声でたずねた。

「わたくしたち、もう一晩、泊まっていくの」

彼女のその声には昨夜、寝室に来てくれなかった宗にたいする恨みが含まれていた。

そして自分がどんな気持ちでここに来たかをはっきり訴えるものがあった。

「そうか……」

思いがけぬ純子の気魄《きはく》に彼は少し圧《お》されたように黙りこみ、ひくく呟いた。

「わかった」

そのあと二人は、もうその話題には触れず、そのまま夕雲がゆっくりと空を覆うのを見あげていた。

夜の食事は車で軽井沢まで行き、万平ホテルでとった。季節はずれのホテルだが、それでも何組かの外人客やゴルフ客があちこちのテーブルに腰をかけている。

食事をして二人で少し寒い旧道を散歩した。夏にはにぎやかな店は戸をしめて、開いているのは土地の人の雑貨屋や珈琲店だけである。

九時半頃、山荘に戻った。昨夜とおなじように交代で入浴をすませると純子は自分の寝室でガウンを着たまま宗を待っていた。

後悔の念は毛ほどもなかった。むしろ、こうした山のなかで、こうした二日間の後に自分を宗に与えることは当然であり、自然であるような気持ちでいっぱいだった。

家族のことも今は念頭になかった。父には父の人生があり、母には母の人生があり、弟には弟の人生があるように、自分には自分だけの人生がある。

（結果がどうであろうと……わたくしはこの二日間を決して悔やんだりしないだろう）

そう思った。

宗が入ってきた。彼は照れたような微笑をうかべ、

「寒くないか」

とたずねた。

「いいえ」

彼に促されてベッドに純子は身を横たえた。そして眼をつむった。

闇のなかでまた鳥が鋭い声をあげて鳴いた。すべてを引き裂くような声だった。

クロードの宣伝ポスターが出来あがった。もちろん試作ポスターだが、野口たちが自慢するだけあって菊次も満足をした。

「悪くない。この掌と指の線がいいね」

女の掌の上にクロードの瓶がおいてある。たったそれだけの構図なのだが、モデルの指の線と瓶のそれとがみごとに調和して、しかもクロードの琥珀色の反射がゴージャスに見える。

「言葉は入れないのか」

「それを今、みんなで考えています」

野口はいつになく菊次からほめられたのが嬉しかったのか、白い歯をみせて笑った。

この青年もすっかり仕事ができるようになった。先輩として菊次は満足だった。手がけ教えた青年たちが仕事に熱中し、仕事を愛するのを見るのは彼のようにやがて第一線から退くであろう年輩の者には嬉しい気持ちを与える。

ポスターの瓶を見ながら、彼は何気なしに思いだした。

（あの重役会議の折、試作品を入れた瓶はどこにしまったかな）

そう、たしかにあの時、研究所から持たせた試作品の瓶を社長、専務、常務たちに嗅いでもらったのだ。その瓶は当然、開発部の自分のもとに戻っていなければならない。

思わず、卓上の電話をとって開発部にまわした。

「あれですか」

開発部の今井という女の子が、

「あれは研究所にかえしました。何か、いけなかったのでしょうか」

「いや、たしかに研究所にかえしたね。いつ」

「社長付の奥川さんが会議があった翌々日に持ってきてくれました」

「そうか。わかった」

ほっとした気持ちで電話を切り仕事にかかった。

菊次の机のそばに大きな窓があって、そこから東京のビルや建物がみえる。時々、午後のその風景に眼をやりながら、また書類を読んだ。

突然、あることが想念にうかんだ。

（あの会議の日、極秘書類をくばり、クロードの試作瓶を見たのは重役たちだけではなかった。秘書の奥川もいた……）

そのことを今、思い出したのだ。

当然といえば当然のことだが、もう一度、受話器をとり、今井をよびだし、たしかめた。

「君」

「はい」

「確認するがね、奥川君が開発部に瓶をかえしたのは会議の翌々日と言ったね。確かか」

「そうです。でも、何かあったんでしょうか」

「いや、何でもない」

菊次は奥川の少し肥《ふと》った体と顔とを思いうかべた。いつも愛嬌がよく、あかるく、大それたことをするとは思えない。

(純子と同じ年齢だろう……)

同じ社の、しかも娘と年齢もちがわぬ女子社員に疑いを持つことはいやだった。しかし放っておくわけにはいかないのだ。

彼はもう一度、受話器をとりあげ、交換台から奥川をよんでもらった。

「奥川君」

「はい。奥川でございます」

「開発部の石井だが……話をしたいことがある」

　彼はそこで少し考えてから、

「会社が終わってから会ってくれるかね」

　一瞬、受話器の奥が静まりかえった。そして、

「はい」

「じゃあ、表参道駅のすぐ近くに『重よし』という店がある。そこで待っているから、五時半に……」

「はい。伺います」

　電話を切ったあと、じっとしていた。

　社内で会うのを避けたのは事が事だけに彼女に辛い思いをさせぬためだった。「重よし」ならば会社の者に見られる筈はない。

　菊次は煙草の火口《ほぐち》をじっと見ながら、どう奥川に話をしようかと思った。もし彼女がそんな事を知らぬと言えば平あやまりにあやまるより仕方ない。彼女を傷つけずにどう切り出すか、むずかしかった。

　五時になった。

「おさきに」

「さようなら」

机を片付け、それぞれ椅子をたつ社員のあとから菊次も部屋を出た。そしてまっすぐに「重よし」に向かった。

まだ客の姿はみえず、板前たちが忙しげに準備をしていた。

「今日は部屋を一時間ほど貸してくれないか」

と彼は部屋をとってもらうと、麦酒《ビール》をのみながら奥川のくるのを待った。

まもなく「おみえです」という声と一緒に襖《ふすま》があいた。ブーツをはいた奥川が緊張した顔で立っていた。

「ああ。入んなさい」

ブーツをぬいで部屋に入った奥川は上役の前に畏《かしこま》って坐った。

「飲むかね、楽にしなさい」

麦酒をついでやって、

「社長付の秘書の仕事は忙しいだろう」

と相手の気持ちを和らげるようにたずねた。少し雑談をかわしてから、

「実は……これは他の者には洩らしてもらっては困るんだが……困ったことができてね」

そう言って奥川の強張った顔をみつめ、

「例のクロードの極秘書類と見本が外に流れたらしいんだ」

と一気に言った。

「それで一人、一人にあたるつもりなんだが、君の場合、ひょっとして、あの書類や瓶をうっかり誰かにあずけたりしなかったろうね。会議のあとで……」

奥川の顔色が変わった。

「どうなんだ」

「……………」

「あずけません」

「そうか。それならいいが」

菊次はコップを口にあてて、

「瓶のほうもすぐ開発部に戻したかい」

「はい」

「本当か。君。会議の終わったあと、すぐにかい」

「はい」

「しかし開発部ではそうは言っていないんだ。それを確かめようと思ってね」

うつむいていた奥川が小さな声で泣きはじめた。肩が小きざみに震えている。

菊次は狼狽した。自分が詰問するように訊ねたことに彼女がふかく傷つけられたのだと思った。

「いや、泣かれては……困るが……」

「すみません」

奥川は両手を顔にあてたまま、指の間から嗚咽《おえつ》の声を洩らした。

「わたくしが……」

「君が洩らしたのか」

「はい」

「誰に……」

奥川は答えない。菊次は仕方なく彼女が泣き終わるのをじっと待っていた。まだ事情ははっきりとはしないが、しかし奥川が何かやってしまったのは確かである。自分の娘とほぼ同じ齢の女性を問いただすのは心が苦しかった。

「誰にわたしたのかね」

「…………」

「東洋パルヒュムの人か」

「はい」

「パルヒュムの何という人だね」

奥川はまたすすり泣きをはじめた。

「どうしてあの瓶をわたしたんだ」

「わたくしが悪かったんです。すみません。わたくしが……」

「その人が君に頼んできたのか……」

「はい」

「しかし、君が話さねば、その人はクロードのことは知る筈はないだろう」

「わたくしが悪かったんです。わたくしがしゃべったんです。その人に……罪はありません」

奥川は必死になって相手をかばっている。相手の名も決して言おうとしない。やっと菊次は気がついた……。

「その人は……君の恋人だな」

「はい」

「そうか……そうだったのか」

この娘には東洋パルヒュムに恋人がいる。恋人のために奥川はクロードのことを洩らし、頼まれるままに仕方なく瓶を一日、かしたのだ。

もう何も聞かなくてもわかった。

純子と同じぐらいの娘がこんなことをする。それは恋をしているためだ。女が恋をすると、「けじめ」も常識もなくなってしまう。まっしぐらに闇のなかに沈んでいく。愛欲の泥沼にひたりきってしまう。

（それが女だ）

「君は責任をとらなくちゃならん。君のやったことは恋人のためかもしれんが、働いている会社を裏切ったことになる」

「はい。わかっています」

「本当なら、くびになる。しかしくびになれば今後のこともあるから……自分から退社したほうがいい」

「はい」

この娘は何もわかってなんかいやしないと菊次は思った。恋をした女は自分が何か無軌道なことをしても心から悪いとは思わないのだ。自己正当化がすぐできるのだ。

（純子も同じだろうか）

純子にも好きな人ができたと妻が言った。すると無邪気だったあの子もこの奥川と同じように、「けじめ」や理性を忘れた女になっていくのだろうか。

「私は君のことは誰にも言わん」

菊次は重い気持ちで煙草に火をつけた。運ばれてきた銚子の酒も既に冷えていた。

「馘首《くび》という形で会社をやめれば退職金も出ないしね、次の就職に差しつかえる。君のほうから退職届を人事課に出すようにしたまえ」

彼はさっきと同じ言葉をくりかえした。

「理由は健康上の都合でも何でも考えるんだな」

奥川は両手を膝の上において菊次の言葉をきいていたが、泪の乾いた顔をあげて平然と、

「そう致します」

「うん」

「それでは……失礼させて頂きます」

たちあがって奥川は大股《おおまた》で靴ぬぎ場に歩いていった。その体の動きには悪びれたところは少しもなかった。むしろ、こんな形で責任をとらされたことを理不尽だと思っている様子だった。

視線を靴ぬぎ場のほうには向けず、菊次は憮然としてひえた酒を飲んだ。やがてブーツをはき終わった奥川は、

「さようなら」

事務的に挨拶して姿を消した。

（あれが若い世代だ。いや……あれが女なのだ……）

菊次には想像できた。「重よし」を出た瞬間、あの奥川は恋人に電話をかけに赤電話を探すだろう。彼女の心には会社を裏切ったという意識よりも恋人のために犠牲になっ

たという陶酔や悦びが強く拡がっているにちがいない。

（女とはそういうものか）

つめたい酒をのみ彼は自分の娘にもあのような「女」が出現するのかと考えた。「けじめ」を大事にする菊次は、娘のなかにけじめを無視して走り出す「女」を見るのが恐ろしかった。

だがどのような女性にもその「女」の要素があるのだ。奥川がそうである以上、どうして自分の娘にその「女」がないと言えるだろう。

あたらしい熱燗《あつかん》をたのんで、それを二、三杯飲むと彼はたちあがった。手洗いに行ってこようと思ったのである。

座敷の襖をあけ、靴をはいて店内に入ると、今夜も混んでいた。

手を洗って彼が座敷に戻ろうとした時、テーブル側の席で食事をしていた二人の女性がこちらを見ていた。

彼はその視線を受けとめ、ひどく照れくさそうに会釈をして微笑をした。

「やっぱり……石井さんでしたの」

「ええ」

安西節子は驚きと懐かしさとのこもった眼で菊次をみつめ、テーブルから立ちあがった。

「さっき、うしろ姿で……そうじゃないかしらと思ったのですけれど、自信がなくて」

「前に一度、ここでお見かけしたんです。お声をかけようと思いましたが、しかし失礼かと考えて遠慮しました」

「ひどいわ。言ってくだされればよかったのに……お懐かしいわ、石井さん」

それから彼女はそばに腰かけている若い女性を示し、

「娘ですの」

と紹介をした。

「宗でございます」

その若い女性は頭をさげた。

菊次は三十数年前の面影を、今、眼前にいる安西節子の顔から見つけようとしていた。彼が探しているのは焼けた三田の図書館前で靴磨きをしている自分たちに駆け寄ってきた山内節子だった。自分が作った饅頭や林檎を持ってきてくれたあの女子学生だった。

「本当にお懐かしいわ。三田の連合会なんかに行けば昔の友だちにお目にかかれると思って時々は出かけているんですけど、一度もあなたにはお会いしませんでしたね……」

「私は御無沙汰《ごぶさた》しているんです。あれ以来、三田には……」

「あの方、どうしていらっしゃいます、面白かった方……」

「大橋ですか。元気です。大阪にいますよ。本当にあの頃はお世話になりました」

頭をさげながら菊次は少し寂しさを感じた。結局、この人にとって大橋や自分はそれほど深い印象も記憶も与えなかったような気がしたからだ。

「ママ、わたくし」

と宗と名のった若い女性が母親に、

「一足、お先に失礼するわ」

「あら、いいじゃないの」

「だって昔のお話があるんでしょ。それに子供たちを寝かさないとならないし……」

「そう……じゃあ、あとで電話するわ」

節子の娘は菊次につくり笑いをむけると、ハンドバッグと紙袋とをかかえて椅子から立ちあがった。

「もう、お孫さんが？」

驚きながら菊次は節子にたずねた。

「そうなの。すっかり、わたくしも孫持ちのお婆さんになっちゃって……石井さんは」

「娘と息子がいますが、まだ長女もかたづいていません」

「うちのはね……困っていますの」

と急に節子は眉をひそめて、

「夫との仲がつめたくなって……」

「夫とおっしゃると、あなたの御主人とですか」

「あらイヤだ。わたくしの主人はね三年前に亡くなりましたの」

「そうですか。お亡くなりになったのですか……」

山内邸で紹介されたあの礼儀正しかった青年の顔が菊次の頭をかすめた。

「ええ。脳溢血《のういっけつ》で……突然だったものですから」寂しそうに節子は笑って、「だからせめて娘だけはうまくいってほしいんだけど……近頃の若い者は辛抱が足りないのですねえ。別居していますのよ。娘も我儘だし、向こうもお坊っちゃん的なところがある人だから、お互い、意地を張って……」

彼女はふと自分が愚痴っぽい口調になっているのに気づいて、

「ごめんなさい。わたくしばっかり、勝手なお話をして……」

「いいえ」

二人はそれから三田の頃の思い出を語り合った。戦後のあの何もなかった学生生活の匂いがまた甦ってきた。

「あれから三十年ねえ」

「もっとですよ」

楽しかった。楽しかったから菊次はそのまま節子の席に腰かけて一時間以上も昔話にふけった。

三十年、会わなかったが節子は同じ三田の山で学んだ仲間の一人だった。あの貧しく、ひもじかった戦争中や戦後を一緒に味わった女子学生だった。おたがい口で言わなくても三十年前の苦しく楽しかった思い出をわかちあった相手だった。

三十年の歳月はたしかに節子の顔を覆っていた。みずみずしかった女子学生時代の顔のかわりに、落ちついた、品のいい、思慮ぶかい人妻と母親の容貌がそこにかぶさっていた。

（この人にも色々な苦労があったんだろう）

菊次は彼女のそんな顔をみながら思った。それは彼女が今、快活そうに話しながら、亡くなった夫や娘のことにふれる時、チラリと目をかすめる悲しそうな色で感じられた。

「ああ、楽しかったわ」

ひとしきり話が終わると、節子は心底から嬉しそうにそう言った。

「これからも時々、ここでお目にかかりましょうね。大橋さんが東京にいらっしゃったら、わたくしもお誘いくださいましね」

「そうします」

「重よし」を出てタクシーをひろい、節子を深町の家まで送った。その家を一度、見に来たことがあったが、菊次はさすがに照れくさく言わなかった。そのかわり、

「実は……」

あのポスターの試作品で節子の写真を見て驚いたことを打ち明けると、

「まァ」

彼女は娘のように恥らいをみせて、

「あの会社が石井さんの……わたくし、断れなかったのよ。あの泰さんとおっしゃる若い方が手を合わせてお頼みになるんですもの」

としきりに弁解をした。

車が代々木公園にそって深町の交叉点をすぎ細い坂をのぼりかけると、

「うちに寄って頂きたいけど、お手伝いさんとわたくしだけですから、ごめんなさいね」

「いや、そんなこと……でもそんな寂しい御生活ですか」

「主人が亡くなってからはね。だから今は娘のことだけが辛いわ。娘が夫と別居するようになったのも主人が亡くなったあとですもの……わたくしの責任のような気がして……」

「失礼ですが、なにが、うまくいかないのですか。お嬢さん御夫婦は……」

「両方とも苦労知らずですものねえ、性格があわないのかしら。それに娘の主人のほうは、最近、あたらしく若い女性と交際しているという噂が入るし……」

昔、学友だった親しみから節子は溜息と共にそんなことまで洩らした。

「そこで、とめて」

タクシーが停車すると、彼女は、

「本当に楽しかったわ。石井さん」

ともう一度、礼を言った。

車が走り出しても彼女は灯のついた門の前に立って礼儀正しく見送っていた。車のなかにかすかに香水の匂いが残っていた。

（ゲランだな）

菊次は職業柄、その匂いがすぐわかる。残り香をたのしむように彼は息を吸いこんだ。

家に戻ると妻ではなく純子が玄関に出迎えた。

「オヤオヤ、御在宅ですか？　これは珍しいこともあるもんだね」

菊次は皮肉ではなく、娘が家にいたということと今日、思いがけなく安西節子に会えたことで上機嫌になっていた。だが、

「ママが……風邪なの」

と純子は小声で教えた。

「風邪？　熱があるのか」

「六時頃、大塚先生が注射をうちに来てくださったわ。もう心配いらないって。今、熟睡しているけど」

菊次は着がえをすませると、そっと寝室をのぞきに行った。軽い寝息をたてて妻は眠っていた。寝かしておいたほうがいい。

「パパ、お食事は？」

「いらん。ブランデー・グラスを出してくれ」

「まだお酒を召し上がるの」

菊次は前からかくしておいたシャトオ・ポーレをとり出した。日本にもあまりない貴重なブランデーで仏蘭西《フランス》に出張した時に手に入れたのである。純子が驚いて、

「まあ、そのコニャックおあけになるの」

「そうさ」

ニヤニヤと笑って菊次は、

「今日、いい事があったからな」

「いいことって」

「いつか原宿で出会ったろう、パパの大学の頃の女子学生だった人に」

「へえ。あの方にお会いになったわけ」

ブランデー・グラスにシャトオ・ポーレをそそいで、両手でグラスをだくようにしてその匂いを嗅ぎ、口にふくんだ。うまかった。

「お前にも少し、飲ましてやろうか」

飲みながら純子に今日のいきさつのうち、奥川のことだけを省いて話した。

「ねえ、パパ、三十年前の好きだった人に会うと、どんな気持ち？」

「そうだな。まず、長い間、会わなかった姉妹に再会したような感じかね。いや、それだけじゃない」いつもの照れ臭さを忘れて菊次は饒舌《じょうぜつ》になった。「パパたち戦中派の世代にはね、おたがい妙な目に見えぬ連帯感があるんだ。お前の年齢の頃まで戦争と戦後で随分、ひどい思いをいくつも味わってきたからな。たのしい青春らしい青春もなかったし……戦争や飢えや病気をくぐりぬけて……おたがい生き残っただろう。だから……」

そこまで言って菊次は急に恥ずかしくなり口を噤んだ。

「だから、何？」

「だから俺としても、あの人がせめて余生を倖せであり続けてほしいと思うのさ」

「なんだ、そんなことだけか」

純子は気ぬけしたような顔をして、

「でもその奥さま、お倖せなんでしょう」

「まあね。しかし彼女は三年前、未亡人になって……結婚されたお嬢さんもおられるのだが、そのお嬢さんの結婚がうまくないらしいね。御夫婦が別居しておられるそうだ」

「なぜ」

「理由はわからんよ。夫のほうに女ができたらしい」

その言葉に純子がうつむいた。そしてグラスの琥珀色の液体を一口に飲んだ。

「パパ」

純子は急に思いつめたように顔をあげた。彼女が今なにかを言おうとしているのに菊次ははっと気がついた。

「うん」

父親は身がまえた。菊次にとってはそれは宣告を受けるようなものだった。長年、手塩にかけた娘が彼から離れていくことを宣告する——その瞬間が今、来た。

「パパ、わたくし……」

玄関の扉のあく音がした。公一が帰宅したらしい。

「また、あとでお話しするわ」

純子は玄関のほうをふりかえって、あわてて話をやめた。

むしろ、ほっとした気持ちで菊次は、

「うむ」

とうなずいた。

入ってきた公一は椅子にぐったり腰かけると、

「水」

と姉に横柄に命じ、

「飯よりも水……何よりも水」

「どうしたんだ」

菊次がたずねると横から純子が口を入れて、

「この子、シュプレヒコールで咽喉がカラカラなのよ。そうでしょう」

「シュプレヒコールって、お前」菊次は眉《まゆ》をひそめて、「デモか何かに加わったのか」

「うん、秋田や佐野に誘われてね」

「何のデモだ」

「学内正常化のデモだよ。いけない？」

「いけないとは言わん。しかし、お前、よく考えてそのデモに加わったのか」

「考えたつもりだけど。うちの学校で入試問題漏洩事件《ろうえいじけん》があったでしょう。そんなこと目茶苦茶でしょう」

姉の運んできたコップの水をうまそうに飲みほして、

「ああ、腹もすいた」

と溜息をついた。

食事をしている息子の横で、菊次はさっき純子が口に出しかけたことをブランデーを飲みながら考えていた。

いずれはその瞬間がくるとは思ってきた。しかし、さっきその瞬間がきた時、心に狼狽、照れ臭さ、そして当然の複雑な感情がこみあげたのはなぜだろう。

自分の心には純子を嫁にやらねばならぬという義務感と、他人には手わたしたくないという矛盾した気持ちがある。正直に言えばまだ娘と別れたくないのだ。純子がいなくなればこの家からはある華やかさ、たのしさ、あかるさがなくなってしまう。まだ手元においておきたい。

（しかし、いずれはあの娘も出ていく。我慢せねばいかん）

菊次は自分にそう言いきかせた。

「ママは……」

「風邪よ。今、眠っているわ。だからあんた、明日の朝は自分でトーストをやいて珈琲《コーヒー》わかしてね。支度はしておくから」

「俺が。弱るな」

姉弟はいつものようにそんな会話をかわしている。そんな光景も間もなく見られなくなるのだな、と菊次は思った。

亡霊

「おーい」

　と伊藤社長が突然、事務室の皆によびかけた。

「御協力をお願いします」

　彼の指にはうす黄色の切符がはさまれていた。

「また今年もよ」

　と中條英子が小声で言った。

「ダンスの切符。イヤになるなあ」

　伊藤社長や本藤専務は二年ほど前から突然、社交ダンスにこりはじめた。二人ともまだ四十代なのに老化を防ぐにはダンスと八味丸を服むのが一番いいと言いだしたのである。

「君たちもダンスやらないか」

　純子にも誘いがあったが、

「わたくしたち、ディスコ派ですから」

と言って辞退した。今ごろパーティーでワルツやタンゴをおどるのは年寄りばかりだ。断ったことは断ったが昨年から年に一度、ダンス・パーティーの切符が社員にまわってくる。社長や専務がデモンストレーションをみせるパーティーである。

「今年はアメリカン・クラブで開くことにしました」

伊藤社長はいつになく謙虚な言葉づかいで、

「未熟な芸を披露しますので、応援して頂ければ嬉しいです。もちろんそのほか、御来臨のかたたちのおどれるパーティーもあります。福引きもあります。お酒や一寸した食べものも用意してあります」

「あなた、何枚買う」

「わたくし？」

「いいじゃないの、宗さんを連れていらっしゃいよ」

「いやがるわ、あの人」

だが中條英子も純子も結局は二枚ずつ、買わされ、

「社長も専務もいい人だけど、あのダンスがなければね」

皆、ぶうぶう言いながら黄色い切符をそれぞれ引き出しにしまっている。

「社長」

「なんですか」

「若い者むきの曲もやってくれるのでしょうね」

「勿論ですよ。そのために楽団もよんであります」

その日、会社が終わってから宗とデイトをした。

ホテル・オータニで待ち合わせて新宿のステーキを食べさせるレストランにのぼった。

「お願いがあるの」

「なに？」

「おいやでなかったら、ダンス・パーティーに一緒に行ってくださらない」

宗はなぜか、一寸、不安そうな顔をみせて、

「どんな人がくるパーティーなの」

「うちの社長と専務とがやるんです」

事情を説明すると、

「それで買わされたのか」

と笑って、

「いいよ、お供する」

「あなた、タンゴやワルツは？」

「どうかな」

宗はニヤニヤと笑った。

「でも今日まで君と一度もおどったことはなかったね」

その日のデイトも楽しかった。

そのダンス・パーティーが行われたのは土曜日である。

土曜日、純子は夕方までに外まわりの仕事をすませ、六本木の喫茶店で宗と落ちあった。

宗も会社の帰りだったが、ミッド・ナイト・ブルーの服を着てやってきた。

「君はその恰好で？」

「あら、平服でもいいような気楽なパーティーなのに。どうせ、うちの社長が開くんですもの」

宗は一寸イヤな顔をした。ラフな純子の恰好が気にくわなかったようだった。

「ごめんなさい、この姿じゃイヤ？」

「イヤじゃないが……しかし向こうに失礼じゃないのか」

きびしい顔でそう言われると純子も何か気おくれがしたが今更、家に着替えに戻るわけにはいかない。

仕方なく、そのまま二人は宗の運転する車で狸穴のアメリカン・クラブに出かけた。

アメリカン・クラブは東京にいるアメリカ人たちのクラブだが日本人たちも部屋を借

りることができる。

夕暮れの麻布の台地に白い建物が浮かびあがっていた。次々と車がその建物のなかに滑りこんでくる。

なるほど宗が気をつかったように、車からおりてこのダンス・パーティーに来る客は一応、ドレス・アップをしているようだ。純子は困って、

「昨年はこんなじゃなかったのよ。行くのやめましょうか」

と言った。

「もう仕方ないだろ」

宗の機嫌はまだ良くなかった。

七階のフロアをエレベーターでおりると、黒服に蝶ネクタイをした伊藤社長が本藤専務と受付をやっていたが、

「よく、来てくれたな」

二人をみて椅子から立ちあがった。

「社長、わたくしの担当の宗さんです」

宗を紹介すると伊藤も本藤も丁寧に頭をさげて礼を言った。

「わたくし、こんな恰好で恥ずかしいんです、受付をやらせてくださいませんか」

「馬鹿いえ」と伊藤はやさしかった。「服装なんかどうでもいいさ。楽しんでくれれば

いいんだ。中條君だって仕事着のまま、来ているよ」

少しほっとしたが、ホールに入ってみるとドレス・アップをした客にまじって普段着でウイスキーを飲んでいる男女もいて、やっと安心できた。楽団が演奏をはじめた。

宗はまだ不満が残っているのか、テーブルのそばにたって水割りを飲み、おどりの渦のなかに入っていかない。

「ごめんなさいね」

純子はそうあやまって少し悲しくなった。悲しくなったのは今まで自分の知らなかった宗の神経質な一面にはじめて気づいたからだった。さきほどの伊藤社長のやさしい言い方が急に思い出された。

もうひとつ悲しかったのは、そんな不機嫌な宗におどおどとあやまる自分のことだった。一度、恋をしてしまうと女は男に何といじらしくなるのだろうと思うと、純子はわが事ながら情けなかった。

待望の――と言うよりは純子たち社員にとってはあまり見たくもない伊藤社長や本藤専務のデモンストレーションがはじまった。

司会者の挨拶が終わると入口のほうから蝶ネクタイをしめた男たちが五人、それぞれのパートナーの手をもってあらわれ、フロアに進んだ。

その五人の男にまじって伊藤社長も本藤専務も会社では見られぬような思いつめた顔

をしている。

「しっかりィ」

と参列者のなかから声が起こって、場内がドッと笑ったが、その声も上気している二人には耳にはいらないらしく、伊藤社長のびっくりしたような眼はますますビックリ箱的になっていく。

楽団がタンゴを演奏しだした。そして五人の男は機械人形のように一回転すると両手をひろげ、パートナーが自分たちの前にくるのを待った。

失笑とも苦笑ともつかぬものが小波のように場内に拡がった。いい年をした男たちが必死になって習い憶えたタンゴを学芸会の子供のようにやっている。

可愛いと言えば可愛いが、いずれもその顔はまるで戦場にのぞむかのような悲壮感があって、それが可笑しい。

伊藤社長は少し体をななめにして眼をむき、気取ったように唇をひんまげている。しかしリズムがくるっている。

本藤専務のほうは真面目な性格のままに姿勢もリズムも正しいが、いかんせん余裕がない。

そのなかで一人、年をとった痩せた人だけがいかにもダンスを楽しんでいるおどり方だった。もっともその人はおどりながら観客に眼くばせをしたり、話しかけたりする。

アッという間にタンゴとワルツとのデモンストレーションは終わった。そのアッという間のために社長も専務も会社で大騒ぎをして切符を売りつけたのである。「社長も専務もいいけれど、あの道楽さえやめてくれればねえ」

「何とかの義太夫ね」と中條英子が純子のそばに来て皮肉った。

デモンストレーションが終わったあともその余韻を残すためか、楽団は続けて次々とタンゴとワルツを交互に演奏している。

「お二人、お踊りにならないの」

と英子は宗を見てふしぎそうに言った。純子が少し顔を赤らめて、

「知っているでしょう。わたくしが社交ダンスは駄目なの」

「じゃあ、おねがいいたしますわ」

と中條英子が宗に申し込んだ。

微笑して宗は英子とフロアに出た。そして軽く彼女の手をとってワルツをおどった。

誰が見たって、宗のダンスはさっきのデモンストレーションの男の誰よりも年期がはいっていてうまかった。周りの人たちが宗と英子のカップルをほれぼれと見ているのでわかった。

純子は何だか寂しい気がして二人から眼をそらせた。別に妬《や》いているのではなく、何だか来ないほうがよかったような気がしたのだ。

そばに何時の間にか伊藤社長が来て、宗のおどりぶりを見ながら、

「なかなかやるじゃないの。宗さん」

と純子に言った。そして沈んでいる彼女の表情に気づくと、

「よしよし、次のゴーゴーの時は俺とおどろうよ。あれより、もっと上手にやったるぞ」

冗談めかして誘ってくれた。社長のやさしさが純子の胸にじんと伝わった。沈んでいく気分を忘れるため、水割りを飲んだ。

宗も少しずつ機嫌をよくして、ジルバやルンバが演奏されると純子を誘っておどってくれた。酒の酔いが心地よく体をまわり、さきほどの悲しかった気分も晴れてきた。

「ごめんなさいね」

と純子はブルースの時、宗の耳にささやいた。

「気をつけますわ、これから」

「いいんだ。ぼくも少し大人げなかった。少し疲れていたものだから」

八時頃になるとホールは客でいっぱいになった。余興の福引きがあって宗は犬の縫いぐるみをあてた。

その縫いぐるみをもらってフロアから引きあげてくる宗を突然、一人の中年の女性が横から引きとめて、

「あら、しばらく」

親しげに話しかけた。

「こんなところでお目にかかるとは思わなかったわ。二年ぶりかしら」

「そうですね」

宗の顔にあきらかな狼狽の色が走ったが、しかし相手はそれに気づかず、

「奥さま、お元気？　御一緒に来ていらっしゃるの」

「いや、一人です」

「一人で宗さんが？」

その女性は信じられないというように笑った。

「あら、縫いぐるみがお当たりになったのね。お嬢ちゃまにいいお土産ができたじゃない。そう、そう。奥さまにお伝え頂きたいの。いつかお約束した旅行の件は決して忘れていませんて。御一緒に香港で遊びましょうってお約束したのよ」

「伝えておきます」

宗は逃げ腰でうなずいた。

「今度、奥さまと御一緒に宅にいらっしゃってくださいましね。駄目よ、浮気しちゃ」

彼女の声は、すぐそばにいる純子の耳にもはっきりと聞こえてきた。もちろん純子はそれが聞こえないふりをしてフロアを流れるダンスを眺めていた。

宗はその女性に気づかれぬためか、純子のそばを素知らぬ顔をして通りぬけると、ウイスキーやつまみ物の置いてあるテーブルの方に行き水割りを飲みはじめた。

そして女性がやっと自分のパートナーとおどりの渦に入ったのを見とどけると、戻ってきて、

「帰ろう」

と突然言った。

「なぜ」

純子は抗う姿勢をみせた。宗がなぜ帰りたがるか、その心理がわかったからだ。

「もう充分、楽しんだし……二人で飲みに行こうよ」

嘘、と純子は思った。なぜ正直に理由を言わないのだろう。そしてなぜ一人で来た、と相手に言ったり、逃げるような姿勢をとるのだろう。

「わたくし、まだ、おどりたいの」

彼女は挑むような眼で宗を見つめ、何も知らぬ伊藤社長に、

「社長、おどって頂けます？」

とたのんだ。宗に見せつけるために。

ゴーゴーを伊藤とおどっている間、宗がこちらをじっと見つめているのがわかった。

その視線を痛いほど背に感じながら、しかし純子はわざと嬉しそうに、わざと楽しげに

体を動かし、伊藤に笑いかけた。

「よくわからないが……」

と伊藤社長はニヤッとして、

「どうやら、俺、君たちのいざこざに、巻きこまれているようだな。彼に見せつけているわけ？」

「いいえ」

「いいんだ。俺、いつも、そういう運命なんだ」

宗をまったく無視するふりをしながら、純子は宗が今、怒っているのがわかっていた。しばらく二人をみつめていた宗はそのまま背を向けて人ごみのなかに消えた。

（待って）

と純子は言いたかった。しかし、まだダンスが終わらない以上伊藤を棄てて彼を追いかけるわけにはいかなかった。

演奏が終わった。急いで、

「ありがとうございました」

礼を言って彼女は眼で宗の姿を客のなかに探した。どこにもいない。

急ぎ足で彼女はホールの外の廊下に出ると空虚なエレベーター・ホールまで歩いた。

そこにも宗の姿はみえない。

もう一度、ホールに戻る。皆、嬉々《きき》としておどっている。

(帰ったんだわ。わたくしを残して……)

彼女は急いでクロークからコートをもらうと社長や専務や中條英子に挨拶もせずにエレベーターに乗った。

口惜しくって泪がにじんだ。口惜しいのは宗が女心をまったくわかっていないことだった。あの知り合いの女性に話しかけられた時の彼の態度もイヤだったが、それよりも、その直後、純子をさけて逃げるようにテーブルの方に行ったことも情けなかった。

(見そこなっていたわ)

と彼女は自分に言いきかせた。

(もう、あんな人とはつき合わない)

今は軽井沢での楽しかった思い出がすべてかき消えた。

(わたくし、買いかぶっていたんだわ、本当はあの人、神経質で狡くて、身勝手なんだ……)

アメリカン・クラブの一階の広いロビーには二、三人の外人がソファに腰をかけているだけでがらんとしていた。車寄せにはパーティーに来た連中の車がぎっしり詰まっていたが、そのどこに宗の車があるかわからない。もう、彼は引きあげたにちがいないのだ。

タクシーが来ないので歩きだした。歩きながらパーティーに誘わねばよかったと悔やまれた。自分がひどくみじめで孤独感がこみあげ、

(罰があたったんだ。罰が)

父や母の怒るような恋愛をした罰があたったんだと思う。

ライトの光が追いかけてきた。そして車がとまった。

車をとめて宗はじっと純子をみつめ、助手席の扉をあけて、

「お乗り」

と静かに言った。

長い間二人は沈黙を守り続けていた。やがて車が青山通りに出た時、

「なにを怒っているんだ」と宗がひくい不機嫌な声で、「黙っていちゃわからない。ぼくのどこが悪い」

「卑怯《ひきょう》だから……」と純子はつぶやいた。「男らしくないから」

「男らしくない？」

宗は眼に怒りを走らせながら、

「どこが……」

「どこがって……言わなくても、おわかりになるでしょう」

「…………」

宗は黙りこみ、しばらくして、

「仕方がないだろう。あれは女房の友人だ。おしゃべりなんだし、あらぬ誤解をされてあちこちにゴシップを飛ばされちゃ……」

「だって事実は事実でしょ。だからと言って一人でおどりに来たようなふりをなさっているほうが滑稽だわ。それに……わたくしはそんな存在でしたの、宗さんにとって」

純子がたたみかけると宗は当惑しきった顔で、

「待ちなさい」

車を歩道にそって停めた。

「君、冷静になりたまえ」

「カッとなさったのは宗さんじゃありません？」

「わかってくれよ、今、ぼくは女房と離婚できるかどうかの大事な瀬戸際なんだ。だからいらざるゴシップは飛ばされたくないんだよ。あの時もそのゴシップが君にまで迷惑をかけるのを、ぼくは怖れたんだ」

「わたくしに……」

「そうだ。女房のほうは、ぼくに恋人ができたから離婚を要求したとすぐ考えるからね。そうじゃないんだ。ぼくは女房と性格があわなかったから……」

懸命に宗が説得しはじめた。

「ぼくは君と結婚したい。だからこの離婚を早くやっておきたいんだ。そういう気持ちとそういう立場を考えたから、あの時、あんな態度をとらざるをえなかったんだ。君を傷つけたのは悪いが、君もぼくのそんな気持ちと立場をわかってもらいたいんだ」

静かにそう説明されると釈然としないものの、純子の怒りも少しずつ鎮まっていく。鎮まっていくだけでなく彼のその言葉を信じたい気持ちになってくる……。

「わかってくれるかい」

「そりゃ、わかるけど……でも……」

「でも何だい」

でも、と言いかけて純子は口をつぐんだ。彼女が言いたかったのは自分と宗との間にやはり、いつも宗の妻が介在していることだった。

軽井沢のあの別荘でふき掃除をした時も、彼女が力をこめてふきとろうとしたのは床にしみこんだ宗の妻の匂いだった。

今日のダンス・パーティーでも眼にみえぬ形で宗の妻が邪魔をしてくる。それでなければこんな情けない喧嘩《けんか》が起こる筈はなかった。

「いつ……離婚なさるの」

「できるだけ、早くね」

零時をすぎて家に戻った。

父にまた烈しく叱責《しっせき》されることはわかっていた。結婚前の娘が家に連絡もせずに零時に帰宅することを嫌う父である。父はそれを「ふしだら」という。「けじめがない」と怒る。

そんな父の気持ちはよく純子にもわかる。

わかるが、しかし今の純子には宗との時間がかけがえのないものだと思うのだ。かけがえのない時間を父の叱責のため失いたくはなかった。

自分の責任で行動しているのだから、それでいいんだわ。

若い純子の考えはそうだった。「けじめ」や「世間体」などより、もっと大事なものがある。それが宗との時間だ。

宗に家の近くまで送ってもらって玄関の扉に手をかけると開いた。

足音をしのばせて食堂の前を通ると、

「だれ」

母の声がした。

「遅くなって、すみません」

食堂には父の姿は見えなかった。ホッとして、

「パパは」

「もう寝たわ」

「怒ってる？　パパ」

「怒ってたわよ。あなた一体、連絡もせず何処に行っていたの」

「社長のダンス・パーティーが今日、あるって言ったでしょ」

「でもこんな時刻まで」

眉をひそめて母は純子の顔をじっと見た。

「だってパーティーですもの。それにわたくし、社員だから後始末もお手伝いしなくちゃならないし」

純子がそう言って洗面所に行こうとすると、

「一寸、純子」

いつもと違う母親のきびしい声がした。

「なによ」

「お坐んなさい」

「なによ」

気おくれしながら椅子に腰かけ、それでも虚勢をはると、

「あなた、ママに嘘を言っていないでしょうね」

と母親は静かに言った。

「嘘？」

さすがに純子は顔を赤らめて、

「嘘なんか言っていないわよ。ママまで疑うの」

「ママにはわかっていますよ」

「なにが……」

「あなた……男の人と一緒で、遅くなったんでしょう」

棒で脳天を叩かれた気持ちだった。

純子は思わずうつむいた。

「そうじゃないの、そうでしょう」

「ええ」

「その人、誰？」

「ママの……知らない人」

「もう前から交際しているの。その人と」

「四カ月ぐらい前から……」

母親は黙りこんだ。

いつかは言わねばならぬことだったが、こんな形で白状するとは思ってもいなかった。

純子は覚悟をきめた。母親が反対してもうしろに引かぬ決心をした。

父親は男だから騙《だま》せる。娘らしく甘えれば嬉しがってくれる。しかし母親はそうはいかない。同性の眼で意地悪くこちらを見ぬいてくる。

すべての娘が父と母とに抱くこの心理を純子もまた持っていた。

だから——。

今、母親に問いつめられた時、彼女はそう、たやすく誤魔化せないと思った。嘘はつけないと知った。そしてその追いつめられたような感情が逆に女特有のふてぶてしさを彼女に起こさせた。

「どこで知りあった方」

「お客さま。わたくしの……」

「幾つの人」

「三十五歳」

「え、三十五歳……」

母親は不意打ちをくらったように眼を丸くした。

「そんなに年とって……その方、独身だったの、まだ」

「いいえ」

上眼づかいに母親を見あげながら純子はいいえと答えた。

「じゃあ、結婚をしている人と……」

母親は絶句したまま、しばらく次の言葉も言えないようだった。

「でも今、彼、離婚を進めているの、奥さまと」

「いけません。そんな人と交際するなんて許しませんよ。パパがお聞きになったら……」

「でも、パパやママの問題じゃないでしょう。わたくしの問題だわ」

「なんて生意気なことを言うの。お前。家族全体の問題ですよ」

「でもわたくし、もう決めたんだもの。その人と結婚するって……」

母親が狼狽し、逆上すればするほど純子は冷静になっていった。

「いいわ。パパを起こしてきます。パパから話して頂きます」

自分の手では処理できないと思ったのか、母親は椅子から立ちあがって、食堂を出て行こうとした。

「待って、ママ」

「いいえ。いけません」

「ねえ、ママ。パパにはわたくしから話するから。眠っているのを起こさないで。パパはすぐ感情的になるんだもの」

そう言われると母親ももう真夜中をとっくに過ぎていることに気づいて、

「本当にあなたから、ちゃんと話すわね。約束するわね」

「ええ、でも彼が離婚を終えた段階にして」

「なぜ」

「でないとパパはもう、ただ怒鳴りまわるだけだわ」

「パパに怒鳴られるようなことを……あなたがしているんじゃありませんか。兎に角、その人との交際はいけません」

「それじゃあ、問題の解決にならないわ」

純子は頑《かたくな》に首をふった。

「あなた、その人と……間違ったことなどしていないでしょうね」

突然、母親は不安そうにその質問をした。

「してないわよ。そんな人じゃないわよ」

純子はこの時、嘘をついた。

「そう……」

ほっとした表情が母親の顔にあらわれた。

五十六歳の抵抗

あれ以来、「重よし」に足を運ぶ回数が多くなった。

(飲みに行くんだ。それだけのことだ)

菊次はそう心に弁解をしているが、やはり節子とまた出会《でくわ》さないか、という軽い期待が働いていることも事実である。

「安西さんはこの頃、お見えじゃないかい」

ある日、彼はさりげなく板前の一人にたずねた。ここの若い主人は勘が鋭いからきくわけにはいかない。

「いいえ、今、外国に旅行されているようですよ」

「外国に」

また、お目にかかりたいわ、と言ってくれたのに、何も知らせず外国に出かけてしまったのは少し寂しい気がした。

(当然じゃないか)

菊次は自分にそう言いきかせた。親しい友人なら兎《と》も角《かく》、三十数年ぶりに再会した昔の学友に、外国旅行をいちいち連絡する必要はない。

（これでいいんだ）

彼は節子とここで度々、出会うことがあっても、それ以上にはならぬことを知っていた。またそれ以上になってはならぬと考えていた。五十六歳になった彼はもう人を傷つけたり自分も傷つくような世界に飛び込みたくはなかった。

だがある日、その「重よし」の戸をあけると、

「石井さん」

奥のほうで常連の人と話をしていた主人が笑顔で隅の席にとんで来て、

「さっき、いらっしゃったらお電話をほしいと安西さんの奥さんからお言伝てですよ」

「おや、外国から帰られたのかな」

「三日前にこちらにいらっしゃいましたよ」

浮き浮きした気持ちで店の電話を借り、教えられた番号をまわした。コールがしばらく続き、節子の声がした。

「すぐ伺うわ。お渡ししたいものがあるの」

受話器を切って菊次は口笛でも吹きたい気持ちだった。その浮き浮きした顔を気どられぬように彼はわざと仏頂面をして酒を飲んだ。だが全身は耳となり、店の戸があくた

びに視線がそのほうに行った。

「ごめんなさい。タクシーがなかなか、つかまらなくて」

今日も和服の節子ははなやかに笑いながら、椅子《いす》から立ちあがった菊次にわびた。

「すぐ失礼しなくちゃいけないの。お客さまがいらっしゃるので。でもこれをお渡ししようと思って」

「御旅行はお一人でしたか」

「いいえ。娘と」それから彼女は声をひそめて、「娘も例のことで色々、苦しんでいるものですから連れていきましたの」

彼女はハンドバッグから一つの箱をだして、

「イスラエルで面白い石をみつけましたの。瑪瑙《めのう》だけど、カフス・ボタンになるんじゃないかと思って。石井さんと大橋さんとにお土産に持って帰りました」

そう言った時の彼女の顔にはあの女子学生の頃《ころ》、林檎《りんご》や手製の饅頭《まんじゆう》をくれた時のような無邪気な笑顔があった。

「それは……それは」

恐縮して菊次はその箱をひらいた。大橋と自分とに四つのグリーンの石が入っていた。うす緑の色はよごれのない光沢をおびていた。

その翌日、菊次は社長から呼ばれた。呼ばれた時から彼は何の用件かを予想できた。むしろ今日まで社長によばれないのがふしぎなくらいだった。

社長室に入ると、考えていた通り、山崎専務と林部長とがソファに腰をおろしていた。彼等の顔が強張《こわば》っていることで菊次は自分の予想があたったな、と思った。菊次のすぐあとから秋常務と金田常務とが顔を出した。

「奥川君はやめたのでしたか」

あたらしい女の子が茶を運んできたのに気づいて金田常務がふしぎそうに言った。

「ああ、一身上の都合でね」

と高山社長は笑顔でうなずいた。

「結婚ですか」

「どうかな」そういって社長は菊次のほうをチラッと見て、「ところで……お集まりねがったのは今日、林君から急に話があってね。例のクロードの件なんだが……林君、君から説明してもらおうかね」

「はい」指示された林はまず菊次に視線を向け、「石井さん。どうもクロードのことが東洋パルヒュムにわかったらしいですよ。しかも向こうは同じものの発売を計画したらしく……」

「本当かね」

金田常務がとぼけた驚きの声を出した。その声で菊次は林とこの常務との間にはもう打ち合わせがすんでいるのだなと感じた。

「承知してます」

と菊次は金田常務を見て、うなずいた。

「知っていた……というと、どうして社長と我々に伝えなかったのかね」

金田常務はわざと不審気な顔をした。彼が林と、この責任を追及しようとしていることが菊次にわかった。

山崎専務にはお伝えしました、と咽喉《のど》まで出かかった言葉を抑えた。それは彼が口に出すことではなく、むしろ専務が言ってくれねばならぬことだった。だが専務は黙っている。

「お伝えするまでもないと存じました。私一人で処理しようと考えたわけです」

「処理。君一人の一存で。それでどう処理をしたのだ」

「向こうに知られたのは仕方ありません。知られた以上、製品の優秀さで勝負しようと考えたのです」

「しかし……うちの部にまで知らせないとは」と林は心外だという表情をして、「販売チェーン部としては東洋パルヒュムへの対策もあるのに……困るなあ」

一座は黙りこんだ。林はムッとした表情のまま、

「しかし、石井さん。どうしてクロードのことが社外に洩《も》れたんだろう」

「それは……もう解決しました」

「解決って、どういう風に」

「洩らした当人の名誉のためになりますので、これ以上、申しあげられませんが、これも私の一存で処理しました」

「人事のことまで石井さんが相談なしに片付けるわけですか」

白けた座をとりなすように高山社長は、

「まあまあ、そう石井君だけを責めないで。今度のクロード販売の直接指揮は山崎専務にお願いしているわけだから——専務の考えをきこう」

真綿に針をしのばせた言いかたをした。

山崎専務の考えを聞こう、という社長の発言は専務の考えを聞くのではなく、責任を問うているぐらいは誰にもわかる。どうこの責任をとるのだと迫っているのである。

「実は私も石井君から話をきいた時、びっくりしましてね」専務は腹を決めたように煙草の灰を灰皿に落として、「一時はクロードの販売も考えなおそうかと思ったのですが……しかし石井君と研究所とが推進してきた製品をむざむざ東洋パルヒュムにわたすことはない。むこうより販売を早めて勝負しようと思い、その旨、石井君にも話しておきました」

「それはどうですかな」と金田常務は首をかしげた。「販売を早めても、すぐ東洋パルヒュムが同じもので追いかけてくる。そんな危険を冒すより、いっそ、クロードは諦《あきら》めたほうが安全じゃないでしょうかね。うちの若者向きの化粧品なら堅実に売れるんだし」

「しかし先に売り出せばまだ勝目はありますよ」

今まで黙っていた秋常務が口を入れて、

「石井君、それで……クロードの販売はいつにするんだね」

菊次は眼をつむって、

「クロードの販売日は……」

それから苦しげに答えた。

「はじめの計画通りにしたいと思います」

「はじめの計画? いや、私は君にたしか早く売り出せと言った筈《はず》だが……」

びっくりしたように専務は菊次を見つめた。

「たしかに承りました。しかしやはりクロードは予定通りに進行させて頂きたいのです」

「そんな意見は今初めて君から聞いたぞ」

「申しわけありません。しかし……クロードは研究所の若い者たちがそれこそ寝食を忘れて懸命に取り組んで作ったものなのです。自慢するわけではありませんが、あれは外国のどんな製品にも劣りはしないと彼等は誇りに思っています。その誇りに思っているものは多少、時間がかかっても大事にしてやりたい。残念がらないように売り出してやりたい。私も予定より早く出して折角の成果を半減しながら世に問うより、自信のある形でお客さまに買って頂きたいのです」

「それじゃ議論にならんね」金田常務は白けた表情で、「今はそんな理想論を話し合っているんじゃないんだ。現実にどう損をしないでクロードを売るかを論じているんだ」

「だから」と菊次は首をふった。「長い眼でみれば、私の申しあげる形がクロードのためなのです。会社のためだとも思います。若い連中が自分の会社に誇りを持てることほど……」

一座は当惑した面持ちで菊次の言葉を聞いていた。しかしその誰《だれ》一人も彼の発言にうなずく者はいなかった。

「兎も角、平行線の議論を続けていても仕方がない。結論を出そう。林君、どうすべきと思うかね」

ここで社長はまとめ役を演じた。

「残念ですが……こういう事態になったなら当分、見送るべきと私は思います」

「クロードを販売しないと言うことか」

「ええ。販売チェーンとしては今、売り出すのは得策じゃないと思います。自信もありません」

「金田常務の意見は？」

「だいたい林部長の考えを支持しますな。クロードはやはり値段、その他の点で賭けですから。東洋パルヒュムがこちらの内容を盗んで勝負に出てくるような状況で……受けて立つのは損ですよ」

「しかしパテント侵害で訴えることはできます」

と秋常務がさえぎると、

「向こうだって、そのくらいは承知だよ。だから東洋パルヒュムもうちの内容そのままで製品を作らないだろう。それくらいの手はうってくるさ」

と金田常務は言いかえした。

「じゃあ」と秋常務は、「とりあえず向こうより先にクロードを不完全ながら売り出す。そして敵の動きを見ながら石井君のいう満足のいくクロードを第二段階として発売するのは如何《いかが》でしょう」

「それじゃ、効果がありません。販売の新鮮さに欠けるからです」

と林部長は頑強に抵抗した。

また沈黙がつづいた。

「そろそろ専務は結論を出してくれないか。クロードは君の責任でやって頂いているのだから」

社長はこの最後の言葉に力を入れて山崎専務を促した。

「私は石井君に既に申しておきました。販売を急げと」

「君がそう言うなら、それを結論にしよう。これも勝負だ」

勝負だと言う言葉は聞くものに二重の意味を感じさせた。それは東洋パルヒュムとの勝負であり、社長と専務との勝負でもあった。

「ええ、勝負ですな」

山崎専務も眉《まゆ》のあたりに闘志をみせてうなずいた。

「色々ややこしい形になるでしょうが……勝負ですな」

社長室を出て開発部に戻った菊次はしばらくまぶたを押えて椅子に靠《もた》れていた。今の話し合いでクロードの販売を早めることになった以上、もう彼はどうすることもできなかった。彼のせねばならぬことは研究所、開発部、宣伝部にこの結論を伝え、若い者の不満を抑えることだった。

受話器をとって大阪の大橋に電話した。

「なんや。消沈した声やないか。何か困ったことでもあったのか」

「東京に来ないか……実は節子さんから君と俺《おれ》とにお土産を頂いてね、俺があずかってい」

「お土産。うん。そんなら久しぶりで東京に行こ。ちょうど、仕事の用件もあるさかいる」

受話器をおろすと彼は引き出しをあけて、あのグリーンの瑪瑙の石をとり出した。

その美しい光沢は彼の沈んだ心にしみた。彼は叫びたかった。何かがなくなっている。何かが失われていく。この会社でなくなっている、会社の外でもなくなっている。人間の大事なものが食いあらされていく。この石の光のようなものが人間の心から消えている、と。

上京してきた大橋は会社に電話をかけてきた。

「一緒に晩飯を食べようやないか。場所はこちらでとっておくさかい。銀座の『浜作』はどやろ」

それから彼は一寸、言葉をきって、

「節子さんも招いたらあかんか」

少し恥じらいをこめた声で言った。菊次が、

「かまわんだろう。しかしその前に二人きりで話がしたい」

と答えると、

「なら『交詢社』で会おうか。お前、まだ『交詢社』に入っとらんのか。入ったほうが便利やと言うとるのに。兎も角、あそこの酒場《バー》で五時半に待っとるわ。節子さんとの食事は七時にしよ」

いつものようにそそくさと電話をきった。

五時に会社を出るとタクシーをひろって約束の「交詢社」に出かけた。「交詢社」はむかし福沢諭吉を中心に創られた社交クラブだから、三田出身の大橋は上京のたび利用していた。

古めかしいエレベーターに乗り、四階の酒場《バー》をのぞくと大橋はまだ来ておらず、そこに三十四、五の男が一人、アペリチフを飲んでいた。

「社員のかたですか」

バーテンが入ってきた菊次にたずねた。

「社員？」

「『交詢社』の会員のかたですか」

「いや。会員の一人とまちあわせで……」

そう言うとバーテンはうなずいて飲みものをたずねた。

東京にもこんな英国人のクラブのような場所があるのかといつもながら菊次はふしぎな気がした。

水割りを飲んでいると、入口から眼つきの鋭い紳士がなかの客に声をかけた。

「宗君じゃないか」

「お久しぶりです、難波さん」

椅子から立ちあがった年下の客は丁寧に挨拶《あいさつ》した。

難波とよばれた紳士は皮肉に笑って、

「こっちは久しぶりじゃないよ。二カ月前、軽井沢で君を見たんだ。万平ホテルでね。ぼくはゴルフで行っていたんだが……」

年下の男が狼狽《ろうばい》しているのが菊次にもはっきりわかった。

「あんたもなかなか、やるね。相手が誰か、わかっているんだぞ」

「いや、あれは友だちのグループで出かけたので……二人っきりじゃないんです」

「わかってる、わかってる、そういうことにしよう。他言せんから心配するな」

「よろしく、お願いします」

二人の会話からこの宗という客が困った場面を見つけられたらしかった。難波は磊落《らいらく》に笑いながら姿を消した。

大橋が来た。大橋がくると宗はあわてたように立ちあがって酒場《バー》から出ていった。

「すまん。待たせたやろ。いや、取引先で時間くうてしもうて。なんや、顔色わるいやないか」

「面白くないことばかりでね」

「また、どないしたんや」

菊次はこの友だちにだけは愚痴をこぼせた。具体的には言わなかったが、クロード事件を手短に語って、

「なにか大事なものを失っているような気がしてね。自分まで腐っているような感じだ」

菊次はその時、酒場《バー》の向こうにさっきの宗が一人の娘と通りすぎたのをチラッと見た。娘の顔はさだかでなかったが、うしろ姿は純子に似ていた。

まさか、純子が――。

「どうしたんや」

「いや、何でもない」

菊次は首をふって大橋にクロードの一件をうちあけた。勿論、具体的な名は親友といえども話すわけにはいかなかったが、頭のいい大橋は菊次の言いたいことを素早くわかってくれた。

「俺はね、仕事を通じて若い者に物を創る悦びや誇りを吹きこみたかったんだが――それが会社の売らんかな主義にねじ伏せられてしまった。そしてその俺も組織の一人として妥協してしまった。後味がわるいよ」

菊次はそう言って水割りを一口飲んだ。

「妥協した自分を卑怯《ひきょう》な奴だと思っている。若い者に今更、何と釈明していいか、わからぬぐらいだ」

「そんなら、会社をやめたら、どないやねん」

大橋は突然、切りつけるように言った。

「会社をやめて、自分一人で生きたらええやないか。簡単なこっちゃ」

「そんな夢みたいなことを……」

「夢みたいなことを言うとるのはお前やないか。女々《めめ》しいで、ほんまに。それも嫌なら、お前、会社で権力を握るように努力したらどうや。専務か、社長になって自分の意の通り、仕事の誇りを若い者に植えつけたらええのや。その目的のために今は我慢して耐えるこっちゃ」

菊次は大橋の言葉に泣き笑いのような苦笑を浮かべた。無茶苦茶な論理だが、たしかにそれは菊次の弱点をついていた。

「そやろ。お前は愚痴《ぐち》ばかり多うていかん。愚痴を言う前に手をよごしても力を得るこっちゃ」

「俺はお前と違う。そうはいかん」

「なにがいかんのや」

そして大橋は時計をみて、

「あかん。節子さんと『浜作』で七時に待ち合わせやろ」

菊次はポケットから例のプレゼントを取りだして、

「節子さんのお土産だ」

と渡した。

「思いだすな、三田の丘で彼女がくれた林檎のこと」

大橋もしんみりとその石をみつめながらつぶやいた。

「交詢社」からすぐ近くの「浜作」に駆けつけると、

「お客さまはもうお見えです」

と女中が言った。

「これはしまった」

急いで靴をぬいで大橋は階段をのぼった。菊次もあとから続いた。

「お見えです」

と女中が声をかけて襖《ふすま》をあけ、大橋は廊下に立って、

「ああ、山内さん」

こちらをふり向いた節子に万感の思いをこめたように、ああ、と言った。

「おなつかしいわ」

と節子の声が襖ごしに聞こえた。

「ほんまに。三十何年ぶりやさかい。お変わりありませんなあ。ぼく、ぼくはこのように年とりましたわ」

菊次も笑顔でその背後から、

「遅れまして」

と挨拶した。

話がはずんだ。酒の酔いは心地よく男たちの体にまわった。菊次も会社での憂さをすっかり忘れた気持ちになった。

話は尽きなかった。三田の丘の思い出が次々と三人の口からバトンタッチされた。彼等は三十何年前にふたたび戻った気持ちになった。

それから——。

「でもねえ、あれから、長い歳が流れたのねえ」

ふっと吐息を洩らすように節子が呟《つぶや》いた。

「大橋さん、お子さまは」

「娘が三人。一番下は中学生やけど上は女子大に行ってますねん」

「じゃ、間もなくあなたもお嬢さまを手放さなくちゃならないのねえ。石井さんもそうでしょう。夫が生前、娘に縁談のあるたびに深酒をしましたわ」

「御主人のその気持ち、わかりますわ。でもね、今のぼくは父親の本質はリヤ王や思うてますのや」

大橋は煙草の火口《ほぐち》をみつめながら自分に言いきかせるように言った。

「リヤ王？」

「そう。三田で岩崎教授にリヤ王の演習を受けた時、よう理解できんかったけど、今となれば、あれは父親の本質書いたんやな。子供たちに捨てられていくのが父親そのものだということがわかってきましてん。だから、ぼくはその父親そのものを引き受けようと覚悟してますねん」

「えらいわ。安西なんか、そんな決心を持てなくて、娘にくる縁談を次々と反対してましたもの。石井さんも大橋さんのようなお気持ち？」

節子は自分たちの話を横で静かに聞いている菊次にいたわるような笑顔をむけた。

「ぼくですか。一方では早く片付いてほしいと思いながら、現実に娘が他の男のものになってもらいたくない感情との板ばさみです」

「それが本音なんでしょうね、男親の。だから、その娘が安西の死んだあとに夫と別居などされると、何だか申しわけなくて。叱《しか》られるような気がするわ。お前が悪いんだって」

さびしそうな翳《かげ》がふっと節子の表情を横切った。

「お嬢さん、別居されてますのか、御主人と」

「ええ。困っているの」

「お子さまは」

「娘が育ててますけれど」

菊次は眼くばせをしたが大橋はそれを無視して、

「そりゃ、いかんなあ。失礼やけどお嬢さんの御主人が浮気でも」

「いいえ。初めは性格上の不一致でしたの。でも最近、聞いた話だと、やはり若い女性と交際しているようなの……」

「誰が……」

「宗が……娘の主人ですの」

宗という名が節子の口からふと洩れた時、菊次ははっとして顔をあげた。たしか、さっき「交詢社」の酒場《バー》で酒を飲んでいた男に別の年輩の紳士が宗君と声をかけた——それを思い出したのである。

(まさか)

そしてあの男と並んで酒場の前を通りすぎた女のうしろ姿は純子に似ていた。

(まさか。馬鹿馬鹿しい)

菊次は首をふった。心にうかんだ不吉な想像を消すために。

十時頃、別れを惜しむ節子をハイヤーに乗せて、大橋と菊次は銀座に残った。

「ああ、楽しい夜やった」

大橋は満足げにコートのポケットに手を入れ、

「これからも時々、節子さんを入れて食事しようやないか。どうや、一軒、バーでも行ってお開きにせんか」

と誘った。

大橋のよく知っている「ラット」というバーに入った。若い男がシャンデリアの下でピアノをひき、年とった客がマイクを手に持って上手ともいえぬ歌を歌っていた。

東海林太郎のような白髪の男だった。

「大橋ちゃん、お久しぶり」

「おや、リエ。お前、まだ生きとったんか」

どんな酒場でもくりかえされる決まり文句の会話を大橋はリエというホステスと取り交わしている。

「リヤ王か」と菊次はつぶやいた。「父親の本質はリヤ王か」

「そやないか。父親というものは女親と違《ちご》うて、結局は子供たちからもう用はないと捨てられるためにあるのや」

大橋は一寸さびしそうに、

「それにお前も、俺も五十六歳やろ。これからは色々な意味で人に去られることに耐えねばあかんのよ。それが……老年というもんやろ」

「湿っぽい話はやめ。……さあ飲みましょ」

とリエが叫んだ。菊次はそばにいる焦点のあわぬような眼をしたホステスに、

「君、何という名」

とたずねた。

焦点のあわぬような眼をしたそのホステスはただ、

「ジュン子です」

と答えたきり、水割りを飲んでいた。

「ジュン子、ぼくの娘と同じ名だね」

老年とは人に去られることに耐えねばならぬ、大橋はそう言う。自分も遅かれ早かれ純子に去られるだろう、それに耐えねばならぬ。父親とはリヤ王なのか。

彼は眼をしばたたきながら酒を飲み、陽気にはしゃいでいる大橋を偉いと思った。

十一時すぎ、大橋と別れてハイヤーに乗った。

純子も妻も起きていた。公一が明日から試験だと言って一寸、顔をみせたきり自分の部屋に引き揚げると、

「大橋さん、お元気でしたの。お二人でお飲みになったの」

「いや、昔の女子学生もお招きしてね」

「女子学生？」

「お孫さんもいるかただぞ」

妻は笑って、

「そうでしょうねえ。あなたの年齢なら」

「その人も御主人が亡くなってね。お嬢さんも結婚がうまくいかず……大変らしい」

菊次は娘をみながら、

「今日、『交詢社』でお前によく似た娘をみたぞ」

と何げなしに言った。

何げなしに言った言葉なのに純子は衝撃を受けたように眼を大きく見ひらいた。

「うしろ姿がお前そっくりで……、男と一緒に出ていったが……」

妻もこの時、顔色を変えた。その顔を見た時、菊次は思わず、

「お前……今日、『交詢社』に行ったのか」

とたずねてしまった。

「お前」

菊次は胸に起こった不吉な想念を消すために思わずこう言ってしまった。

「まさか、お前じゃないだろうな」

「…………」

「返事しなさい」

「パパ、わたくし……です」

純子は挑むように開きなおった。父親の眼をはっきりと見ながら答えた。

茫然《ぼうぜん》とした菊次はしばらく物も言えず娘を凝視していた。そこにいるのは今まで彼の知っていた娘の顔ではなかった。彼の見たこともない女の顔だった。父や母や弟との世界以外に生きる場所をみつけた女の顔だった。

「お前が？　お前とあの男とが？　どういう関係なんだ」

「あの人とパパ、結婚したいんです」

「結婚」

「ええ」

突然、菊次は立ちあがった。そしてはじめて娘の頬《ほお》を叩《たた》いた。烈《はげ》しい音がした。

「あなた、やめて」妻が父と娘との間に体を入れて、「よして、叩くなんて」

「あの男は独身じゃないだろう。妻も子もある男だろう」

「そうです。そうよ」頰を片手で押えながら純子は父を睨《にら》みつけて、「でも別れると言ってます。なぜ、いけないの。あの人、わたくしのことを好いてくれているんです」

「ふしだらな」

二発目の平手打ちが純子の頬にとんだ。

「公一」妻が絶叫した。「公一、おりてきて。パパをとめて」

「お前まで……俺をだましたのか」

菊次はすがってくる妻を突きとばし、純子の胸ぐらをつかみ、

「出ていけ、この家から」

「出ていきます」

階段をかけおりてきた公一が背後から菊次をだきしめ、

「パパ、やめろよ。冷静になれよ」

「出ていくわよ。いつでも出ていくわよ」

純子は床にしゃがんで顔を手で覆いながら泣きだしていた。

「それが……親に言う言葉か」

「話も聞いてくれず、暴力ふるうなんて、野蛮人じゃないの、パパは」

「聞くも聞かぬもない、妻も子もある男とみだらな関係になって……」

「みだら。わたくしたちはみだらじゃありません。宗さんは……」

「宗？」

突然、菊次は思いだした。あの男の名が宗だったことを。

その瞬間、体中の力がぬけるように、菊次はヘタヘタと椅子に坐《すわ》りこんだ。

「ママ、わたくし、出ていきます」

「何を言うの。馬鹿なことを考えるのはよしなさい」

「パパが出て行けと言ったから、出ていきます」

妻が必死でおしとどめ、娘が泣き叫ぶのを菊次は椅子に体をあずけて、まるで他人事のように眺めた。

頭は混乱していた。悪夢でも見ているようだった。だが、それは夢ではなかった。自分を支えていた生活の支柱が今、音をたて崩れ落ちていくのを菊次は耳の奥で茫然と聞いた。

もう娘は彼が愛した娘ではなかった。幼い時、風呂に入れてやり、手をつないで縁日を歩き、はじめて学校に入学した日、カメラで撮った娘ではなかった。今日まで菊次が勝手にまだ「子供」だと思いこんでいた純子は、彼の知らぬ女に変わっていた。その変わった娘が今、泣き叫んでいる。

「お前は……」

と彼は呻《うめ》くような声をあげた。

「自分のやっていることが——他の人をどんなに不幸にするか考えたことがあるのか」

「宗さんはわたくしと知り合う前から奥さまと別居してたんです。わたくしが原因じゃないわ」

「奥さんのことを言っているんじゃない」

「じゃ、誰のこと」

「子供だ。その男のお子さんだ」

純子はこの言葉をきいた時、鳩《はと》が豆鉄砲にうたれたような眼で父親をみた。

「その男のお子さんのことをお前は考えたことがあるのか」

「…………」

「お前はそのお子さんから父親を奪うんだぞ」

「そんなことしません。宗さんがそのお子さんと会っても、わたくし大丈夫です」

「だが子供のほうは大丈夫じゃない。父親が母親とは別の女と生活をしているのを見て……大丈夫なものか。そんなこと世間が許さんぞ」

「ほら、ごらんなさい、パパには何もわかりはしないのよ。パパは要するに世間体だけが心配なんだもの。そうよ、自分の娘が月並みな結婚をしないことが評判を悪くすると思って……それが心配なのよ」

椅子から立ちあがり菊次はまた純子を叩いた。掌に熱い痛みが走った。熱い痛みは彼の胸の傷口に鋭く伝わった。

「俺は……お前にそんな育てかたをしなかった」

「わたくしは何時《いつ》までもパパやママの人形じゃないわ。自分の考えで生きる権利だってあるわ」

「人を傷つけてもか」

「自分の意志通りにならなければ、それを傷つけるとパパは言うんだわ。もう放っといて。わたくしにかまわないでよ。パパもママも」

純子はそう叫ぶと食堂から二階の自分の部屋に駆けていった。

沈黙が続いた。公一が両親をなだめるように、

「あいつ、今、カッカしているから……冷静になってから話せばわかるよ。馬鹿じゃないんだから、姉貴も」

「いいから、もう寝ろ」

悲しみが菊次の胸にひたひたとこみあげてきた。公一が姿を消すと彼の眼から泪《なみだ》が流れた。

「お前の教育が悪いんだ」

やり場のない感情を彼は妻にぶつけ、口論がはじまった。

リヤ王

ベッドの上で泣き伏していた。心配した弟が覗《のぞ》きにきて、

「姉貴」

と小さな声で言った。

「泣くなよ」

「あっち、行って」

「だって、すすり泣きが聞こえればぼくだって気になるじゃん……まずいぜ、親爺《おやじ》をあんなに怒らしちゃ。姉貴は大体下手だよ。考えの違っている相手にもろにぶつかっていくのは……」

公一は年上のように分別ある口をきいた。

「だって、こっちの話は何も聞かず、ただふしだらとか、みだらって言うんだもの。世間体しかパパにはないのよ」

「それが父親だろ。どんな父親もそういうもんさ。戦中派の世代は結局、ぼくたちのこ

と、わかってくれないんだよ」

泪を手でふきながら純子は、

「公一。わたくし、家を出て行くかもしれない」

「え？ 冗談じゃないぜ。無茶はやめてくれよ」

「だって家にいればどうせパパと毎日、今夜のようになるのよ。パパは頑固だし……」

「姉貴は……どうしてもその人と結婚するつもりか」

不安そうに公一は姉の顔をみつめた。純子は一瞬、照れたが強くうなずいた。

階段をのぼる足音がした。母親がそっと純子の部屋をあけ、

「純子、あなたもいけないわよ」

「わかった、わかった」

公一がその母親を制して、

「今夜はもう遅い。話は明日。パパもママももう寝てよ」

「寝られるもんですか、こんな騒ぎのあと」

それでも姉弟が話し合っているのに少し安心したのか、母親はまたそっと階段をおりていった。

「公一は……わたくしが妻子あった人と結婚したら反対する？」

「ぼく。ぼくはかまわんと思うよ。大事なのは姉貴の幸福だろ。幸福になる自信がある

なら……」

幸福になる自信よりも愛し合っているからよ、と言いかけて純子は口をつぐんだ。さすがに弟にそんな言葉を言うのは恥ずかしかった。

「わたくしもそう思うの。世間体よりもっと大切なものがあるわ」

「少なくともぼくは反対しないよ。それに早く結婚してくれたほうが……この部屋もらえるしな。だから家出なんかするの、よせ」

弟が部屋を出ていったあと、純子はベッドに横ずわりになって考えこんだ。

家を出て一人になり生活してみたいと前から思っていた。今夜がその切っ掛けのような気がする。

しかし、もし自分が家を出たら父や母はどんなに驚愕《きょうがく》するだろう。どんなに心配するだろう。

父や母を無意味に傷つけたくはなかった。でももう傷つけてしまった。

(結局はパパを選ぶか、宗さんを選ぶかになるのだわ)

純子には自分が父よりも宗を選ぶことはわかっていた。宗のために父を捨てるだろうと思った。

翌朝、朝食の食卓で純子はあとから入ってきた父親に、

「お早うございます」

その一言を言ったきりあとはつめたく黙っていた。菊次も菊次で不快さを露骨に顔にみせて朝刊をひろげていた。

食事をすませると純子は逃げるように会社に行った。

この日の仕事の予定には難波社長に会うことも含まれていた。ダンヒルのベストを持っていくためである。

ベストを手にとった社長は、

「うん、これはいいじゃないか」

と秘書の同意を求めたあと、

「そりゃ、そうと、君、軽井沢に行っていたろう」

と不意にたずねた。

来たな、と一瞬、純子は息をのんだ。宗から既に話をきいていた。だから悪びれず、

「はい。参りました」

「宗君とだろう」

「ええ。宗さんやほかの方たちのお誘いを受けまして……」

「本当か」

難波社長は疑うように彼女を見つめたが、純子が素知らぬ表情をしてベストをしまっているので、

「なんだ。グループで行ったのか」

がっかりしたような声を出した。

「でも、どうして御存知でしたの」

「いや、あの時、軽井沢に私もいたんだ」

会社を出てから純子は平然と嘘《うそ》をつく自分を悲しく思った。昨日、宗はひどく狼狽した表情で「交詢社」のバーで難波に会った話をして、

「いいかい。グループで行ったということにしなさいよ」

何度も念を押したのである。

宗の事情はよくわかる。しかし、人目をはばからねばならぬこの恋愛、嘘をつかねばならぬ関係が純子には辛かった。

会社で頰杖《ほおづえ》をつきながら考えていると、中條英子が寒そうな顔をして戻ってきた。

「英子さん」

「なあに」

「話があるの」

思いつめた顔の純子に英子は一寸びっくりしたように、

「なによ。藪《やぶ》から棒に……」

「御迷惑かけないから二日ぐらいあなたのアパートに泊めて頂けないかしら」

「泊める？　そりゃかまわないけど……一体どうしてよ」

昨日からの事情を純子はこの友人にすべて打ち明けた。

「父は決して許さないし、わたくしの考えも変わらないの。これ以上、自分の家で嘘をついて生活したくないのよ。父が許してくれるまで、わたくし一人で生活しようかと考えたの」

「そうか、しかしねえ」

「御迷惑なのはわかっているけど……部屋はすぐ見つけて引っ越すわ」

「宗さんにはお話ししたの」

「いいえ。でも、これはわたくしの問題ですもの」

家を出るという決心がついた時純子は急に自分が大胆になったのを感じた。

（パパが出ていけと言ったんだもの。みんなパパのせいだわ）

女の通弊でこの時も純子はいっさいの責任を父のあの言葉に求めた。

毎朝、出勤の時、母にわからぬように少しずつ洋服や下着をバッグに入れて会社まで運んだ。そしてそれを中條英子のアパートに持っていってもらった。

「あなた、本当にそんなことをしていいの。宗さんは何と言っているの」

英子はバッグを受け取ってはくれたが、まだ不安そうに純子にたずねた。

「黙っていたわ」

「黙っているのは同意してくれたことなの」

「そう思うわ」

純子は家出の決心を打ち明けた一昨夜、宗の顔色が一瞬かわったことを思い出した。怯《おび》えと悲しみとのまじった表情がその眉《まゆ》に漂って彼は珈琲《コーヒー》茶碗を手に持ったまま黙りこんだ。

「ぼくのために……すまない」

とぽつりと彼は呟いた。

「すまないと思うことはないわ。父とわたくしの問題ですもの」

「お父さまはぼくを憎んでおられるだろうな」

純子はうなずくこともできず溜息《ためいき》をついた。父が今日まで彼女に抱いてくれた優しいイメージや身勝手で子供っぽいが情のこもった期待を粉々に打ち砕いたことを思うと、純子の胸に鋭いナイフでえぐられたような痛みが走った。でも……。

「でも、わたくしたち、乗り出したんですもの」

彼女は宗をじっと見ながら言った。

「もう引っかえすことはできないわ」

まぶたには暗夜の海に陸を離れた一隻の帆船がみえた。その帆船は純子であり宗だった。波は荒れ、風はきつい。だが戻ることはできぬ。

「ぼくは……責任を負うよ」

純子は宗の言葉に言いようのない寂しさを感じた。

「責任など負ってもらいたくはないわ。責任なんか、わたくし、ほしくないの」

わたくしはあなたを信じて父や母と訣別《けっべつ》するのよ。あなたの愛しか頼るものはないのよ。責任のために引き受けてくれるのはイヤ、と叫びたかった。

家出をする朝が来た。彼女は机の引き出しから昨夜、父と母とにあてて書いた手紙を出してハンドバッグに入れ、食堂におりた。

「お早うございます」

菊次は新聞に眼をやったまま黙ってうなずいた。娘と口をききたかったにもかかわらず、つまらぬ父親としての意地が彼を素直にさせなかったのである。

その態度を純子は父が自分を憎んでいるのだ、と受け取った。

「じゃあ」

食事を終わった彼女はそんな言い方で菊次に別れを告げた。

中條英子に手伝ってもらって純子はアパートを探しに行った。会社に近い場所に住みたかったので純子のほうは新宿の近辺にほしかったが、結局、青山の裏に手頃な部屋を英子が見つけてくれた。

下がどこかの事務所になっている。その二階の裏に十畳ほどの、キッチン、バスつきの部屋があった。窓をあけると、細い路で学校帰りの子供が騒いでいる。

「ここにするわ」

三階に住んでいる家主と契約をすませ、英子の家に運んでおいた当座の荷物を運んだ。寝具は近所で注文し、古い電気ストーブを英子が貸してくれた。

「本当に大丈夫なの」

その夜、二人でそばにある寿司屋でささやかな移転祝いをした。

「あなたって弱虫みたいにみえるけど」

と英子は感心したように、

「強情なのね」

「我儘《わがまま》なのよ。結局」

親を捨てて一人で住む最初の夜だと言うのに、英子と酒を飲んでいる間は、それほど不安感も孤独感も起きなかった。英子に指摘されるまでもなく、純子はこんなに自分を大胆にさせたのは何か、ふしぎだった。父や母に申しわけないと言う気持ちはあったが、それよりも宗のためにこんな勇気を出せたのだという自信のようなものが胸に湧《わ》いてきた。

「宗さんに連絡したの」

「電話をかけたわ」

「じゃ、なぜ来てくれないのかしら、今日」

「仕事があるんですって」

英子は一寸だまった。本当の恋人ならば飛んできてもよいのに、と言う非難の色が彼女の眼にうかんだ。

「大丈夫？　鼠《ねずみ》に引かれないでよ」

十時半ごろ、英子は純子と寿司屋の前で別れてタクシーに乗って帰っていった。

一人になりジャンパーのポケットに手を入れてアパートまで戻る時、急に寂しさがひえびえとした空気と一緒に純子の体をしめつけてきた。

(今日から一人だ)

彼女は自分に言いきかせ、アパートの階段をのぼり、鍵をとり出した。

がらんとした部屋。運ばれてきた寝具とマットの包みがまだ紐《ひも》も解かれず部屋の隅におかれている。

英子の貸してくれた電気ストーブ。自分の身の周りのものを入れたトランク。そのほかには何もない。

むしょうに宗の声を聞きたくなった。しかし電話機はこの部屋からとりはずされていた。

（自分は間違っていたろうか）

布団の包みの上に腰をおろし、電気ストーブの赤い火を見つめながら考える。

世間の常識から言うと自分はたしかに間違っている。だれもが自分のことを我儘で勝手な女だと言うだろう。

（賭《か》けたんだわ）

彼女は宗との未来に骰子《さいころ》を投げた。女には一生のうち少なくとも自分の愛に骰子を投げねばならぬ時がある。

それが今なのだ、と彼女は自分に言いきかせる……。

兎も角、あたらしいマットの上にあたらしい布団を敷いた。

湯わかし器に火をつけ、バスに熱い湯を出した。バスルームのなかは長い間、使わなかったせいか、かすかな臭気が漂っている。トランクをあけて服や下着を一応、備えつけのアルモワール《ようふくだんす》に整理しているうちに、湯ぶねに湯があふれた。

腕時計をみるともう十二時だった。

（パパはもう帰っているかしらん）

今夜は中條英子のアパートに泊めてもらうと母には嘘の電話をかけた。

「あなた。本当に中條さんのところにいるんでしょうね」

母親はあのことがあったので殊更に強い声で念を押した。

湯ぶねに体を沈めながらこの時刻の我が家の光景を思い出した。父が戻ってきていればみんなでお茶を飲んでいるだろう。公一も二階からおりてきて話に加わるだろう。一番よくしゃべるのはやはり純子で、今日あった出来事をひとつひとつ皆に語りきかせるのだった……。

遠いことのような気がする。ずっと昔のことのように思えた。あの暖かい家族の団欒《だんらん》、嘘いつわりなく家族と話し合えた日々。それは今、純子にとって遠くに過ぎ去った。そして二度と自分には与えられない思い出に感じられた。

(耐えなくちゃ)

体を洗い、あったまり、パジャマに着がえ、そして顔の手入れをすませて布団に入った。自分の匂《にお》いのない布団はなじめなかった。

真っ暗ななかで眼をつむったが、心細さと不安とがこみあげてきて眠れなかった。窓のむこうで人が歩く足音が時々聞こえる。窓のブラインドの隙間《すきま》に、向かい側の家の灯がうつった。

路に足音がして、それがこのアパートの前でとまって二階にのぼる靴の音が鋭く響いた。その靴音は廊下をこちらに来て彼女の部屋の近くで消えた。

扉の前で誰かがたたずんでいる。恐ろしくなった純子は息をこらした。

扉を叩く音がした。

「どなた……ですか」

アルモワールからガウンの代わりにレインコートを出してそれを羽おりながら純子は怯えた声を出した。

「ぼく……」

宗だった。

全身から嬉しさと幸福感がこみあげてきて純子は急いで扉の金鎖をはずし、ノブをまわした。

少し照れたような顔をした宗は、

「引っ越し祝いにコニャックを持ってきた」

とつぶやいた。

「よく、わかったわね。まさか、いらっしゃるとは思わなかったわ」

「本当は引っ越しの手伝いぐらいしなくちゃ、いけないんだが……コップあるかい」

「ないの、わたくしの洗面用のしか……」

「それでいいじゃないか」

宗は何もない空虚な部屋をみまわした。

「本当にここに住むのか、君は。一人で……」

「そうよ。そのつもりよ」

たった一つしかないコップにブランデーを入れて宗と純子とは代わるがわるに飲んだ。椅子もないから布団をたたんでその上に腰かけた。

「ようし、ここに絵を飾ろう。ステレオもほしいな」

宗はあたらしい玩具を与えられた子供のように眼を赫《かがや》かせ部屋を見まわした。

「いつかの日曜日、一緒に買いものをしよう。コップも食器も椅子も」

「そんなに一度に必要ないわ」

嬉しそうに純子は宗の顔をみた。

二人でここに新しい自分たちの世界をこしらえることができるのだ。二人だけの部屋。二人だけが使う部屋。

ここにはあの軽井沢の別荘のように宗の妻の存在が亡霊のようにどこかに見えかくれはしないだろう。ここはあくまでも宗と純子とだけの場所になるだろう。

その思いが純子をひどく倖《しあわ》せにした。酒の酔いも手伝って宗の肩に頭をもたせ、純子は眼を閉じた。

「後悔していないかい」

「いいえ」

宗は純子の肩に手をまわし強く引きよせた。

「さむくないか」

「少しも」

「この部屋は落ちつくね。なぜかしらないけど落ちつくよ」

「あなたの部屋みたいに立派じゃないけど」

「見たこともないのに何を言っているんだ」

と宗は笑った。笑いながら彼は両手で彼女の眼をつむった顔をはさみ、その唇を吸った。唇を吸われながら純子はもう父のことも母のことも忘れた。弟のことも念頭になかった。宗の腕に抱かれながら彼女は耳に吐きかけてくる彼の熱い息に酔った。

しばらくして眼をあけた。宗の体が自分の横にいる安心感がふたたび彼女を深い眠りにさそった。そんなことが朝がたまで幾度もくりかえされた。

朝が来た。ブラインドの隙間が乳色に変わっていく。宗がそっと起きあがり服を身につけているのに気がついた。ひどく寂しかった。

「帰るの？」

「帰らなくちゃ」

「なぜ、なぜ帰らなくちゃ、いけないの」

「この恰好《かっこう》じゃ会社にも行けない。歯ブラシもない。髭《ひげ》もそらなくちゃ」

「そうね。日曜日まで、歯ブラシやコップやあなたの身の周りのものも買っておくわ」

「ああ……」

滑るように宗は入口の扉をあけて去っていった。純子はレインコートを羽おってそのうしろ姿が廊下から階段に消えるまで見送っていた。

はじめての朝、はじめての一人だけの生活。彼女もまた顔を洗い、身じたくをすませ、外に出た。青山通りまで歩いて珈琲店《コーヒーてん》によりモーニング・サービスで朝食をすませた。

急に家に電話をしたくなった。珈琲店の公衆電話でダイヤルをまわすと、やがて父親の声がした。

「もしもし、石井ですが……」

何も返事せず純子は受話器を戻した……。

それは若い夫婦の新婚生活に似ていた。与えられた玩具に熱中するように、二人は部屋に食器や調度を整えることに夢中だった。

会社の帰り、純子のアパートに近いベルコモンズで待ちあわせ、まわりの色々な店をまわった。

テレビと小さなステレオとを買った。宗が半分は冗談で、

「割り引きしてくれませんか」

とたのむと、若い店員は思いがけなく割り引きをしてくれた。

二人だけの食器や箸《はし》や湯呑《ゆの》みも少しずつ集めた。鉄板焼きの鉄板も土鍋《どなべ》も求めた。スーパー・マーケットでそんなところに馴《な》れていない宗はキャッシャーの出口を入口とま

ちがえて、籠をぶらさげたまま係の娘に叱られた。

買い物がすむとアパートに戻り純子は夕食の支度にかかる。その間、宗はテレビをじっと見ながら待っている。

「食卓用のテーブル・セットや休息用の椅子を今度の日曜日に買いに行こう」

鉄板焼きの肉を焼きながら宗は純子に相談する。

「この部屋なら、どんな色がいいかな」

「わたくし少しあかるいものが好きなの」

それは若夫婦の会話に似ていた。ちがっているのは夜がふけると男がそっと出ていくことだった。眠りの浅い宗は純子とひとつしかない布団に寝ると何度も目を覚すからである。

「君の御家庭は心配していないか」

そんなある夜、宗は純子の髪を指で愛撫《あいぶ》しながら不意にたずねた。

「母が会社に来たわ」

「そうか……」

宗は暗い顔をしてうつむく。

「君の御両親に申しわけない気がする」

「卑怯よ、そんな言いかたは。申しわけないなら、わたくしと交際なさらなければいいんだわ」

純子はこういう時の宗が好きではなかった。二人の船はもう海に乗り出したのだ。なぜ離れた岸のことを思いわずらうのだろう。

「お母さまは勿論《もちろん》、戻れとおっしゃったろうね」

「当然でしょう」

「お父上は……」

「そりゃ、怒っているわ」

「ぼくのことをか」

宗の顔色にまた不安の色が浮かぶ。そんな小心な宗をみると、純子は彼を急にいじめたくさえなる。

「父はあなたの会社をたずねるかもしれないわよ」

「ぼくの会社に」

「そう」

「そんな……いや、お目にかからねば、いかんだろうな。お目にかかってお許しをえねば……」

ただ離婚が正式に成立してからにしたい。それでないと筋がたたないと宗はしきりに弁解しはじめる。

（パパと……ちがう）

そんな宗を見ながら純子は父親とは違う気弱な男を見たような気がするのだった。

日曜日、約束通り、純子は宗と食卓セットや休息用の椅子を買うためにデパートに出かけた。

「元気のない顔をしているね」

歩行者天国の雑踏した渋谷を歩きながら宗は浮き浮きと純子の顔をのぞきこんだ。

「どうしたんだい」

「ええ……」

純子は曖昧《あいまい》な返事をした。彼女は言いかけてやっぱり口をつぐんだ。

実は昨夜、あまり愉快ではない夢をみた。

夢のなかで純子は宗とどこかのパーティーに出席していた。パーティーには彼女のお客である難波氏や小坂氏のような実業家が出席していた。

そしてその客たちと話をしていると背後に誰かが立つ気配を感じた。ふりむくと一人の若い女性がパーティー・ドレスを着て純子をみつめていた。

「宗の家内です」

と彼女は純子に挨拶した。

「やあ、奥さん」

他の客たちは宗の妻の周りをかこんだ。そのなかに宗もまじっていた。宗はこちらをふり向こうともしなかった。そこで眼がさめた。

あと味の悪かったその夢をさすがに宗に打ち明けることもできず、純子は、

「寝不足なの」

と誤魔化して宗と一緒にエレベーターに乗った。

六階の家具売り場は長細く広い場所を占めていた。

「外国のものはどちらですか」

日本製のものを一通り見まわったあと宗は店員に北欧家具の売り場をきいた。

「あまり立派なのは……あんな部屋に向かないわ。不相応よ」

純子は反対したが、

「やがて引っ越すかもしれないじゃないか」

と宗は頑固に首をふった。

こうした家具売り場では食卓の上にうつくしい皿や銀のナイフ、フォークを並べ、花まで飾って展示しているので、その雰囲気に誤魔化されてしまう。だから熱心にその木目や椅子の坐り心地を調べていた宗は、

「こんなの、どうだい」

デンマーク製の素朴な食卓と椅子とが気に入ったらしく、これを買おうと奨めた。

「高すぎるわ」

「値段なんかかまわん、これはぼくのプレゼントにさせてくれ」

彼はうしろをふりかえって店員を呼ぼうとしたが、その時、電気にショートしたように体を硬直させた。

すぐ近くのソファをおいた場所に二人の客がたっていた。一人は年輩で一人は三十にちかい女性だった。

宗が硬直したように、その二人もびっくりして宗を見つめた。若いほうの女性は鋭い視線を宗から純子にむけた。

宗はなにか覚悟を決めたように二人に近づき軽く会釈をして二言、三言、話しかけた。そしてかたい表情で戻ってくると、

「ここを出よう」

と純子を促し、先にたって逃げるようにエレベーターのほうに進んでいった。

エレベーターで周りの客にまじって二人は離ればなれになった。やがて一階の扉がひらき、押されながら宗も純子もフロアに出た。

黙っていた。宗も純子も何を言っていいのかわからなかったから黙っていた。どんな言葉もこの場をとりつくろうために過ぎぬのが感じられたから黙っていた。

「どこかで……」

と、やっと宗が言った。

「お茶を飲もうか」

「ええ」

デパートから少し離れた喫茶店の扉を押した。日曜日のせいで混んでいたが、隅に席をやっとみつけた。

「何にする」

「アメリカン珈琲」

珈琲が運ばれてくるまで二人はものを言わなかった。その沈黙の厚い壁に無理に穴をあけるように宗が呟いた。

「さっき、誰と話していたか……君、わかっているんだね」

「ええ」

「あんなところで……会うと思わなかった」

純子は宗の妻の大きな光る眼を思い出した。そして突然、鋭い刃にえぐられるような痛みを胸に感じた。

この瞬間、純子は宗の妻に憎しみをおぼえた。二人で家具を買うという倖《しあわ》せに充《み》たされたこの日曜日をあの人のために台なしにされたことを憎んだ。あの人のことを今日まで出来るだけ意識の外におきたい、考えたくないと思いつづけてきたが、やはりそれは無駄だった。

宗の妻は亡霊のようにつきまとい、自分と宗との関係に消えることのない影を落としてきた。

「あいつ……このことを口実にするだろうな。離婚話の……」

と宗はスプーンで珈琲茶碗をかきまわしながら一人ごとのように呟いた。それから話題を変えるように、

「別のデパートに行こうか」

「イヤ」

純子は強く言って首をふり、眼からあふれる泪を指でふいた。宗は周りの客に気をつかって、

「じゃ帰ろう」

アパートに戻るまで、アパートに戻ってからも今日の出来事をまるで触れてはならぬタブーのように二人は二度と口にはしなかった。

だが、あれほど楽しみにしていた食卓セットも安楽椅子もこの部屋にないことが純子をいらいらとさせた。

彼女は自分で水割りを作り、続けざまに二杯、三杯と飲んだ。宗がびっくりしたように純子をみると、

「ここに来て」

と彼の体を求めた。

いや、宗の体を求めたのではなかった。どうにもならぬこの寂しさ、虚しさを酒の酔いと肉体で誤魔化したかったのである。宗につきまとう妻の影を消したかったのだ。

この夜、それまで宗と寝ても辛かった肉体に、純子ははじめて疼《うず》くような快感をおぼえた。

意　地

「俺は会わん」

菊次は妻にたのまれても、強情にそう言い続けた。

「お前が会うのは勝手だ。しかし親に逆らって、妻子ある男と一緒になるような娘を……俺は自分の娘とは思えん」

この言葉は半ば本気であり、半ば強がりだった。菊次にはあの夜のことが何時までもなまなましく記憶に残っていた。

怒りに燃えた眼で彼を睨みつけた純子。それは菊次には初めて見る女のようだった。彼の知らない娘のなかの「女」の顔だった。そしてその女が菊次や母親や弟を棄てて男のほうを選んだ。

裏切られ、見棄てられた苦痛と屈辱とが心をふかく傷つけた。父親とは結局はリヤ王だと言った大橋の言葉が今、切実な思いで胸に甦《よみがえ》ってきた。

（あれはもう俺の娘じゃない。もう俺の娘じゃない）

彼は幾度となく自分の心に言いきかせた。

だがいくら言いきかせても心の半分は納得してくれない。今、どこにいるのか。どんな生活をしているのか。本当は辛い気持ちでいるんじゃないだろうか。家に戻る切っ掛けをほしがっているのではないか。心の半分は彼の胸のなかでそう訴えつづけた。

「俺は会わん。だがお前が会うのは勝手だ」

妻に虚勢を張る時、彼はお前が会うのは勝手だと恩きせがましく言いながら本心をその言葉に託していた。

「今日、あの子に会ってきました。会社をたずねたんです」

会社から帰宅した彼に妻がそう教えると、

「ふん」

いかにも聞きたくないという表情を装いながら、しかし菊次は全身で妻の話を待っている……。

「思ったより元気そうでしたわ」

ああよかったという思いと、畜生という気持ちとが胸のなかでからみあう。

「でもパパが許してくれるまでは、家に戻らないと強情をはっているんです」

「許すって、何を許すんだ」

「結婚のことですよ。もちろん」

「馬鹿。俺がどうして、そんな不義を許せる」

「不義じゃありませんよ。相手の人は奥さんと別れると言っているんです。純子がそこまで好きなら……」

「お前まで、あいつの肩を持つのか」

菊次は妻を睨みつけた。

「あいつに会ったら、俺がこう言ったと伝えておけ。純子がその『けじめ』のない考えを捨てない限り、俺は反対する。そう言っておけ」

「それじゃ、和解できないじゃありませんか。公一もパパは一方的だ。もう少し姉貴の話を聞いてやればいいのに、とこぼしてましたよ」

「公一に何がわかる」

会社にいても頭の何処《どこ》かに純子のことが引っかかる。重い気分のまま一日の仕事をすませ会社を出ても、「重よし」に足を運ぶことがなくなった。

もしあの店でまた安西節子に出会ったら、という不安が菊次を苦しめた。その時、自分は素知らぬ顔をして節子に挨拶するだろうか。娘のことは自分と関係がないと割り切って節子となごやかに話をするだろうか。

そんなことができる筈はなかった。娘の犯した罪過はとりもなおさず菊次の罪過だった。

（なんで、よりによって……）

菊次は娘が同じ妻子ある男でも宗以外の人間を選ばなかったことを恨めしく思った。いつか、この事実を節子が知れば、彼女はきっと純子と菊次を憎むにちがいなかった。そして憎まれても仕方のない話だった。

机にむかって鬱々《うつうつ》と考えこんでいる菊次を、若い者たちは遠くから見ながら、クロードの問題でふさいでいるのだと思っているようだった。

「部長」

そんな日の午後、泰が武田とそっと彼の机のそばに来て、

「お話があるのですが……」

と言った。

「応接室に来て頂けないでしょうか」

「ここではいけないのか」

「ええ。皆に聞かれたくない内容なんです」

他の者にわからぬように菊次は机を離れて応接室に出かけた。

「クロードのことかね」

「そうです。でもその前に部長、このところ元気がないようですが……」

「大丈夫だよ。君たちはいらん心配をせんでいい。話とは何だね」

「ええ。実は……うちをやめた奥川のことですが……あの子は東洋パルヒュムに就職していますよ」

「東洋パルヒュムに。どうしてわかったんだ」

「向こうにぼくの友人がいることは御存知でしょう」

　と泰が答えた。

「でもお話ししたいのはそれだけじゃないんです。その友人が洩らしたんですが、東洋パルヒュムじゃクロードの販売計画からその進行の様子までどうやら察知しているらしいんです」

「何だって？　それも奥川から」

「奥川がそんなことを知る筈はありません。でも彼女にうちの誰かが連絡しているような気がするんです」泰は武田をちらっと見て、「武田にだけこの事を打ち明けたんですが……彼も同意見です」

「まだ、うちの会社に東洋パルヒュムに内通する者がいるのか」

「そう思います」

「誰だ、と思うかね」

「ぼくは……」

と武田は少し当惑したような表情で、

「こんなことを言うのは何ですが……今度の内通は何だか計画的なような気がするんです。つまりクロードの販売を失敗させるための……」

「計画的？」

「ええ」

菊次は武田の顔をじっと眺め、ひくい声で叱った。

「馬鹿なこと……言うんじゃない」

「でも部長」

と泰が横から武田にかわって、

「でなければ、うちの秘密があまりに簡単に筒ぬけとなるのは何故ですか」

「想像や憶測だけでものを言っちゃいかん。兎に角、私も何処から洩れているのか洗ってみる。君たちは今のことを誰にも言わないでくれ」

「それは勿論、わかっています」

応接室を出て何くわぬ顔で自分の席に戻った。頭が痛かった。

奥川の事件が片づいて一件は落着したと高を括《くく》っていたのに、また不快なやりきれない事態になった。

武田の言うことをまともに信じるのではないが、菊次もまた、ひょっとすると、と言う疑惑がないわけではなかった。

(今度の内通は何だか計画的なような気がするんです。つまりクロードの販売を失敗させるための……)

武田の声がまた耳の奥で聞こえるような気がした。

もしその想像が本当ならば、クロードの販売を失敗させる計画が社内のどの部分で作られ実行されているのか、菊次にもわかるような気がした。

「くだらん」

彼は自分で自分を叱りつけ、椅子からたちあがった。頭を渦まくつまらぬ疑いを追いはらうため、珈琲《コーヒー》を飲もうと思った。会社のすぐ近くにパレ・フランスというビルがある。彼は部屋を出た。

その一階のティー・ルームで菊次は珈琲を注文すると、椅子にもたれて疲れた眼をもんだ。

(内憂外患、こもごも至るか)

突然、そんな昔おぼえた言葉が脳裏をゆっくりとかすめた。菊次はひくい声をだして笑った。

午後の陽があたる歩道を若い男女が何組か歩いていた。いずれも純子とそう違いのない年齢の若者たちだった。

煙草のみが煙草を烈しく喫いたくなるように、歩道を通るそんな若者たちを眺めていた菊次は、急に娘の顔を思い出した。あの声を聞きたくなった。

（こっちから、あいつに電話をかけるべきじゃない）

（いや。しかし、あいつをこのまま放っておくわけにもいかん。もう一度、話し合いをせねばならぬ）

（純子に会いたい）

珈琲をすすりながら菊次は純子に電話をかけたいと思う衝動と、それを抑えようとする気持ちとを同時に強く感じた。そして結局、彼は誘惑に負けた……。

カウンターの横にある赤電話の受話器をとりあげ、彼は手帖に書いた純子の会社のダイヤルをまわした。

「石井純子はおりますでしょうか」

「一寸、お待ちください」

男の声がして、しばらく待たされたのち、

純子のよく透る声が聞こえた。その声に菊次の胸はしめつけられた。

「石井です」

「私だ」

受話器の向こうで純子が沈黙していた。菊次はその沈黙のなかに娘の動揺を感じた。

「話がある。今日の夕方、家に戻りなさい」

まだ沈黙は続いている。

「聞こえないのか」

「聞こえます」

「家に戻るのが……嫌なのか」

「できたら……外でお話しするほうが、いいんです」

「外？　それなら」

菊次は幾分、不機嫌な声で、

「赤坂の『與太呂』。憶えているだろ、鯛飯《たいめし》をたべさせる家だ。あそこに六時に来なさい」

「はい」

今度は素直な小声で純子は彼の指定に応じた。

受話器をおろして菊次はハンカチで額の汗をぬぐった。

（どのように……言うべきか……）

会社に戻る路を歩きながら菊次は今夜、娘に何を言うべきか、を思った。

何を言うべきか。そう、それは大事なことだった。なぜ自分が純子の行動に反対するのか。それを肯定できないか。冷静に感情的にならずに娘に話さねばならなかった。

社に帰ると彼は黙々と仕事を続けた。宣伝部がいよいよ開始するクロードの宣伝文に眼を通し、その幾つかのサンプルをチェックして会議にまわすことにした。開発部のほうでも瓶の図案を何種類か作ってきた。これにも注意を与え、再作製を命じた、そして夕方になった。

机の上を整理し、彼は会社の前でタクシーをひろって、

「赤坂」

と命じた。

約束の六時に「與太呂」の硝子戸《ガラスど》をあけて、

「おいでやす」

と関西弁で挨拶してきた女主人に、

「二階の部屋、使わせてくれないか」

とたのんだ。

二階には和室のほかに腰かけて食事のできる洋間がある。その洋間で料理をあらかじめ注文し、純子を待ちながら麦酒《ビール》を飲んだ。

「おみえです」

「ああ」

純子が緊張した顔で女主人に連れられて入ってきた。

「ああ」

菊次は照れ臭さのあまり娘から眼をそらした。

「少し娘と話があるからね、料理を運んだら二人にしておいてくれ」

と女主人に頼んだ。

「飲むか」

麦酒《ビール》を純子のコップについでやりながら、痩《や》せたのではないかと彼女の顔を心配そうに眺め、

「今、どこにいる」

「青山のアパートです」

そんなことは妻から聞いて菊次も知っていた。知っていたが訊《たず》ねずにはいられぬ気持ちである。

「お前……家に戻ってきなさい」

娘はうつむいて黙っている。その固い姿勢が拒否の意志をあらわしている。

その頑な姿勢を見た時、菊次は息の詰まるような苦しさを胸に感じた。

娘が――長年、手塩にかけた娘が――自分ではなく彼の見も知らぬ別の男のほうを選んでいる。

その事実を今、はっきりと思い知らされたのだ。

その見も知らぬ男に言いようのない憎悪を彼はおぼえた。敵意と嫉妬とを感じた。

「パパたちよりも、その宗という男のほうが大事か」

思わず彼は叩きつけるように言った。

「世間知らずのお前には何もわからんだろうが……俺はその男を信用できん」

「………」

「いいか。結婚しておきながら理由は何であれ離婚するような男はな……お前と再婚をしても決して長続きはせん。そんな奴には一人の女を倖せにしようという意志が欠けているんだ」

「………」

「その男と細君とにどんな事情があったかはわからんが……しかし二人が自分の子供も不倖せにしているのは確かだろう。いいか。その点をよく考えてみろ。その男と女房などうでもいい。しかし子供が不倖せになるのを……お前は今、手伝っているのだぞ」

この時はじめて純子はうつむいていた顔をあげて父親をじっとみた。

「お前は……罪のない子供にそんなことをして平然としておれるか」

「じゃパパ、子供たちにとっては口さえきかぬ不仲の両親と住むほうが、まだ倖せだとおっしゃるの」

「そんなこと言っておらん。ただパパはお前までが子供たちの不幸を作るべきではないと……」

「不幸にするか、幸福にするか、誰にもわからないわ。場合によってはわたくし、宗さんのお子さんのママ代わりになってもいいんです」

それは嘘だった。純子の本心ではできれば宗の子供とは生涯、関わりを持ちたくなかった。もし宗が子供と住みたいと言うなら、その時は考えなおさねばならなかった。

「それほどまでその男が好きか」

菊次は啞然《あぜん》として娘を眺めた。いじらしいとも、あわれとも区別のつかぬ感情が娘にたいして起こってきた。

「パパはね……、お前みたいな娘をきっと倖せにしてくれる青年がこの世にはたくさんいると思っている。なにも、そんな暗い複雑な場所に自分を追いこまんでも……」

「宗さんでいいんです、わたくしには」

「宗はいかん」

「なぜ」

「いいか。純子、人間にはこの世に生きていくためには、他人にたいする『けじめ』がある。自分の情熱では許されん『けじめ』がある」

「『けじめ』の話ならよく知っているわ。子供の時から何度も聞かされたもの……」

「古い考えだとお前も公一も言うだろう。だが人間の生きかたに新しいも古いもないぞ。

『けじめ』を破ったものはその仕返しを覚悟せねばならん」

「仕返しは覚悟してます。だからこそパパやママの家を出たんです。パパやママに迷惑のかからぬように……」

菊次はくるしそうに黙った。そして言いたくはないが、言わねばならぬことを口に出した。

「純子。宗という男はな……パパや大橋のおじさんを学生時代に助けてくれたあの安西さんの婿だ」

はじめ純子はきょとんとした眼で父親を見つめていた。彼女は今、父の口から出た言葉がよく摑《つか》めないようだった。摑めないと言うより、実感が伴わず、ぼんやりとしていた。

「安西さんのお婿さん?」

「そうだ」

「安西さんて……いつか、パパと原宿の歩道で会った……あの奥さま?……」

「あの奥さんだ……」

と、純子の眉と眉との間に苦しげな皺《しわ》が夕暮れの翳《かげ》のようにうかんだ。はじめて彼女は父親の言ったことを理解したのである。

「そうなの……知らなかった……」

両手を膝《ひざ》において彼女は視線をそらせ、考えこんだ。

「じゃあ……」

それから唇がひらいて抑揚のない声で彼女が呟くのを菊次はきいた。

「パパがわたくしを憎むのも……無理もないわね」

「何を言う。それだからパパはお前の恋愛に反対しているんじゃないぞ」

「いいえ。やっぱり、それもあるわ。パパ、わたくし、知らなかったの」

ひとすじの泪が娘の頬をゆっくりと流れていく。泪はその頬から唇をつたわって顎《あご》から膝の上の手に落ちた。

（こいつが生まれた時……）菊次は娘に言いようのない憐《あわれ》みとせつなさとを胸にしめつけられる思いで感じながら、（こんな日が来るとは考えもしなかった。こんな形でこいつの泪をみる日が……）

「ごめんなさい、パパ」

「なあ、家に戻らないか。純子」

「いいえ。パパ、わたくしの願いを聞いて。これから一生、我儘は言いませんから。パパをこうして苦しめ、迷惑をかけるのは純子、とっても辛いの。辛いけど……」

鼻をすりながら純子はハンドバッグからハンカチを探した。菊次が自分のを手渡してやると、それで鼻をふきながら、

「辛いけど、純子は生まれてはじめて男の人を愛したんです。愛した以上、純子はそれを大事にしたいの。かけ替えのないものとして大事にしたいの。なぜって……男の人を愛することなんて、純子には一生に一度で充分ですもの」

「…………」

「それをパパ。純子につらぬかせて頂戴」

「人から憎まれてもか」

「憎まれたくないけど、仕方がないなら我慢します」

「みんなからうしろ指さされてもか」

「ええ」

菊次はどう答えてよいのか、わからなかった。どう考えてよいかわからなかった。彼に理解できたことは今、純子が一人の女としてその決心を変えていないことだった。

「本当に宗という男は……お前と結婚してくれるのか」

知らぬうちに彼は一歩、純子に譲歩していた。

「ええ。そう言ってくれています」

「なら、俺はその宗に会う必要がある。本気か、どうか、見る必要がある」

「與太呂」を出る時、彼は女主人に鯛飯を包んでもらった。包んでもらったその鯛飯を純子に、

「これを持ってかえりなさい」

と手わたし、

「毎日ちゃんと食べているのか」

とたずねた。

赤坂の通りまで歩くと純子は立ちどまり、

「じゃ、パパ、わたくしここから地下鉄に乗ります」

頭をさげた。

「ああ」

ふかい悲しみが父親の胸を風のように吹きあげてきた。雑踏のなかを、こちらをふり向きもせずに地下鉄のビルに消えていく娘。

(もどって来い)

菊次はその背中にむかって叫びたかった。宗とのことは認めるから家に戻ってこい。以前のようにあかるい笑い声をうちの茶の間にたててくれ。

声は喉元《のどもと》まで出かかり、彼はそれを苦しく抑えた。

(折れてはいかん。お前は父親だ。父親というのはどんなに苦しくても道理をまげてはならぬのだ。純子が可愛くても、彼女の間違いに同意することは——してはならんのだ)

タクシーのなかで菊次は心の崩れたもう一人の自分につよく何度も何度も言いきかせた。純子は人間が生きるために欠いてはならぬ「けじめ」を忘れていると。

「けじめ」――。

菊次はその言葉を使うことで純子や公一からいつも頭が古いと笑われた。会社のなかでも時として煙たがられることがあった。にもかかわらず、彼は「けじめ」を忘れた行動や生き方を容認することはできなかった。

「けじめ」――。

会社ではよい製品にたいする誇りではなく、儲けることを第一にするようになった。若い世代は自分の心の充足感や情熱だけを正しいものとして、他を顧みぬようになった。だから純子のような娘までが平然と妻子ある男と恋愛をする。自分たちの情熱が正しいと思うようになる。「けじめ」は今の日本のどこにも失われてしまった。

(俺はそれを認めるわけにはいかん。たとえ相手が可愛い娘であろうと、『けじめ』のない行為を承知するわけにはいかん)

家に戻るまで、タクシーで眼をつぶりながら彼が自分に言ったのは、次のようなことだった。

(俺は会社でうとまれてもいい。『けじめ』のないやり方には反対しつづけよう)

(俺は娘に蔑《さげす》まれてもいい。いつか、あいつも俺のこの気持ちがわかってくれるだろ

う)

疲れた。五十六歳という年齢。その年齢にむくいとして与えられたものは、孤独なリヤ王という自覚。世のなかの腐敗を知ったこと。五十六歳でわかったことはこれだけ。

家に戻ると彼は妻を寝かせ、一人で食堂で水割りを飲んだ。

水割りのなかで小さな氷がかすかな寂しい音をたてた。氷の音は五十六歳の男の寂しさとそっくりだった。


クロードの販売日が決定した。販売にそなえてポスターや新聞広告をいっせいに始めるため、宣伝部の連中は一日中走りまわっている。

「研究所の連中もよく、やってくれました」

と開発部の柴崎という男がしみじみと菊次に言った。

「販売を急げというのが会社の方針ですから仕方がありませんが……その限界のなかで少しでもいい製品を作り出すため、研究所の連中には半徹夜の日もあったようです」

「そうか」

菊次は柴崎の言葉を聞いて嬉《うれ》しかった。それが仕事なのだ、と思う。いいものを作る。いいものを売る。文学部出身の菊次にはそれはちょうど芸術家が自分の作品を創造することと同じだと思った。本当の芸術家は売るためではなく、自分が精魂をこめたものを世に問う。その気持ちをむかしの商売人たちは持っていた。

「これからはオーケストラのようなものさ」

と彼は冗談を言った。

「一人のソロはありえない。宣伝部、開発部、販売チェーンが一体となってオーケストラを演奏するんだ」

「ぼくらは懸命にやります」と柴崎は一寸、皮肉に唇をゆがめて、「しかし販売チェーンがそのオーケストラに調子を合わせてくれるでしょうか」

「どういう意味だ」

菊次は柴崎の言いたいことがわかっていた。しかし上司としてこういう時、彼はあくまで、とぼけねばならない。

「馬鹿なことを言うもんじゃない」

「でも部長」柴崎は、口惜しそうに、「販売チェーンの連中が、クロードなど売れるものかと飲屋でうちの連中に失言した事件を御存知ですか。それで喧嘩《けんか》になって……」

「それはその男個人の酒に酔っての話だろう。販売部全体の意見じゃない」

それ以上、悪口は聞く耳持たぬというように菊次はわざとそっぽを向いた。心のなかでは柴崎に共感したくても、部長という椅子に腰をおろしている彼が、部下と一緒に部外の悪口を言うのは許されない。

引き出しには純子からもらった手帳の切れ端が入れてあった。その切れ端に娘は宗の電話番号を書いたのである。

（宗に会わねばならん）

彼は引き出しをあけるたび毎日、毎日、思った。しかし毎日、毎日それを延ばした。忙しさも勿論あったが、無意識のうちに彼は宗のイメージを作り、嫌悪していたためである。

自分から娘を奪った男――。

すべての父親が娘婿にたいするかすかなこの嫉妬《しっと》のほかに菊次はもう一つ、この宗に恨みを感じた。

自分の娘の人生を歪《ゆが》めてしまった男――。

そう、宗がもし出現しなかったら、純子は昔のままだった筈である。昔のままのあかるい素直な娘だった筈である。その娘を歪めてしまった男。

（お前に……そうするどんな権利があったのだ。どんな資格があったのだ）

クロードの販売準備がすべて完了した日、開発部、宣伝部の若い者たちは紙コップで簡単な乾杯をやった。

「部長、ひとこと」

部下に言われて菊次は笑いながら、

「じゃあ、音頭をとらしてもらうか。みんな有難う。よくやってくれたな」

と頭をさげた。

「販売日を当初の計画より早めた点については皆も不満だったろう。しかし、そうせざるをえない事情があったと考えてほしい。そんな悪条件にかかわらずクロードは君たちの力で今、海にのりだしたわけだ」

彼はそこで言葉をきって黙ったまま、うつむいた。それから、

「残念だったことはいろいろある。だが我々が全力をつくした製品をお客さまに使って頂く――これほどの悦びはないだろう。売らんかなの風潮に背いて誇りの持てる仕事をしたという悦びに勝るものもない。私はその悦びを君たちと分かちあいたかったのだが……」

うつむいた顔をあげて、

「ま、乾杯しよう」

と麦酒《ビール》をついだ紙コップをあげた。

菊次が言おうとして言えなかったことや、そのうつむいた顔を一瞬だがかすめた寂しげな色に、開発部と宣伝部の若い連中はみな気づいていた。

「乾杯」

「おめでとうございます」

飲みほした紙コップを屑かごに放りこんでそれぞれの席に皆は戻り、何ごともなかったように仕事をはじめた。

菊次も自分の席に戻り、仕事用の眼鏡をかけて、ふと引き出しをあけた。宗の電話番号を書いた紙がそこに入っている。

その紙をみながら受話器に手をのばした。

「宗さんですか」

受話器の奥で、

「はい、宗ですが……」

いくぶん低い声の返事があった。

「私は……石井純子の父です。突然、お電話して失礼です……」

「…………」

菊次は宗が狼狽し、動揺したのを受話器を通してはっきり感じた。

「いえ、こちらこそ……」

くるしげな相手の声から菊次は宗という男の性格をつかみ取ろうとして、

「純子のことでお話ししたいのですが……」

「はい」

「お目にかかれますか」

「はい、どうぞ」

「そうですか、じゃあ、私のほうからあなたの会社に伺って差し支えありませんね」

菊次がたたみかけるように言うと、

「会社は、どうも」

弱々しい声がかえってきて、

「帝国ホテルのロビーは如何でしょう」

「結構です。何時に」

「六時に」

自分の服装や目じるしを教え受話器を切った菊次には、自分の想像の宗と、今の声の男とは随分ちがうような気がした。自分から娘を奪ったにしては相手はあまりに気が弱いようだった。

帝国ホテルのひろいロビーで菊次は宗を待った。フロントで黒い服を着た従業員が客を応対している。

右のほうの自動のガラス扉から次々と男女が入ってくる。車がとまる。人がおりる。

約束の六時を五分すぎたころ、

「石井さんでしょうか」

不安そうな顔をした三十四、五の男が彼の前に立って声をかけた。見おぼえがあった。

やはり「交詢社」の酒場《バー》にいた男だった。

「石井です」

「宗です」

これが純子を自分から奪った男か。菊次はあらためて宗をじっと見つめた。育ちの良さをあらわすような線の弱い顔。気が弱く、やさしい性格なのだろう。

「この二階に静かに話のできるバーがあります」と宗は伏し眼がちに、「そこでいかがでしょう」

二階にのぼり、その会員制のバーに入るまで菊次も宗も話をしなかった。

宗の言う通り、そのバーは一組の客が隅にいるだけで、どの席も空席だった。ピアノが一台、サービスの女の子が二人立っている。

先客からできるだけ離れた席に腰かけると、サービスの女の子が車に宗のキープした酒瓶を載せて運んできた。宗はここの会員らしかった。

「ぼくのほうから御連絡せねばいけないところでした」

宗はコップを見ながら頭をさげた。

「いや、それはいいんです。実は先日、娘に会い、色々と話し合いました」

「それは純子さんに伺いましたが……」

「それで……」

菊次は単刀直入に話の核心にふれた。

「あなたは娘をどうなさるおつもりです」

「どう……とおっしゃると」

「率直に申して……私はあなたが奥さんもお子さんもおありなのに……娘と交際されるお気持ちがわからんのです」

宗はうつむいて、うなずいた。なぜ、うなずくのか菊次には理解できない。

「ぼくは……離婚するつもりです……」

「でも、まだ離婚なさっていないでしょう」

「はい」

「完全に離婚なさっているなら兎も角、まだ法律的には妻帯者であるあなたが、娘と交際なさるのは……私のような年齢の者には『けじめ』がないと思われるのです……」

「はい」

菊次が一方的に話し、宗がそれにうなずく形になった。

「申しわけないが、それだけでも私はあなたが信用できないのです」

宗は蒼白《そうはく》な顔をしてうなずいた。そして懸命な表情で、

「ごもっともだと思います。どんなお叱りでも受ける気でここに来ました。しかしぼくは純子さんを好きですし、純子さんもぼくを好いていてくれると思ってます。それは認

めてください」

甘ったれるな、と菊次は怒鳴りつけたいのを必死でこらえた。

「だから、どうだと言うんですか。私は……失礼だが……あなたと娘との感情をうかがっているわけじゃないんです。あなたが今後、あの子をどうなさるのかを知りたいのです」

話が向こうにいる客に届かぬように菊次は声をひくめた。声をひくめはしたが怒りを和らげたわけではなかった。

「純子さんとは……」

宗は相変わらず眼を伏せたまま答えた。

「いずれ、結婚したいと思っています」

「いずれ、とおっしゃると」

「妻との間がきちんとしてからですが……」

「それを純子にお伝え頂きましたか」

「はい」

「それで……いつ頃、奥さまとの間をきちんとなされるのでしょう」

自分の声の調子がまるで誰かを訊問《じんもん》する検事のようになったのが菊次自身にも不愉快だった。

「はっきりは言えませんが、今年中には……」

菊次は相手の伏し眼を見ながら、

「じゃあ、宗さん。純子との交際は奥さまとの離婚がはっきりするまで一応、打ち切って頂けないでしょうか」

びっくりして顔をあげた宗に、

「そして離婚が成立したあと、もしあなたにまだそのお気持ちがおありなら、改めてあの子とつきあって頂くとして……私は戦争中の人間ですからそういう『けじめ』がどうも気になる性格でしてねえ」

「待ってください」

一方的な菊次の発言に温和《おとな》しい宗も鼻白んだ表情で、

「それは……純子さんの御意見ですか」

「いいえ。父親としての私一人の考えですが……」

「じゃあ……彼女とよく相談して御返事いたします。これは二人の問題ですから」

ひらき直った宗に菊次は改めて怒りをおぼえた。純子のことを彼女とよぶ言いかたも不愉快だった。

「ではあれともよくお話しになってください。ただ、これは二人の問題とおっしゃいましたが、宗さん、私には二人の問題だけとは思えません。父親の私もあの子の母も心痛していいるんです」


「いや、ぼくの言っているのは……」

話はそれから半時間ほど、もつれた糸のように結論のつかぬままに終わった。

「とにかく、善処するよう努力いたしますから」

「お願いいたします」

そうした挨拶をかわして菊次は宗とふたたびロビーに出て別れた。

（どうも気に入らんな）

宗という男の印象はその一語につきた。たしかに育ちはよく、そう、悪い性格ではないようにみえる。話をきくと父親が実業家で、宗もその七光りのおかげで会社の重役をやっている。

しかしそうした坊ちゃん育ちにあり勝ちなずうずうしい部分と優しい部分とが併存している男らしい。そういう男の優しい面がまた気の弱さにも変わる。

菊次は長年、若い部下を扱ってきただけに、その点が気に入らず心配だった。

選択

「そう。父がたずねて来たの？……」

純子は周りに聞こえぬように電話の声を落とした。

「君のお父上はぼくに良い印象を持たれなかったと思うよ」

「ごめんなさい、頭のふるい人だから。根は悪くないんだけど。イヤだったでしょうね……」

「そんなことはないが、ただ」

宗は寂しそうに、

「離婚が成立するまでは君との交際はやめてくれとおっしゃった」

「そんなことを父は言ったのですか」

ぼそぼそと会話がつづく。

「で、あなたは……」

「交際をやめることは、とてもできぬと申しあげたが……」

「そう。そう言ってくださったの」

宗にもそんな強い、はっきりした面があったのかと純子は嬉《うれ》しかった。

「いずれにせよ、今夜、君のアパートに行きたい。相談もあるし」

「いいわ」

純子は考えて、

「じゃあ、お食事の支度をしておくわ」

「また、鍋ものかい」

電話をきったあと、純子はうつむいてクスッと笑った。

宗が「また鍋ものかい」と言ったのは彼がアパートに来て食事する時、手っとり早いシャブシャブか水たきにすることが多いからだった。

(じゃあ、今夜は驚かせてやる)

と純子ははりきった。

この日は外に出かける用事がなかったので会社がすむと、

「おさきに」

中條英子たちに挨拶をして早々に退社した。

青山のピーコックでステーキ用の肉やつけあわせ、サラダのクレソン、それに赤ワインを求め、デザートは苺《いちご》にした。

アパートに戻るとテーブル・クロスをかえ、買ってきた蠟燭《ろうそく》をおいた。そのほかはこの貧弱な部屋を変えようはなかったが、しかし宗がびっくりするだろうと思った。支度をすませてテレビをつけ、それを見ながら宗を待った。

（父は一体、何を宗に言ったのかしら）

やはり気になる。自分たちの気持ちは父には理解しがたいものだろう。理解しがたいものだから父はひょっとすると宗に失礼なことを言ったかもしれぬ。

離婚が成立するまで交際するな。

いかにも父らしい言い方である。二人に「けじめ」がないと思ったにちがいない。だが純子としてはもうどうにもならぬ自分の気持ちに父が昔風の考えで介在してくるのは面倒くさかった。

（それにしても遅いわ）

六時半にはここにくると宗は言った。既に七時である。テレビがニュースをやっている。

（どうしたのかしら）

彼女は立ちあがって窓をあけた。

窓の下で子供たちが騒いでいる。女の子が二人、男の子と喧嘩しているのだ。だがそのほか人影はない。

八時になった。時々、窓の外で足音が近づいてくる。

（来た……）

そう思って耳をすます。しかしその足音は純子のアパートの前を通りすぎていった。

一人ぼっちという気持ちがひどくした。今、耳にした足音は灯のあかるくついた暖かい家庭に戻っていく夫の足音である。

玄関をあける。妻や子供たちが笑顔で彼を出迎える。それを期待しながら家路に向かう男の足音である。

純子は自分の家の食堂を思い出した。父や母や弟にかこまれて楽しかったあの食堂。話の中心はいつも純子であり、聞き手はたいてい両親と弟だった。

だがここでは――。

一人ぼっちである。テーブルの上には火のついていない蠟燭が二本、宗と一緒に買い求めた皿とナイフにフォーク。クレソンのサラダを入れる硝子の容器――だが客のこない食卓。一人だけ部屋にいる。

八時半をすぎた。

テレビではあまり面白くもない歌謡番組がはじまって、コマーシャルが何度もうつしだされた。一人の女歌手がマイクを持ち苦しげな表情をつくって歌っていた。

妻ある人に抱かれた夜

悲しく せつない雪だった

純子は急いでテレビのスイッチを切った。部屋のなかのつめたい沈黙がいっそう深まったような気がする。

電話がけたたましく鳴った。電話の音はそれだけがまるで一つの生きもののようにこの部屋の空間を裂いた。

「ぼく……」

宗の声は上ずっていた。

「約束をたがえて、すまなかった」

「どうなさったの」

少し恨み声で純子がたずねると、

「実は……」

言葉をきって、

「連絡がきて……女房が……交通事故にあって」

「えッ？」

受話器を持った手に思わず純子は力を入れた。

「救急病院に運ばれたんだ。うん、世田谷の東名の出口のところで、病院もそこから近くて」

「今、そこにいらっしゃるの」

「うん」

「それで奥さまは」

「兎に角、腰と頭をうってね。今、レントゲン検査をしているが、結果はまだわからない」

「そう……」

純子はしばらく沈黙して、

「じゃ、こちらのこと心配なさらないで。大丈夫よ」

「すまないが……事が事だから」

受話器がぷつりと切れる音がした。

しばらく茫然としていた。客がもう絶対に来ない食卓の椅子に腰かけたまま、純子は虚空の一点を見ていた。

兎も角も宗が電話をくれたのが救いだったが、心は動転していた。その心の動転がやっと鎮まると今度は言いようのない寂しさと共に宗の今いったことが本当かしら、という疑惑がふと頭をかすめた。そしてそんな疑惑を起こす自分が情けなかった。

翌日も翌々日も宗の連絡はない。

こちらから電話をかけたいが当然、彼の妻の容態をきくことになると思うと、どうしても純子には受話器に手がのびない。そんなことをすることが偽善的に思われ、やっぱり嫌だった。

その一方――。

宗のすべての関心が今は妻のほうに集中していると思うと、これは仕方のないことながら、辛かった。その上嫉妬《しっと》する自分が不快だった。

こんな複雑な気持ちを誤魔化すために仕事に精をだしていると、

「石井さん、飲みに行かない？」

中條英子に夕方、急に声をかけられた。

「ええ、いいけど。でも、どうして」

「だって、あなた、この二、三日、浮かぬ顔をしているから……」

やはり憂鬱《ゆううつ》そうな表情が顔にあらわれているのかしら、と思った。

夕方、中條英子につれられて会社にちかいスナックに出かけた。そこは伊藤社長や本藤専務も時々、部下をつれて飲みにくる店だった。

「ねえ、言ってごらん。宗さんとの間がうまくいかないんでしょう」

英子にそう訊ねられて、

「ううん」

と純子は恥ずかしそうに首をふった。

「ちがうの。実は彼の奥さまが……事故にあって……」

事情を話すと中條英子は、

「ふうん」

と考えこんで、

「それは……あなたたちには愛のテストになるわね」

と独りごとのようにつぶやいた。

「テスト？」

「うん、宗さんが奥さまをとるか、あなたをとるか選択がはっきりするんじゃないかしら」

「でも彼はもう奥さまと別居しているのよ」

「子供ねえ、あなたは」と中條英子は苦笑して、「たとえ別居をしていても、こんな風に片一方にピンチが起これば、おたがいがもう一度、考えなおすことも男女にはあるのよ」

純子が黙っていると、

「だからそのテストを乗り越えれば……あなた宗さんの愛情を信じてもいいわ」

「そうか。でも残酷なことを言うのねえ」

「ごめんなさい」英子はあやまって、「しかし、あなたたちの恋愛が本物ならば、そのテストを乗り越えなくちゃ、いけないのよ」

　と真面目な顔で言った。

　こうして酒を飲んでいると、背後の扉があいて二人の男がどやどやと入ってきた。伊藤社長と本藤専務だった。

「や、君たちか。密談かい」

「ええ。社長と専務とを会社から追い出す計画をたてているんです」

　と英子が答えた。

「そうか。そんなら君たちはもうクビだぜ」

　本藤専務が口に手をあててホッホッと山鳩のような声をだして笑った。

　伊藤社長や本藤専務はもちろん純子の鬱々とした表情に気づいていたらしいが、わざと知らぬ顔をしてくれた。そしてそのかわり陽気に、

「どう。ここで少し飲んでから、歌でも聞きにいかないか」

「歌？　社長や専務の歌？」

　中條英子がやや露骨にイヤな顔をすると、

「ぼくたちの歌なぞ勿体なくて聞かせられるかね。六本木に最近、発見したんだが——たのしい店がある」

　伊藤社長はニヤニヤ笑いながら言った。

少し飲んでから四人でタクシーをひろい六本木に出かけた。

交叉点のすぐ近くでおりて細い路をはいる。

「社長はよく、こんなところも歩きまわっているんですね」

中條英子がお世辞をつかうと、

「そうさ。体に資本は入れているよ」

伊藤はそう言いながら小さな建物の地下へおりた。

ねずみの巣のようにそんな狭い地下にもバーが三軒もあって、その一番奥の店が社長の言う「たのしい店」だった。

スーツにネクタイをしめた色白の女性がさして広くない店のなかで客たちと話をしていた。

純子たちが腰をかけると、この背広を着た女性は、

「じゃあ、そろそろ、歌うか」

と一寸、男っぽい、投げやりの口調で言ってギターを手にとり、マイクを調節した。

「あの人がママですか」

と英子が社長にきくと、伊藤は首をふって、

「いや、ママは別だ。あの人はここの店長でミッちゃんという。歌は実にうまいぜ」

と小声で教えた。

「よく、いらっしゃいました。それでは皆さまのリクエスト曲を歌わせて頂きます。左側のお客さまを兎さんチーム、右側のお客さまを猫さんチームとして順番にリクエストしてくださいさい……。さだまさしの『無縁坂』ですか。はい。こちらは『与作』……」

客たちのリクエスト曲を求めてからギターをかかえなおした。

情感がしみじみと伝わる歌いかたである。社長が「実にうまいぜ」と言ったが、正直、テレビやラジオできく歌手たちには足もとにも及ばぬ連中もいると思われるくらい、客の心にくいこんでくる。

こんなうまい歌手がなぜ、この店だけで歌っているのか、純子にはふしぎに思えた。

彼女ははじめ「無縁坂」を歌い、次に「与作」を歌った。それからひとつカンツォーネを歌い、そのあと眼つきのわるい客が純子の知らない「中年男の歌」という妙な歌を歌った。

「ミッちゃん、妻ある人に恋をした、をやってくれ」

とその客が求めた。

「妻ある人に恋をしたですか？　藤本ちゃん、この歌が好きねえ」

ミッちゃんはそれでも要望に答えてギターをならした。

妻ある人に抱かれた夜
悲しく　せつない雪だった

中條英子は困ったように純子の顔をみた。純子も思わず眼をそらせたが、その眼に泪がにじんだ。

その夜、三人に別れて青山のアパートに戻ってみると、アパートのすぐ近くに見おぼえのある宗の車が停まっていた。

「やっと戻ったね」

運転席の窓をあけて宗が小声でよびかけた。

「ああ……」嬉しかった、噴水のように悦びが胸にこみあげ、「いつから、ここに」

「二時間ほど前」

「二時間も待っていてくださったの。いらっしゃるのなら、いらっしゃるとおっしゃってくだされば良かったのに」

「どこに行ってたの」

「会社の人たちと……」

車からおりた宗と肩をならべてアパートの玄関に入った。

部屋に灯をともした。宗はいきなり純子の唇を求めてきた。その唇を受けながら彼女は宗の妻のことを思い、思わず体をかたくした。

「どうした。イヤなのか」

「そうじゃないけど」

奥さまが入院をしていらっしゃる時、こんなことをするのが辛いの、と彼女は呟いた。

「そうか……」

宗は体をはなした。

「奥さまの御容態は……どうなんですか」

「ああ」

眉と眉との間に皺をよせて宗は、

「整形手術をいつかはしなくちゃならぬらしい。今はギブスをはめられているけれど」

そんなに悪いとは純子は知らなかった。

「事故はどうして？」

「彼女の友だちの運転していた車にのっていてね。夕方、世田谷の東名高速の出口ちかくでトラックにぶつかったんだよ」

「まァ」

純子は他人ごとながら膝がしらがガタガタと震えるのを感じ、

「でも手術さえなされば、完治するんでしょ」

「今はわからない。いろいろ、後遺症があるかもしれぬと医者は言っていた」

両手を組み合わせたまま、純子はうなだれた。

この事故が自分の責任のように思える。自分が宗と恋愛をしてしまったため、彼の妻にこんな災いがふりかかったような気がする。

「お見舞いに行っていらっしゃるの」

「さっき見舞いに寄ったさ。でも病院は完全看護だからね。六時になると出なくちゃいけないんだよ」

「わたくしのこと気になさらなくてよいのよ。いえ、皮肉や嫌味で言っているのではないわ。それは今こそ別居なさっているけれど、一度は御夫婦だったんですもの」

「でも、ぼくが行くことが彼女を悦ばすか、どうか、わからないんだ……」

宗は急に口をつぐんだ。二人が宗の妻のことを今夜ほど、話題にのせたのは初めてだった。今まで彼女のことを口にするのは宗と純子にとって何となく一種のタブーだったのだ。

そのため宗は妻のことから話題を変えようとした。純子もできるならばそうしてもらいたかった。

「春になったらね、旅行に行こうよ」宗はポケットから地図を出し、「前から君と旅行したかったんだ。東京を離れて……」

「どこに」

「今、考えているのは九州の国東《くにさき》半島か、東北の陸中海岸、あるいは松江。行ったことがあるかい」

「いいえ、三つともないの」

二人は灯の下で地図を幾枚もひろげた。九州の国東半島や長崎周辺の地図。それから東北の陸中海岸のものもあった。

「もし陸中に行くとしたならね、仙台まで飛行機で行くだろ。あとレンタカーを借りて平泉に寄る。有名な藤原三代の根拠地だ。そこから北上川をわたって盛岡で一、二泊する。それから列車で陸中海岸に向かう」

宗のボールペンが地図を動く。

見知らぬ土地。見知らぬ町。見知らぬ港。はじめて見る山や白い雲。

「どうした」

「あなたも、そこは初めてなの?」

「初めてさ」

なにも気づかずに宗はうなずいたが、その時、純子はこう思っていた。宗が初めての土地なら、宗の妻もそこには彼とは出かけたことはないのだろうと。

見知らぬ土地。見知らぬ町。そこには宗の妻の影はない。宗の妻の足跡はない。

「北上川をわたるのね」

「そうだよ」

「前に写真をみたことがあったわ。ゆたかな川でずっと向こうに青い山並がひろがっていた」

「その山並もみよう、春の雲がきっと浮かんでいるにちがいない」

純子は夢想にふけった。彼女は宗と二人だけの、他の誰からも侵略されない場所がほしかった。他の誰からも侵略されない思い出や体験が――。

「行きたい」

吐息にも似た声をだして彼女は眼をつむった。

「いつ、行くの」

「三月か、四月」

「早く、春がくればいいわ」

こぶしの花が白く咲き、残雪が山に光っている春の東北が彼女のまぶたに浮かんだ。宗とそんな風景のなかを車で走っている自分たちの姿が思い浮かんだ。

遅くなって宗は帰った。

一人になった時、現実に戻った純子は自分が今、おかれている立場をおのずと考えた。もし宗の妻がこの事故のために不自由な体になったとする。そしてふたたび宗を伴侶《はんりょ》として求めた時、自分はどうすべきか、宗を彼女から奪うことができるだろうか。

父の言葉がその時、記憶に甦ってきた。

「お前は他人を不幸にしていいのか」

彼女は頭をかかえて呟いた。

（わからないわ、わたくしには）

クロードが売り出された。

会社のあたらしい製品はこれまで次々と販売されたが、菊次には、このクロードの売り出しが別の意味をもっていた。

クロードは彼と部下とにとって儲けのための商品ではなかった。それは本当の意味での彼等の「仕事」だった。手段を弄《ろう》して売《う》り捌《さば》く化粧品ではなく、菊次とその部下が誇りをもって人々に示す製品だった。

（これでいい）

すべての準備が完了した金曜日、菊次は机の上を片づけながら一人で呟いた。

これでいい、という感慨はクロードの製品に完全に満足しているためではない。山崎専務の命令で販売を急がねばならなかったため、色々な点でクロードは完璧《かんぺき》ではなかった。

完璧ではなかったにせよ、この製品は売らんがためのものではなく、外国のものに負けぬ作品だと菊次は思った。そう、製品ではなく作品なのだ、彼や研究所、開発部が一体となって作りだした作品なのだ。

日曜日が来た。

彼は朝の食卓で朝刊をひろげ、宣伝部がつくった広告に眼を通した。

「クロードは日本人の化粧品です。懸命に我々がつくりだした化粧品です。本当に自信があるのです」

その言葉を真っ白な原稿用紙にはっきり書きこんだ広告が二面にのっている。

同じ言葉を刷りこんだポスターも駅や電車の車内にぶらさがることになっていた。

あとは販売チェーンでどういう売りかたをするか、任せるだけである。

「出かけてくるよ」

朝食がすむと彼は食卓からたちあがった。

「日曜日に……」

カフェ・オ・レを飲んでいた公一がびっくりすると、菊次は新聞をみせて、

「ああ。これの発売が今日からはじまる。電車などに広告などちゃんと出ているか、見てみたい」

彼は妻に洋服の着がえを手伝ってくれと頼んだ。そして洋服に着がえながら、

「お前、最近、純子に会ったか」

ふいに訊ねた。

「純子に。いいえ。家を出た娘には会っちゃいけないんでしょ」

妻の皮肉に菊次は苦々しい顔をして、

「俺が会わなくても、お前があいつに会うのは勝手だ」

とひとりごとのように呟いた。

「電話では話していますよ」

「どうなんだ。体は元気なのか」

「そんなに心配なら、あの子の言い分も、わかってやればいいのに」

「それはいかん。それとこれとは話が別だ」

自分でも自分が滑稽《こっけい》なことは菊次にはよくわかっていた。自分でも自分が矛盾していることは百も承知していた。

「元気なら……それでいい」

捨《す》て台詞《ぜりふ》のような言葉を言って外出した菊次を公一と細君とが笑っていた。

「あれなんだから、強情だねえ」

誰もいない日曜日の会社で彼は窓から外をじっと見つめた。

会社に来たって別にクロードの売り出しに役にたつわけではない。だが今日は平生、腰をかけているこの椅子に坐《すわ》らざるをえない気持ちだった。家にいられなかったのである。

（うまく、いっているか）

もう日本中の小売りの店頭にはクロードは並んだ筈である。ポスターもぶらさがった筈である。

大きな窓から東京の街が俯瞰《ふかん》できた。真下は原宿で日曜日のためもあって、あまたの人々が歩いている。その人たちが今朝の朝刊の広告を見てくれたかと菊次はせつに思った。

(あの広告にはハッタリはないのです。私の気持ちをありのままにのべたのです)

彼は窓の下のあまたの人々に声をかけたかった。

(ほんとに日本人のためにいい製品を作る——それが仕事だと思っています。そうしなければ戦争で死んだ連中にも申しわけがない)

彼はそう心のなかで呟いて、自分の言っていることは若い人たちには支離滅裂に聞こえるだろうと思い苦笑した。

足音がした。ふりむくと宣伝部のドアをあけて武田と泰とがびっくりしたように中を覗きこんで、

「部長……じゃないですか」

「ああ、君たちか」

「扉があいているので、びっくりしました。何か御用事だったのですか」

「気になってね。クロードの売り出しの事が。それでつい、会社に来てしまった」

「そうですか……ぼくらも同じ気持ちです。で、泰と二人で電車のポスターを調べたり、小売りを二、三軒あたって……」武田は苦笑して、「おかげでクロードを三瓶も買いました」

「売れゆきはどうだ」

「まだ、わかりません」

「私にはあのポスターはなかなか眼につくと思ったが……。じゃあ、鍵をわたすからね、ちゃんと閉じておいてくれたまえ」

二人を宣伝部の部屋に残して菊次は日曜日の雑踏する表参道を歩いた。「重よし」は鎧戸《よろいど》をおろしてしまっている。

あれ以来、あの人に会っていない。純子がやったことを思うと節子に会わせる顔がなく、しかし会って詫《わ》びねばならぬと思う気持ちに苦しみ、「重よし」にもおのずと足が遠のいていた。

表参道を駅近くまでのぼった時、なにか異様な騒がしさを公園にそった広い路から感じた。

朝鮮服のような服装をした若い男女が大きな携帯ラジオをおいて、グループでおどっているのである。

そのグループは何組もあり、男も女もふしぎな化粧やマスクをしていた。十七、八の少女もいれば二十をすぎた青年もいた。みな笑いながら、ふざけながら、おどりまわっている。

茫然としてこの若者たちを菊次は眺めた。その瞬間、彼のまぶたに真っ黒な弾幕の間をよろめくように飛んでいく戦闘機がうかんだ。そしてすさまじい高射砲にその飛行機は一瞬のうちに飛び散った。

それが菊次たちの青春であり、菊次たちの十七、八歳から二十歳頃の姿だった。

「日本人のためにいい製品をつくる。そうしなければ戦争で死んだ連中に申しわけがない」

彼はさっきの自分の呟きを思いだしていた。

二日たった。三日たった。

宣伝部も開発部もいつもと変わらず仕事を続けていたが、部屋には一種言いがたい不安感が漂っていることが誰にも感じられた。

部員たちはそれぞれにクロードの売れ行きを心配している。小売り店の売り上げは少なくとも一カ月せねばわからない。しかし、その一カ月がとても待てぬ気分である。

菊次も表面は部長らしく冷静を装ってはいるが、心では落ちつけない。

三日目の出勤の朝、彼はわざと渋谷でおりて道玄坂付近の化粧品屋を二、三軒、歩いてみた。

「あたらしく発売されたクロードをください」

客を装って何げない顔でいう。これはまだ開発部の平社員だった頃、よくやらされた偵察行動である。

店員はクロードを出して包みはじめる。

「これ、評判いいですか」

さりげなく質問をする。

「ええ、何人かのお客さんが買っていきましたよ。いいんじゃないですか」

包装袋に入れながら店員は面倒くさそうに答える。

一軒の化粧品屋ではそんな返事をもらったが、他の二軒では、

「クロード、ああ、売り出されたのね」

やっと思い出してくれて、

「売れ行き、ボチボチ出てますよ」

あまり気のりのしない答えだった。

出足はそう悪くない、とふんだ。その菊次の得た印象を裏打ちするように、

「部長」

武田や泰たちも他の開発部員もそれぞれの個人偵察を報告してきた。

「うちの近所の化粧品屋でも売れていると言っていました」

「そうか……」

思わず嬉しい微笑が菊次の頬にうかんで、

（みろ。本当にいいものは……誰にもわかってもらえるのだ）

彼は販売チェーンの林部長や金田常務の顔を思いうかべながら勝利感に似た気持ちをゆっくり味わった。

（この仕事が一段落したら……京都へ行かねばならん）

京都の清滝に建てているささやかな家の工事が既に半分ぐらい進行している。それも前から気になっていた。クロードの準備に忙殺されていた彼は、とても京都に行く暇がなかったのだ。

一人で久しぶりにささやかな祝杯をあげたかった。

夕暮れ、会社を出て「重よし」に足をむけた。

硝子戸をあけると、

「あ、石井さん……」

板前たちの顔がいっせいにこちらを向いた。

「病気か、と心配してましたよ」

「いや、仕事が、忙しくて」

彼はおしぼりで顔をふいた。

「御存知ですか、安西さんのお嬢さんが」

と主人が近よってきて小声で言った。

「事故にあわれたことを……」

「お嬢さまが……」

「ええ、御一緒にここにお見えだったでしょう。それで今、御入院されているらしいですよ」

「重よし」の主人はそれ以上の詳しいことはまだ聞いていないらしく、その上、向こう側の客から注文を受けて、菊次のそばから離れていってしまった。

銚子が運ばれてきた。しかし菊次はぼんやりとその銚子を見るだけだった。

(行かねばならぬ。行ってあの人に詫びねばならぬ。どんな叱責《しっせき》を受けても仕方のないことだ)

彼は心のなかのうつろな声で自分に言いきかせた。

(純子にやめさせねばならぬ。撲っても引きずってもあの子を家に連れて帰らねばならぬ)

あの人の娘が事故を起こしたこと、未亡人になったあの人に更に不倖せが起こったこと——菊次はそれが自分のせいのような気持ちがした。自分と自分の娘との責任であるような気持ちがした。

「ぬるくなりますよ」

手をつけない銚子に気づいて板前が注意した。菊次はたちあがって、

「いや、また出なおしてきます」

その板前がびっくりしているのに、椅子からおりて店を出た。

店の前でタクシーをひろった。いつの間にか春が近づいたような夕暮れだった。

タクシーは代々木公園にそって深町の交叉点をすぎ、一方通行の坂路をのぼった。あの人の家はその細い坂路にそっていた。

「停めてくれ」

料金を払って彼は安西と書かれた門の前にたった。

しばらくためらった後、やっぱり呼鈴を押した。

「どなたさまでしょうか」

インターホンから声がした。

「石井と申します。奥さまにお目にかかりたいのですが……」

「一寸、お待ちくださいまし」

女の声はしばらくやんで、まもなく、

「失礼いたしました。どうぞ、お入りください」

鉄柵《てっさく》の門を押して石段をのぼり玄関の前にたった時、その扉があいてお手伝いらしい

女性が丁寧に頭をさげて出迎えた。

「おあがりくださいまし」

チーク材を使った応接間のなかで古びた大きな置き時計が鐘の音をならしていた。ウエストミンスターの鐘だった。

菊次は出口に近いソファに両膝をそろえて腰をかけ、壁にかけてあるシャガールの版画を眺めた。あわてて来たため、手土産の一つも持ってきていないことにやっと気がついた。

（ここが、あの人の家か）

彼のまぶたにはふたたびあの学生時代のあの人の笑顔や身ぶりが思いうかんだ。

（三十数年の後、こんな形でたずねるとは思いもしなかった……）

人生はなんと奇妙な糸が交錯しているのだろう。

足音が廊下の遠くから聞こえた。そして応接間の扉があいた。

菊次の予想とちがい、扉をひらいた節子の顔には穏やかな微笑があった。その微笑にはむかしの学友にたいする好意がはっきり見えた。

「お久しぶり」

彼女は菊次と向きあったソファに腰をおろし、

「お会いしたい、お会いしたいと思っていましたのよ」

「突然、お邪魔して申しわけありません」

と菊次は顔をこわばらせたまま頭をさげた。

「イヤねえ。石井さん。急にお改まりになって……」

「しかし、お嬢さまに事故があったと伺って」

「誰から、『重よし』で？　困るわ。いらざる御心配をおかけして。ええ。入院していますけど……昨日、今日から痛みも薄らいだようだし」

つとめて快活を装ってはいるが、心配が節子の眼を暗くかすめたのに気づいて、菊次の胸はしめつけられるようだった。

「軽かったのですか、お怪我は」

「頭をうたなかったのが幸いだったとお医者さまはおっしゃっていましたわ。ただ腰の骨のほうが、かなりひどくて……」

両手を膝においたまま、菊次は節子の言葉を鞭《むち》うたれる思いで聞いた。

「手術をしなくちゃならないでしょうね」

「手術……ですか」

「ええ」

「何とお慰めしていいか。……いや、私にはお慰めする資格がない。正直いって、お宅へお伺いするのも気がひけたのです」

菊次の言葉に少しふしぎそうに、節子は、

「なにをおっしゃるの、石井さん。娘も来てくださったことを悦びますわ」

「あなたは、何も御存知ないのです」彼はもう一度ふかぶかと頭をさげた。「お嬢さまに……御迷惑をかけているのは……私の娘です」

節子は一瞬キョトンとして菊次の言葉を受けとめた。それから驚愕の色がその顔を走った。

「私も何も知りませんでした。ある事で娘を問いつめて初めてわかったのです。娘がお嬢さまの御主人と交際していると……」

「石井さん。それ、本当？」

「本当です。冗談や嘘でこんな恥ずかしいことを申しあげられません」

「それじゃ……」

節子は菊次にではなく、自分に言いきかせるように、

「デパートでお目にかかったのは……石井さんのお嬢さまだったのかしら。宗と一緒に家具を御覧になっている時、私と娘とが偶然そこにいて……」

「家具を？」

菊次は眼をつむって吐息をついた。

「ふしだらな。私は決してあの娘をそんな風に教育はしませんでした。家庭のある男性

と交際するような、『けじめ』のない子にはしなかったつもりです。それが魔がさしたと言うのか……」

節子はソファの肱《ひじ》に片手をおいたまま、菊次のしどろもどろの言葉を聞いていた。たしかにしどろもどろと言ったほうが良いほど彼の謝罪は支離滅裂だった。

「根はいい娘なのです。二十年そばで見ていた私が、はっきりと言えます。それなのに……どこで狂ったか、わからんのです。いずれにせよ私と家内とが知ったのは、娘が宗さんと交際したあとで……私はその交際をやめろと叱りましたが、一途《いちず》な娘へのあわれさについ心動かされて黙認してしまいました。しかしそれが悪かった。引きずってでも宗さんと別れるように致すつもりです」

「およしになって……」節子は眉と眉との間にかすかな皺を寄せて、「お嬢さまだけがお悪いんじゃないわ。うちの娘にも宗にも責任があるんですわ。それに石井さん……事故はお嬢さまに関係がないことですもの。その原因までお嬢さまのせいになさるのは……お気の毒よ」

「でも私の気持ちが許さんのです」

「石井さん。たしかに宗とわたくしの娘はうまくいっていませんでした。もう申しあげたと思うけど別居しています。しかし宗は娘が入院したと知ると、ほとんど毎日、見舞いに来てくれています。娘が頑《かたく》なに入室を拒んでも廊下にじっと立って……」

「お嬢さんは入室を拒絶されるんですか……」

「ええ、でも彼のそんな優しさに少しずつ心がほぐれているようです。彼女の気持ちが今までと少しずつ変わっているのは母親のわたくしにはわかります。石井さんには申しわけないけど……娘と宗とはふたたび縒《より》が戻らないかと、一瞬ですけど、そんなこと考えて……」

その言葉を聞いた時、両手で膝を摑むようにしてうなだれていた菊次の胸に狼狽の感情が走った。

(宗夫婦に縒が戻る……)

それは言いかえれば純子が宗から棄てられることだった。

少なくとも純子の心にいやしがたい傷が与えられることでもあった。だが、

「そうなって頂ければ……」

と彼の口は節子に言っていた。

「私としては多少でも安心できます」

「でもすべてを決定するのは石井さん、あなたやわたくしじゃないわ。あの三人よ。宗とうちの娘とあなたのお嬢さまよ。わたくしたちの意志通りにはならないのよ。あの人たちにはあの人たちの人生があるんですもの」

「三十数年前、三田の丘でお目にかかっていた頃、こんな風であなたにお目にかかると

は思いもしませんでした」

「ねえ。わたしたちはもう五十五をすぎたわ。あの人たちと考えも感覚も随分ちがう世代でしょう。石井さんがお嬢さまを無理に宗からお離しになっても、そんな無理は必ずどこかで爆発しますわ。それよりもあの三人を信じて任せたほうがいいと思うんですけど」

「任せる……」

「ええ。宗とうちの娘に、この事故を通してもう一度、あたらしい結びつきが生まれるか、それとも彼がやっぱりお宅のお嬢さまを選ぶか……わたくしたちは任せましょうよ」

節子の家を辞して真っ暗な坂路を下りながら菊次は彼女の言った言葉を反芻《はんすう》した。あの三人に任せろ、と節子は言う。それが彼等の今後にとって一番、自然で無理のない結果を生むだろうというのが節子の考えだった。

菊次は今更のように節子のいたわりに感謝した。本来ならばどんな嫌味、皮肉、愚痴を言われても彼は仕方のない立場だった。それなのに節子はうちの娘にも宗にも責任があるのだ、と言ってくれた。

（だから、と言って）

坂路はひろい路に通じていた。その路にたってタクシーを待ちながら菊次は思った。

（その寛大さにのっかってはならぬ）

節子があのようないたわりをみせてくれたからには、彼にもそれにたいする礼儀があった。

（純子ともう一度、話し合わねばならぬ）

彼はタクシーを待つのをやめて、すぐそばの公衆電話のボックスから純子のアパートに電話をかけてみた。「與太呂」で食事をした時、番号を教えてもらったのである。

コールは長く続いたが、不在である。

気持ちが許さなかった。節子のにこやかに玄関まで見送ってくれた顔が眼にうかび、そのにこやかな顔のかげに彼女がかくしている心配や不安を思うと、菊次は更に申しわけないと思う。

タクシーを拾った時、急に病院に行こうという考えが頭にうかんだ。節子の娘が入院している病院に行って、それとなく容態をきいてみようと思ったのである。

（だが気づかれれば変に思われないだろうか）

病人には「重よし」で節子から紹介されている。だから見舞いにきましたという口実もある。しかしやっぱり、それだけでは理由は薄弱でおかしかった。

（兎に角、病室の前まで行こう）

タクシーは既に目黒の方角に向かっていた。節子の娘は五反田の関東逓信病院に入院しているのだった。

やがて車は五反田の駅のそばを迂回《うかい》して池田山のそばの坂をくだった。

とまった車からおりて彼は受付で患者の病室をきいた。

「面会時間は六時までですからもう少し早く来てください」

受付で叱られて菊次は長い病棟の廊下を歩いた。エレベーターはクレゾールの臭いがかすかに漂っていた。

三階でおりると彼は少しためらったのちに教えられた病室のある廊下を足音をしのばせて歩いた。かすかにテレビの音がどこかの部屋から聞こえた。宗陽子と名札のぶらさがった個室の前でたちどまり、菊次はじっと立っていた。

個室のなかから子供の声が聞こえた。

「ママ、じゃお大事にね。また来るね」

今、引きあげるところらしく、お手伝いに伴われて七歳ぐらいの少女とその弟とが扉から出てきたが、また病室のなかを覗き、そう言った。

子供たちは部屋のすぐ前に立っている菊次を不審そうに見つめ、

「ママ、お客さま」

と言った。狼狽した菊次はいや、いやと答えて四、五歩、歩き、去っていく子供たちの背にむかって、

「ゆるしてください」

とつぶやいた。それは純子のかわりに彼がせめても言わねばならぬ言葉だった。

病院の空虚な出口で菊次はもう一度、ダイヤルをまわした。今度は受話器をとりあげる音がして、純子の声とその背後でかすかな音楽がきこえた。

「私だ」

「あら、パパなの。どうしたの、今頃」

「話がある。そこに行っていいか」

音楽がなっている。宗の妻が入院しているというのに音楽などを聴いている娘が不謹慎な気が菊次にはした。

ためらった声が小さく、

「いいわ」

「そうか。道順は？」

真っ暗な病院の出口にタクシーが二台とまっていて、菊次が片手をあげると、その一台が滑るように近寄ってきた。

半時間後に青山三丁目の一角で教えられた通り車をおり、菊次は細い路に入った。そして娘のいるアパートの前にたって幾つかの窓の灯をじっと見あげた。

（これが……純子の生活している家か）

今更のように彼にはどうして自分の娘が両親や弟を棄ててこんな孤独な生活を選んだのかわからなかった。彼は宗を恨んだ。彼の掌中から最愛の娘を断りもなしに奪った宗を憎んだ。

階段をのぼり、暗い廊下の奥の部屋のチャイムをならした。扉の下から灯が洩れていた。音楽もきこえていた。

「パパいらっしゃい」

純子はジーンズをはいたまま扉をあけ、少し恥ずかしそうに父親をみた。

「どうぞ……おあがりになって」

靴をぬいだ菊次はレインコートのポケットに手を入れたまま部屋をみまわした。ベッド。テレビ。食卓用のテーブル。スタンド。それから小さな流し台のついたキッチン。

(可哀そうに……)

菊次は娘が不憫《ふびん》でならなかった。そして彼は宗の顔を思い出し心のなかでこう言った。

(お前にはそういう資格があるのか。俺の娘をこんな一途な気持ちにさせる資格があるのか)

「お茶を入れましょうか」

「ああ」

娘が紅茶を入れてくれるうしろ姿を見ながら菊次は自分の家の食堂を思い出した。娘とさしむかいで茶を飲んだのは遠い昔のことのように思われた。

「宗さんの奥さんが入院されているのは、勿論、知っているだろうな」

「ええ」

純子は不意をつかれたように顔を強張らせてうなずいた。

「パパ、どうして御存知なの」

彼が事情を話すと純子は、

「そう……」

とうなずいた。

「病院に行ってきた。いや、お見舞いに行ったんじゃない。ただ、そうせずには、おられぬ気持ちだったからだ」

「すみません、パパ」

「ちょうどお子さんが二人、病室から出てこられたが……可愛い男の子と女の子だった」

菊次は声をつよめて言った。

「純子、あの二人のお子さんを不倖せにするのはいかん。あの子供たちに、父親を戻してやってくれ」

純子は黙っていた。黙ってはいたが、心のなかで父親の言葉に必死に抗《あらが》っていることは、そのきびしい表情でわかった。

菊次は純子のもっとも痛いところを衝いた。「あの二人の子供たちに父親を戻してやってくれ」という言葉は、たしかに純子にとっては一番つらい反応をよび起こした。

「子供というのは……父親と母親とがそろっていればこそ倖せなのだ。片親に育った子供がなめねばならぬ寂しさを思って……お前は」

「パパ」と純子は反論した。「わたくしがいても、いなくてもやがては宗さん御夫婦は離婚なさる筈なのよ。わたくしが身を引いても、宗さんのお子さまは片親だけに育てられるのよ。それはもうパパに話したじゃないの」

「必ず離婚するとは決まったわけじゃないだろう。夫婦の心理などそんな単純なもんじゃない。いつどう変わるか誰にもわからんのだ。だがお前がそこに介入すれば、ふたたび、まとまるかもしれない御夫婦の間に邪魔になる」

「御夫婦のことにわたくしは何も介入していないわ。これからも介入しないわ」

「それなら……もし、あの御夫婦がふたたび一緒に生活するようになっても、お前は黙って身を引くな」

父の言葉に純子はふしぎそうな顔をした。

「もちろん、そうするわよ。宗さんがわたくしよりも奥さまを選ぶなら、それ以外、仕方ないじゃないの」

「約束するね」

「でも、今更改まってなぜ約束などしなければいけないの」

菊次は眼をそらせて紅茶茶碗に口をつけた。父親として彼は純子にさきほどの安西節子の言葉をそのままに伝えることはできなかった。宗の妻の心境に少しずつ変化ができて、二人に縒が戻るかもしれないと節子は言ったが、一途に宗を信じている娘にそんなことを言うのは可哀想だった。

「なあ、純子」

「なに」

「俺はいつも考えるのだが、人間には善魔というものがある」

「善魔？」

「そう。自分の考えだけが何時も正しいと信じている者、自分の思想や行動が決して間違っていないと信じている者、そしてそのために周りへの影響や迷惑に気づかぬ者、そのために他人を不幸にしているのに一向に無頓着《むとんちゃく》な者——それを善魔という」

「パパが何を言いたいのか、純子にはわかるわ」

「わかるかね。公一は今、学生運動に足を入れはじめたらしいが——俺も気づいているよ、そのくらい——あいつにもそれを知ってほしいよ。自分の考えだけが正しいと思い、周りを考慮しない善魔になるなと。そして純子、お前も自分の情熱だけが正しいと信じるあまり、他人を不幸にしているのに気づかぬ善魔になるな」

のみほした紅茶茶碗をおいて、この父親は寂しそうな顔をした。

「さあ、帰るか」

彼はたちあがった。

（父は、何かを知っているのかしら）

菊次が帰ったあと、就寝前の洗面をしながら純子は急に不安にかられた。今夜父との会話はこの間、「與太呂」で食事をした時と大差なかったが、一点、違っている部分がある。父が奥歯にもののはさまったような言い方をしたことである。

夫婦の心理は複雑だ、とか、もしあの二人がもう一度、結婚生活をやり直そうとしたならばそれに邪魔をするな、とか言った言葉が気になってくる。

（ひょっとして、わたくしは宗さんの邪魔になっているのかしら。ひょっとして、今度の事故で宗さんの心は奥さまに戻っていったのかしら）

それを父は暗示したのかもしれぬと純子は考えた。

だがそんな気配は宗にはまったくない。むしろ二人は宗の妻が事故にあう前よりももっとしばしば電話をかわし、デイトを重ねるようになっていた。

「今週」

と彼は週のはじめに電話をかけて言った。

「ぼくにプレゼントさせてくれるかい」

「プレゼント？　なぜ」

「馬鹿だな、金曜日は君の誕生日じゃないか。しかし金曜はおたがい仕事があるから土曜日に会おうよ。そして君のプレゼントを一緒に買いにいこう」

そんなことを言ってくれる男がどうして別れた妻に心を戻していると言えるだろうか。兎に角、くだらないことは考えないようにしよう。無意味に相手の心を穿鑿《せんさく》して苦しみ、悩むのはたくさんだと純子は思った。二人のことはすべて明るく考えていこう。そういう方針に決めよう。

金曜日、会社に思いがけなく公一から連絡があった。

「ぼくだよ。びっくりしたかい」

「なぜ今まで電話ぐらい、くれなかったのよ」

と恨みごとを言うと弟は意外とあっさりして、

「だって姉貴にホーム・シックを起こさせ、初心貫徹できないと気の毒だからさ。すぐ近くまで来てるんだ。誕生日のプレゼントを持って」

「プレゼント、あなたから」

「まあぼくとお袋と考えてくれてもいい」

やはり嬉しかった。会社のそばの珈琲店を指定してそこに行くと弟は先に来ていた。

「元気、あなた」

「元気さ、しかし姉貴も頑張っているね。正直……ぼくは尊敬しているよ、自分の情熱に誠実に生きているからな」

「あなたならわかってくれるけど、パパにはやはり、『けじめ』がない行為にみえるらしいの。パパは元気なくなったんじゃない」

「そうでもないさ。でも時々、寂しそうにじっと食堂で水割り飲んでいるが……要は幸福になればいいんだ、姉貴が。姉貴がその宗さんという人と倖せになれば、親爺だって納得するんだよ」

弟のあたたかい言葉に純子は、

「うん、うん」

と大きくうなずいた。

姉貴さえ幸福になれば親爺だって納得するんだよ──。

まだ子供だと思っていた弟のこの言葉は土曜日まで強く純子の心に残った。

本当にそうだ。親不孝のわたくしだが、宗さんと一緒になって倖せな姿をみせれば、パパやママに今までの償いができる。

そんな簡単なことがどうしてわからなかったのだろう。何をいつまでもモタモタしていたんだろう。そう思うと純子の胸には明るい陽ざしが樹々に赫《かがや》く雨あがりのような悦ばしさに充され、宗と約束した土曜が待ちどおしかった。

土曜日の夕方、お洒落《しゃれ》をして宗と赤坂東急ホテルのカフェ・テラスで落ち合った。その二階にアーケードがあるからだった。

宗がプレゼントをしてくれることよりも、彼が自分の誕生日を大切に憶えていてくれたことのほうが純子には、はるかに嬉しかった。そんな宗の心が妻にふたたび傾きはじめたとは、とても思えなかった。

「女って単純ね」と彼女は宗に言った。「つまらぬことで嬉しがるんですもの」

「どういう意味だね」

「つまり……女を悦ばせるなんて、とても簡単なのよ」

わたくしは多くを望んでいないのだ。ただいつも愛されているという自信さえ与えてくれればいい。純子は珈琲をすすっている宗の横顔をみながら心のなかで呟いた。

アーケードの店を一軒一軒のぞきながら宗は彼女のためにあれこれの品物を手にとって意見を求めた。

「そんなに高いもの……困るわ」

彼がこの伊太利《イタリア》製《せい》のハンドバッグはどうだと聞いてくれた時、彼女は首をふった。しかし宗はむしろむきになって、

「気に入らないのかい」

「素晴らしいと思うけど……勿体なくて」

「素晴らしいと思うなら、いいじゃないか」

彼は店員をよんだ。ひどく、すまない気がして純子は隅の椅子で小さくなっていた。

「嬉しいか」

「とても……」

店を出てアーケードのなかを歩きながら彼女は人に気づかれぬように宗の手をキュッと握った。彼女にはそうすることによって宗が自分だけのもので、別居している妻のものではないという実感が切実にほしかったのだった。

「君って、今日、少し変だね」と宗はふしぎそうにたずねた。「なぜだい」

「別に……」

父が来て、あなたがふたたび奥さまのところに戻るかもしれないと暗示したの。だから不安なの、あなたをしっかり、つかまえておきたいの——言葉は咽喉までこみあげたが、さすがに彼女はそれを口にしなかった。

この時、宗の足が急にとまった。そしてその顔がすぐ傍らのショーウインドーにむけられていた。

ショーウインドーのなかに女の子のマネキン人形がおいてあった。そして春らしい服を人形は着せられていた。宗はその女の子の人形と服とをじっと注目していた。

彼が今、何を考えているか、純子には痛いほどわかった。

宗がそのマネキンとマネキンが着ている可愛らしい春の洋服を見ていたのは、ほんの数秒だった。しかしこの数秒は純子にとって今日の悦びを深く傷つけるに充分だった。

「どうしたの」

まったく何も気づかず、まったく無神経に宗はショーウインドーからじっと自分を見つめている恋人に眼をうつした。

「いいえ、何でもないわ」

寂しそうな微笑が純子の頬にうかんだが、彼女はそれを追い払うように、

「その洋服……お嬢さまにお似合いじゃない」

「君もそう思うかい」

宗は嬉しそうにうなずいた。

「おさびしいでしょうねえ。お子さまたちママが御入院中だから」

「うん、そのせいか、ぼくにたびたび電話してくるよ」

純子はうつむいて黙った。宗が悪気でそんなことを話したのではないことはよくわかっていた。悪気でショーウインドーの少女の洋服を見つめたのでないことも、よくわかっていた。

だが今日は少なくとも純子の誕生日だった。宗と純子とのためだけに存在する日であってほしかった。二人きりの、他の誰もが――たとえ、それが宗の子供たちでも介入してほしくない日だった。

それがもう乱されていた。雲ひとつない晴天とみえた空にやっぱり影はあったのだ。影は執拗《しつよう》に追いかけて決して二人から離れることはなかった。

「いつかの旅行のこと憶えていらっしゃる」

「勿論だよ」

二人がその夕、目黒の香港園に行き、宗が今日のためにとってくれた小室で椅子に腰をかけた時、純子が急にそのことを訊ねたのは「二人きりの世界」が今度はその旅行にしか賭けられないような気がしたからだ。

「いつ、行くつもり？」

「そうだな、四月は花見でどこも混むだろうし、五月のゴールデン・ウイークは一層、ホテルなども満員だろうし」

「三月は？」

「三月って、もうすぐじゃないか」

「わたくし、三月なら都合がいいの。ちょうど春の洋服などの布地が全部、出そろったあとだから、五、六日、休暇をとりたいと思っていたんですもの」

宗の顔に少し当惑の色が浮かんで、

「三月か」

「宗さんのお仕事に差し支え、あるんですか」

「差し支えはないがね」

宗は困ったように一寸、ためらった後、

「女房の手術によるんだ」

「奥さま、三月に手術なさるんですか」

「その筈なんだよ。だから……」

純子は自分の顔色が変わるのに気づいた。宗の立場を考えて無理を言ってはいけないと承知しながら、しかしやっぱり、せつなかった。

「そう」

諦めたようにうなずいた彼女を見て宗は決心したように言った。

「行こう。ただ手術のあとに行ってもかまわないね」

遠い山並のむこうに陽のあたる倖せの土地がある、それを夢みる者のように、純子も宗との旅を自分たちの幸福に結びつけて思った……。

「ほんと？」

と彼女はテーブルに肱をついて眼をかがやかせた。

「ほんとに、わたくしたち、三月に旅行できるの」

「ああそうしよう」

「やはり東北に」

「寒いかな、三月の東北は。じゃあ九州にしようか」

「いいの、寒くても。雪をかむった山がみたいの」

つめたい風の吹きつけ、海の荒れている海岸を歩いても、雪のつもった山の宿に泊まっても、宗と二人なら、どんなに楽しいだろうと思う。その思いが、さきほどまで挫《くじ》けた気持ちをたち直らせてくれた。

「わたくしにとって、その旅はたんなる旅じゃないの。賭けみたいなものだわ」

酔いが純子の口をなめらかにした。

「賭け？　なんの賭け？」

「わたくしたちが倖せになれるかどうか、その旅が暗示してくれるような気がするの」

「気持ちはわかるよ。でもこんな事故があったため問題が少し複雑になってきただけなんだ。もう少し辛抱して待ってもらいたいんだが……」

「待つわ。もし、あなたを信じる気持ちに影がささないならば……」

食事が終わって目黒の駅まで歩く途中、彼女は、

「待って」

と言って駅前の本屋に入り、東北地方の地図を求めた。

「地図なら、ぼくが持っていたじゃないか」

「いいの。自分一人であれこれ旅のことを空想してみたいんですもの、この幸福の地図を見ながら」

宗は笑って、その地図も誕生日のプレゼントにしようと言ってくれた。

目黒の駅で二人は別れた。本当はアパートに宗と一緒に行きたかったのだが、彼の妻が入院をしている間はそういう行為をなぜか避けたい気持ちがいつか二人の間に生まれていた。

別に口に出して言ったわけではなかったが、それは暗黙のうちの了解だった。

電車のなかで買ってもらったハンドバッグの上に買ってもらった地図をひろげた。そしてこの間と同じように見知らぬ町、見知らぬ土地、そして見知らぬ山や海をさまざまな思いでたどった。

「しばらく、純子さん」

急に頭上で誰かが声をかけた。びっくりして顔をあげると、父の会社の野口が吊革にぶらさがっていた。

「どこかへ御旅行ですか」

「いいえ」

あわてて膝の上の地図を折りたたむと、

「いつぞや、ポスターの時は有難うございました」

と礼を言った。

困ったと純子は思った。野口がどの程度、自分の家出の件を知っているかわからないからだった。

渋谷についた時、混雑するホームを純子と肩をならべながら野口も歩きだして、

「本当にあのポスターの時は強引にお願いしちゃって……」

「いいえ。で、お役にたちましたの。多少は」

何気なしに訊ねると、野口は、

「おや、純子さん、何も御存知ないんですか」

「何も、って……何でしょう」

「言っちゃいけなかったかな、部長、この頃、多少、沈んでいらっしゃいませんか」

「さあ」

野口がどうやら父と自分とのことは知らぬようだと安心しながら、純子はとぼけて、

「特に気がつきませんでしたけど……」

「それならホッとしました。ぼくは部長が意気沮喪《いきそそう》していらっしゃるんじゃないかと思って心配していたんです」

改札口でおのおの切符をわたして外に出ると、

「それじゃあ」

と純子はまだ一緒にいたそうな野口に頭をさげて人ごみのなかに入った。

彼に家庭の事情は何も気づかれなかったが、しかし今の言葉は気になる。父が意気沮喪しているとか、沈んでいるというのは何の意味だろう。

会社の事、仕事の事は滅多に家では話さない父親である。と同時に家族が自分の仕事に口を出すのも極端に嫌う。そんな点も昔風と言うか、戦中派の人間らしい父だから、今、電話をかけて母にたずねても、何も知らないのかもしれない。

アパートに戻ると、すぐやったことは家に電話をかけたことだった。勝手に家出をしておきながら都合のいい時、家に電話をすると母に叱られるのがイヤだったが、父のことが純子にはやはり心配だったのである。

「石井です」

公一の声が聞こえた。

「公一？　この間は有難う、とても嬉しかったわ。今、いい。話をして……」

「いいさ。ママは入浴中だし、パパはまだ帰っていないけど」

「そのパパのことなんだけど。何かあったの。元気がなくなるようなことが……」

彼女は手みじかに野口と出会ったことを話した。

「野口さんが変なことをたずねるもんだから心配になったのよ」

「そうか。この間、会った時、姉貴に黙っていたんだけど……うまくいっていないらしいんだな、クロードが」

「クロードって」

「この前までさかんに広告が出ていたろう。親爺が責任を負っている化粧品なんだ。その成績が思わしくないらしいんだね」

「ほんと」

「家には仕事のことを持ってこない親爺だから何も言わないけど……ぼく、お袋からチラッと聞いたところでは、会社をやめるかもしれないって……」

「そう……」

この間、アパートにたずねてくれた父の表情を純子は思い出した。

自分も今、大事な時のように、父もくるしい経験を味わっているのだった……。

こうして宗の妻が手術を受ける日が近づいた。

(手術が成功してほしい)

これが純子の本心だった。偽善的なもののない本当の願いだった。手術が成功すれば爽やかな気持ちで宗も宗の妻もあたらしい人生へ再出発できる。そうあってほしかった。

そして彼女の手術が成功し、宗にもはや思い残す気持ちがなくなった三月、あの旅行ができるのだ。

それを思うと純子はたった一度しか会ったことのない宗の妻の回復をせつに願わざるをえなかった。

「手術がちゃんと終わるまで……わたくしたちデイトをひかえましょうよ」

純子は宗に提議した。

「茶だち、酒だちと言うのがあるけれど、我々はデイトだちか」

と宗は苦笑したが純子は真顔で、

「それもあるけれど、奥さまがお苦しい時にわたくしたちが楽しい思いをするのは不謹慎に思えるの」

「古風なんだな、意外に君は」

「そうじゃなくて、フェア・プレーでいきたいのよ。こういう言い方は奥さまに失礼かもしれないけれど」

デイトはしない、手術が終わるまでは電話で話をするだけと約束をして、

「でも、すべてがさっぱりして旅行にでかけられたら嬉しいでしょうね」

「その旅行がそんなに楽しみかい」

「とっても。何もかも忘れられると思うわ」

それは自分たちにとってハネムーンのようなものだ。雲の翳《かげり》ひとつない碧空《あおぞら》のような

ハネムーンなのだと純子は毎日、自分に言いきかせてきたのだ。

「手術の日、会社をお休みになるの」

「休みはしない。でも病院には行くよ」

自分たちはふしぎな恋人だと純子は少しおかしかった。自分の相手の細君のことをこの頃、電話でためらいなく話し合っている。

その手術の日がやっときた。

朝、宗のマンションに電話をかけて、

「しっかりね」

「有難う」

そう言って電話をきった。

会社の机でも落ちつかず、

「今、何時？」

中條英子に何度もたずねて、

「何回、同じことをきくの。あなた時計を持っていないの？」

と叱られた。

手術は二時から始まる。

（今、もう手術室に運ばれていらっしゃるのだわ）

手術着に着かえさせられてベッドに横たわった宗の妻の姿が眼にうかんだ。

「石井さん。難波さんから電話よ」

受話器をうけとって、

「やあ。私だ。例の葡萄酒色《ぶどうしゅいろ》のタキシードの上衣だが」

そんな洋服のことをしゃべられても上の空だった。

夕方、宗からやっと連絡があった。

「すんだよ」

「で、お加減は」

「今、まだ麻酔で眠っている」

純子は想像した。

手術室から看護婦たちの押すストレッチャーがあらわれ病室に向かっていく。家族たちがまだ麻酔のさめていない宗の妻を覗きこむ。その家族たちとはいつか出会った安西夫人であり、二人の子供であり、宗である。

みんなが必死な表情で患者の顔をみている。

「大丈夫ですか」

「大丈夫です。手術は成功でした」

医師が満足げな表情でうなずいてみせる。そして家族たちは文字通りホッとした顔をする。

その一家、一族のなかに純子は入り込む余地はない。そこにいる宗は彼女の知っている宗ではない。彼女の手の届かぬ、彼女とは関係のない宗なのだ。

「じゃあ、まだ病院にいらっしゃるわけね」

「うん。少なくとも麻酔がさめるまではね」

寂しかった。宗がこちらの思いに毫《ごう》も頓着してくれず無神経な答えをするのが寂しかった。

「わかったわ。お大事にね」

「ああ、有難う」

電話をきったあと、純子は眼にうかんだ泪をみられたくないので化粧室に行った。

「つまらぬことをクヨクヨするんじゃないの」

鏡にうつった自分の顔に向かって彼女は言いきかせた。

「倖せになるためには試練が必要だわ。これはそんな試練じゃないの」

化粧をなおしながらひとりで呟く。

「そのかわり、あなたには彼と一緒の旅が、待っているじゃないの」

彼女が席に戻ると中條英子がそっと言った。

「あなた、泣いていたのね。悪いけど見ちゃった。宗さんの奥さんの手術、うまくいかなかったの」

英子は純子から事情をきいて宗の妻の手術は知っていた。

「いいえ、成功したらしいわ」

「そう……」英子は一寸、考えこんで、「自信をもたなくちゃ駄目。いえ、宗さんにたいして自信を持てということもあるけれども、それより、あなたはあなたに自信を持たなくては駄目よ」

「わたくしに」

「そう。今度のことすべては、あなたが選んだことでしょう」

「ええ」

「御家族が反対なさっても、宗さんとのことに賭けたのはあなたじゃないの。それなら、その賭けを引きうけなくちゃ。自信をもって」

「理窟はわかるけど」純子はうつむいて、「わたくしもそう思っているわ。自分のやっていることは、自分の人生に誠実なことだと。でもやはり……辛いこともあるのよ」

「贅沢《ぜいたく》言うんじゃないの。自分に忠実なほど倖せなことはないじゃないの。あなた少し、自分を甘やかしているわ」

中條英子はひくいが、きびしい声を出した。

辞職

出だしは好調だったクロードの売れ行きが悪くなった。それは小売りの薬屋からの注文や会社で依頼しているモニターと調査員からの報告でも次第にわかってきた。

モニターのあげた理由は幾つかあった。まず値段が高いということだった。なるほど外国の超一流品にくらべてなら確かに安かったが、しかし従来、菊次の社の顧客だった若い世代にはなかなか手がだせぬとモニターはいう。

更にその若い世代にはクロードの品のよさ、抑えた匂いなどは刺激に乏しいものだった。匂いはすぐ消えても、その場だけで強烈な印象を与える化粧品に馴れている彼等は、本当に肌をいためないものよりも肌を多少いためても外目や瞬間的な刺激のほうを愛した。

「要するにクラシックすぎるのです」というモニターの報告がクロードの売れない理由を端的についていた。

本当に良いものは客にはわかる。それは菊次の信念である。しかし長い間の販売合戦の期間に良いものを使う客は姿を消していた。良いもののわかる客は少なくなっていた。菊次の信念はその十年の変化に気づかぬ信念だった。大衆性という名目のもとに客の感覚や趣味はいつの間にか低俗化していた。良いものは必ずしも商品にならなかった。宣伝部でも開発部でも暗い雰囲気が漂っていた。出社する菊次には自分の部下の意気が消沈しているのがひしひしと感じられた。

「商売というのは、売りまくることではない。お客さまを尊重することだ」

「心をこめて作った製品なら必ずお客さまにわかって頂ける」

「仕事とは誇りだ。誇りを失って儲けるのはおのれの仕事への尊重を失うことだ」

菊次は自分の部下に常々、その言葉を言いつづけてきた。そして部下もまた菊次のそういう発言の上でクロードの製作にかかったのだった。

だが心をこめて作った製品は必ずしも客の悦ぶところとはならなかった。若い世代は兎も角、中年以上の客までが国産のクロードを求めるよりも使いなれた外国製品に手をのばしたことも今度の敗因だったが、客はクロードに手をのばしてはくれなかった。

（俺の一人角力《ひとりずもう》だった）

菊次は販売チェーンの林部長から指摘される前に自分の一人よがりを認めざるをえなかった。

勝ちほこったようなその林部長はともかく、わざと磊落を装っているが怒りを胸の底にかくした山崎専務は菊次の報告を聞いてこう言った。

「君だけの責任じゃないさ。今度の場合は東洋パルヒュムに情報が入ったというハンディキャップがあったからね」

「そういう事情はありましたが」菊次は頭をさげた。「やはり私の見通しの甘さでした。私はお客さまを自分の理想で美化していたようです」

「まあ、そういう失敗の経験を犯して成長するんだからね、我々は。ただ一応、会社も君の失敗を失敗として認めてもらう形はとるかもしれんが」

「承知しております」

「まあ、悪いようにはしないよ」

山崎専務はそう言ったが、菊次はそんな言葉を信じていなかった。専務が考えることは、まず自分自身の保身であり、社長の椅子に坐ることにちがいなかった。

彼は宣伝部に戻り、自分の机の引き出しをあけた。そこには辞職願と書いた封書が入っている。三日前、自宅の食堂で妻や公一が寝しずまったあとに書いたものだ。

その夜、水割りを時折、口にふくみがなら「一身上の都合により」と筆を動かした時、彼が思ったのは自分が第一線から身を引くとか、これからは余生だというようなことではなかった。

その時、彼のまぶたに浮かんだのは南太平洋の海で、敵の航空母艦をめがけて自爆していった日本の飛行機だった。

（あいつらのようではなかったか、俺も……生きながらえて、俺なりに戦ってみた。勝ち目のない戦を戦ってみた）

菊次は自分が戦ったのは何であるかを知っていた。いや、戦うという言葉は少し大袈裟だった。それならば抗ったと言ってよかった。

菊次が抗ったのは儲けの悦びと仕事の悦びとの混同だった。戦後の日本人はいつの間にか、働くことと利を得ることを一緒にして利を得るためにだけ働くようになった。利がすべての目的に変わった。利のためにほかのものを多少は犠牲にしていいという風潮が社会を支配した。菊次はそこに「けじめ」のなさを感じ、自分の会社までがその風潮に染まりつつあるのに抗おうとしたのである。

彼は利を得ることもさることながら、仕事の悦びのほうを大事にした。それはあの三田の文学部で彼が文学を通して学んだことであった。ひとつの彫像をつくる芸術家には仕事の悦びがまずあって、その彫像によって利を得ようという考えはほとんど欠如している。一人の作家が心魂うちこんで作品を創作する時、彼にあるのは創作の悦び以外の何ものでもない。

（それが仕事だ）

会社でも菊次にはそうした仕事を欲する願いが心ならずも利のための製品を作る時に

事もいつも疼いていた。そしてクロードの製造は彼の長年の渇望をいやしてくれる筈の仕事だった。

しかしその仕事は彼にあの自爆した日本の飛行機のように敗北しか与えなかった。

「一身上の都合により職を辞し……」

彼はまだその時の思いが残っている自分の筆跡をじっとみた。

次の重役会議まであと一週間はある。重役会議ではおそらくクロードの不成績について対策と共に菊次の責任が議題になるだろう。

五十六歳。会社によっては当然、定年になる年齢だった。

五十六歳。自分の過半生をふりかえり、然るべき整理と秩序とを与えておく「けじめ」の年齢だった。自分のことだけでなく、何ごとにも秩序を与えておかねばならなかった。

彼は花屋に電話をした。

「いつもの花を」

「病院へ配達するのですね」

「そうだ」

四日に一度、彼は花を宗の妻に送った。名前をふせて、それがせめてもの彼の詫びの気持ちだった。

節子から丁寧な礼状が送られてきたのは、重役会議が午後に開かれるという日だった。

会社について女の子が運んできた郵便物のなかに、石井菊次様と書いた香の匂いをふくんだ封書が一通、入っていた。

一目みて菊次はそれが安西節子のものだとわかった。

彼はその香の匂いをかいだ。そして引き出しから鋏《はさみ》を出して丁寧にその封を切った。封のなかからも香の匂いが漂ってきた。

「いつぞやは折角、おいで頂きましたのに何のおもてなしもできませず、失礼を申しあげました。その節、お嬢さまのことを深く気になさっておいででしたが、もともと娘夫婦の我儘ゆえに生じたことですので、あのようにお苦しみあそばしませんようお願い申しあげます。

病院に娘あて三日おきにうつくしい花をお送りくださる方がいらっしゃいます。どなたかしら、ふしぎ、と娘は申しておりましたが、わたくしにはすぐにあなたとわかりました。本当に有難うございます。今は娘も承知しておりまして心からお礼を申しあげて、と申しております。

明後日は娘の手術でございます。成功してほしいと心から祈る毎夜です」

菊次は封筒を出して、その消印をみた。手紙に書かれている明後日とは今日のことだった。

（すると、今ごろは手術なのか）

彼はその封筒の石井菊次様という女文字をじっと見た。

「主人が亡くなりましてから、私はこれからの自分の人生は余生だと思おうと致しました。余生といえば静かで何もないように思えましたけれど、やはり色々なことが次々と起こるものでございますね。

戦争が終わって生き永らえた時もこれは余生だと感じた時がありました。たくさんの人が戦争や空襲でお亡くなりになっているのに自分が生き残れたことが有難く、勿体ないような気さえしたものです。それは三田の丘で御一緒に勉強していた頃のことです。あの頃のことを時々、夢にも見ます。おたがい、若かったのですね。

お花、心から御礼申しあげます。どうぞ、これ以上、あのことをお気になさいませんように……」

菊次はもう一度、「余生といえば静かで何もないように思えましたけれど、やはり色々なことが次々と起こるものでございますね」という行を読みかえした。

「重役会議がそろそろ始まります」

奥川のあとであたらしく社長秘書になった女の子が宣伝部の扉をあけて知らせにきた。

若い連中の視線が自分に向けられたのを菊次は感じた。彼等はこの重役会議でクロードの成績が議題になることを当然、知っているにちがいなかった。

引き出しに今の手紙を入れて菊次は何げないように立ちあがった。

武田と泰とがそれぞれの机からじっと彼を凝視していた。その眼は「頑張ってください」と言っているようでもあった。

彼はわざと素知らぬ顔をして部屋を出た。

重役会議は社長室とおなじ階の会議室で行われた。菊次が扉をノックして入った時は既に林部長と秋常務、金田常務がそれぞれ自分たちの前におかれた資料をのぞきこんでいた。

「どうも老眼鏡を作りなおさねばね」

と金田常務が秋常務に話しかけた。二人は本当は次の専務の椅子を狙うライバルなのに、表面は親しげにゴルフやマージャンの話をする。

「八味丸は服んでいるかい」

「服んでいるよ」

彼等は一礼して着席した菊次に眼をチラッとやって血圧の話をはじめた。

山崎専務が入ってきた。専務をまじえて血圧の話から老人病一般に話題が移った時、やっと高山社長がつやつやとした血色のいい顔に笑みをうかべてあらわれた。

「今日もいいお顔色ですな」

金田常務が世辞を言うと、

「君、アロエはきくねえ」

「アロエって何ですか」

「植物だよ。ロータリー・クラブである人に奨められて服んでいるが、すこぶる調子がいい」

そんな雑談を一分ほどやったのち、

「じゃ、そろそろ、会議を開きましょうか」

と林部長が上眼づかいに菊次をみながら皆を促した。上眼づかいで菊次を見たのは、今日の議題の中心発言はどうしても林部長と菊次になることを承知しているからだった。

「お手もとの資料は一昨日までのクロードの販売成績を私のほうで集計したものであります」

と林部長がまず報告をはじめた。

「販売チェーンの判断から申しますと、販売グラフは発売から十日ほどでやや良好な線をたどっていましたが、その後、どうしても盛りあがらない。盛りあがらないというのは、つまり広い顧客の層ができなかったということです」

林は統計や数字を資料からひろいながら、いかにもそれが客観的な報告であるかのような言いかたをした。

「広範囲な顧客の層がえられなかったと言うが」と秋常務が質問した。「それは宣伝力の不足とか、販売チェーン部の準備不足は原因していないですか」

「そうは思えません」と林部長は反駁《はんばく》した。「販売部でもわが社の他の製品以上に小売店の支持を求めましたし、石井宣伝部長も宣伝には努力されたと思います。なにしろクロードはその石井さん自身が力こぶを入れて推進されてきた製品ですから……」

「モニターの報告をみよう」

と金田常務は眼鏡を額にずりあげ、資料を顔に近づけながら、

「モニターたちは不成績の原因を価格と地味だという二点にしぼって批判しているがね」

「待ってくれたまえ」秋常務がさえぎって、「このモニターたちは従来の若者向きの化粧品の観点でクロードを批判しているんだよ。その点が、ぼくは不満だな」

会議は長々と続いた。活発に発言したのは林部長や金田、秋の両常務だった。そして沈黙を守っていたのは社長、専務と当の菊次だった。

菊次が黙っていたのは自分の身をこの席で守りたいためではなかった。彼は内ポケットに既に辞職願の封筒を入れてこの席に来ていた。黙っていたのは、徒らに見ぐるしく弁解じみた言葉を口にしたくないからだった。

「石井君」

一通り話が終わると、高山社長が口をひらいた。寛大な微笑を唇にうかべて、

「何か君の意見はないかね」

「私の見込み違いがクロードのこのような不成績をもたらして申しわけありません。色々な事情はありますが、この責任はすべて私にあると考えています」

菊次は両手を机の縁において頭をさげた。

「ふかくお詫び申しあげます」

「石井君、これはね」高山社長は首をふって、「君一人の責任じゃないよ。クロードの販売はこの重役会でも承認されたのだからね、責任を君一人が負う必要はないよ」

一見心やさしく聞こえるこの言葉には裏の意味が含まれていることを一同はすぐ感じた。社長は菊次一人にすべてを押しつけるのではなく、クロードの最高責任者の山崎専務にこの不成績を償わせようとして、こうした発言をしたのである。だが、

「社長のお言葉通りです」

と秋常務が間髪を入れず、

「これは我々全体の責任であって、全員の見通しと計画の甘さと考えるべきでしょう」

秋常務がそう言ったのは、山崎専務派の彼としては当然だった。全員の見通しの甘さを強調することで専務を救おうという計算である。

「いや、しかし」金田常務が反駁をした。「このクロード発売で私や林部長は初めから反対してきたんだよ。このことは忘れないでくれたまえよ。それを全員の責任と言われちゃ……どうも」

「しかし結局あんたも承認したんだから」

「金田君。君の言うことはよくわかるよ」今まで腕をくんで天井をしきりに見あげていた山崎専務がこの時やっと発言した。「たしかに金田常務や林部長はクロードの販売に危惧《きぐ》を持っておられた。しかし社長の御命令でこの私がクロード販売を監督することになったわけだから、責任をとるのはこの私でなくちゃいかん。私はね、責任は進んでとりますよ。しかしこの際、忘れないで頂きたいことが一つある。それは……御承知のようにクロードの内容が東洋パルヒュムに洩れ、そのために販売日を早めねばならなず、準備不充分のままで売り出しにかかったことです」

専務はそこで言葉をきって、

「クロードの内容が競争会社に洩れただけでなく、その後もこちらの販売計画が相手がたに筒ぬけになっていた。私は驚いてね至急に極秘調査したのです。その結果、うちのなかで、この情報を提供していた者がいることがわかった」

「うちの社内から、ですか」

秋常務が意外だと言わんばかりの顔で大声をだした。

だが菊次にはわかっていた、これは芝居にすぎないのだと。山崎専務と秋常務には既に打ち合わせがなされていて、一方が切り札を出す時は、それを効果あらしめるような発言をすることが約束されているのだと。

「どういうことです、一体」

「どういうことって……今、申しあげた通りです」

山崎専務は体を少しそらせ、煙草をくわえて火をつけた。彼には心の余裕がすっかりできたようだった。

「うちの社で東洋パルヒュムにクロードの情報を出したものがいると申しているのです」

「それは……あのやめた女の子のことですかね」

「やめた女の子？　ああ、奥川君ですか。社長秘書をやっていた……」山崎専務は落ち着きはらって、「あの女子社員は……石井君がちゃんと話をつけてくれた筈です。そうだろ、石井君」

「はあ」

菊次はびっくりしてうなずいた。奥川の件は彼女の将来を慮《おもんぱか》って自発的退社にしておいたのである。専務がなぜ、そんなことを知っているのだろう。

「私の言っているのはあの女子社員だけじゃない。そのうしろ側に積極的にこの情報を東洋パルヒュムに流していた人がいてね」

「何のために？」

と秋常務が訊ねた。これも打ち合わせた通りにちがいない。

「それは……」

専務は紫煙を口から吐いた。

「その人がクロードの販売を快く思わなかったからでしょうな」

沈黙が拡がった。専務がそんな爆弾的な発言をこの席上でするとは社長も金田常務も林部長も考えもしなかったらしかった。

「誰ですか、その人は」

と山崎専務は秋常務の質問に、

「いや、その名をここで申さぬほうがいいでしょう。事は重大だし社の秩序を徒らに傷つけるだけですから。社長、この件については後ほど、御相談してからまた重役会を開くことにしたいのですが……」

「そうしましょう」

高山社長は眼をつむったまま頷《うなず》いた。専務はその人物の名を口にしなかったが、それが金田常務か、林部長のいずれかと言うことはもう誰にもわかっていた。だから専務はそれを表に出さぬことで社長派に恩を売ったのである。

菊次は自分がかくしていたこと、決して報告しなかったことを専務がいつの間にか知っていたことに驚いた。

と同時にその事実をこういう席で不利な自分の立場を逆転させるために使ったこの上

司の狡猾《こうかつ》さにも驚いた。

（もういい。こういう世界で生きるには俺は疲れた）

大橋が聞いたら嘲笑《ちょうしょう》するだろう言葉が彼の咽喉にこみあげた。

「実はこの席で申しあげるのも何ですが」と菊次は突然皆をみまわして言った。「クロードの責任はやはり、私にあると存じます。その点、皆さまにたいしてだけでなく部下への責任もとらして頂こうと思い、これを持ってきました」

辞職願の封筒を彼はテーブルにおいた。

「辞職願など……君」

と山崎専務は封筒をとりあげて、

「藪から棒に、困るよ、そんな」

と机の上におきなおした。

「いや、しかし、この事は私も充分、考えた上でして」と菊次は柔らかな眼で皆を見まわした。「重役会で金田常務や林君の反対があったにかかわらず、頑固にクロードの生産を主張したのは私です。したがって何と申しましても今度の件の直接責任はすべて私にあります」

「そんなことを言われると……」と山崎専務は、「この私まで会社をやめねばならなん。何しろ、クロードの監督をしていたのは私だったんだからね」

そう言って専務は社長を皮肉にチラッとみた。

「そうだよ、石井君」

社長もうなずいて、

「一応、その辞表は撤回してくれないか」

と言った。

菊次はもうこうした芝居にあきあきとしていた。いかにも慰撫《いぶ》という形をとりながら社長も専務も、このクロードの責任を菊次がとるのを実は待っているのだ。今ここで彼が、

「そうですか。では」

と辞表をポケットにしまえば、困るのは彼等のほうだった。そして今、行われている偽善的な会話も要するに一種の形式のようなものにすぎなかった。

「お言葉は大変、有難いと思いますが私の気持ちは変わりません。どうぞ、これをお収め願います」

菊次が重ねて自分の強い意志をのべると、

「どうしましょうか」

と幕を閉める役の秋常務が専務と社長とを見くらべるように窺《うかが》うと、

「じゃあ、一応あずかって、今から改めて検討しようじゃないか」

と専務は答えた。

「わかりました。石井君。一時、あずからせて頂くよ。しかし君が気持ちを変えてくれるのをぼくも望むがね」

金田常務と林部長とはこの間、何ひとつ口を開かなかった。二人はさきほど山崎専務が口にした爆弾的な宣言に暗い顔をして腕をくんでいた。

一礼して菊次は皆より先に部屋を出た。自分の進退にたいする結論がどう出るかはもうわかっていた。

宣伝部の部屋に戻ると、また部下たちの視線が彼に集中した。

無言で椅子に坐り、何げないふりをして書類に眼を通した。だが心は別のことを考えていた。

(これで、一つ『けじめ』がついた)

それがまず胸を支配している一番大きな気持ちだった。会社をやめることにそれほど辛さはなかった。

むしろこれで自分が本来の自分に戻れるという希望のようなものさえ、心のどこかにあった。

もう一つの「けじめ」。

彼はまた受話器をとりあげ、病院に電話をかけた。

「四階看護婦室ですか。宗さんの手術はもうすんだでしょうか」

「終わりましたよ」

「経過は」

「順調のようです」

菊次は更に気がかりなことを聞いた。

「ところで宗さんの御主人さまも今、お見えですか」

「いらっしゃいます。おつなぎ、しましょうか」

「いえ」

菊次は少しあわてて、

「結構です」

そうか、やはり夫も病院に来ているか。

電話を切ったあと、彼は複雑な胸中をじっと味わった。

(あの人はほっとしているだろう)

娘の手術が成功し、しかもその娘夫婦の縒が戻ればあの人はどんなに悦ぶだろう。だがその事は逆に純子に傷を負わせることになるのだ。

「お前はどちらを選ぶ」

彼は大きな窓を見ながら自問自答した。

「もちろん前者だ。決まっているじゃないか」

「じゃあ、自分の娘はどうなってもいいというのか」

「仕方がない。娘は『けじめ』を越える行為をしたのだから」

そういう問いと答えとを交互にしている時、社長秘書がふたたび宣伝部にあらわれた。

「部長、おそれいりますが、専務のお部屋にどうぞ」

「わかった」

彼が専務室の扉を叩くと、

「どうぞ」

と山崎専務の声がかえってきた。そして扉をあけた菊次に、

「どうだい、考え直してくれたかい」

と形式的に訊ねた。

「いいえ」

「そうか。駄目か、わかるよ。社長とも相談したのだが、そこまで君の辞意が固いのならば仕方ない。受理しなくちゃなるまいね。実に残念だが……」

「お騒がせしたこと、深くお詫びします」

「社でも充分、君の長い功労に報いるつもりだが、どうする、これから」

専務は肘掛け椅子の肘掛けを両手でつかんで、いかにも菊次の今後を案ずる表情をし

た。

「なんなら、私にお世話させて頂きたいのだがね、今後の仕事を」

「御厚意は有難く思いますが」と菊次は笑顔をみせて、「当分、休みをとりたいと思います。私も多少、疲れましたので」

「うん。晴耕雨読もわるくないね」

しばらく、あたり障りのない話をして菊次はたちあがろうとした。

「今日は、これで失礼いたします」

この濁った空気のなかに、あまり長くはいたくなかった。

「うん。では正式には一カ月あとまで」

「承知しております」

宣伝部の部屋に戻り、帰り支度をしていると、

「早引けですか、部長」

と泰が近寄って、声をひそめ、

「部長、内密で話があるんです。クロードのことを東洋パルヒュムに洩らしていた人がわかったんです」

「もういい。聞かなくてもわかっている。クロードのことは終わったんだ」

菊次はそのまま部屋を出ていった。

旅への誘い

手術が終わって十日もたつと、宗の細君はぐんぐん回復してきたらしかった。それを聞いた時、純子は特別な悦びを感じた。

「後遺症は……」

「まずないらしいね。医者もそう言っている」

「よかった」と彼女は拝むように両手をあわせた。「安心したわ」

「妻のことをそんなに心配してくれて……有難う。君はいい人だ」

「そうじゃないの」純子は首をすぼめて、「これはわたくしのエゴイズムかもしれないわ。もし奥さまに後遺症があれば、あなただって何時までも気になると思うの。たとえ、わたくしと一緒になっても……」

わたくしと一緒になっても、あなたの心のなかに奥様の存在が少しでも残っているのは嫌なの、——と純子は言いたかったが、さすがにそんな露骨な言葉を口にすることはできず、

「だから奥さまがきれいにお治りになって……心のこりなく、わたくしスタートをしたいのよ」

宗は暗い眼でじっと純子を見ながらその話を聞いていた。

「なぜ、そんな顔をなさるの。なにか気に障ることを言ったかしら」

「いや」彼は眼をそらせて、「君にそういう思いをさせていたことが申しわけない気がしてね。今までもそれほど妻の存在が……君の気になっていたのか」

うつむいて純子は小さな声で、

「ええ。言いたくはないけれど」

「そうだろうな、わかるよ。そして……ぼくもはやく、きっぱり清算したいのだが」

「急ぐことはないわ」純子はむしろ宗を慰めるように言った。「わたくし、まだ辛抱できるもの」

純子の部屋で食事をすませ洗いものをすませたあと、二人はそんな会話をつづけた。急ぐことはないわ、と彼女が言ったのはまだ入院して、折角よくなりかけている宗の妻に精神的な荷を与えるようなことをしたくないという気持ちからだった。

宗の妻の存在はたしかに心に絶えず引っかかるが彼女を憎まねばならぬ理由は何処にもないのだ。憎む理由のない相手を傷つけることは、純子の趣味にあわなかった。

離婚や別居は夫婦にとっては時にはやむをえない。そう、はっきり肯定する純子は自

分が宗の妻と争おうとは思わなかった。できるなら宗の妻から、

「よろしくお願いしますわ」

と祝福されてバトン・タッチをされたかった。しかし、現実はそんなことが可能な筈はない。

「もう、お帰りなさいな」

彼女は宗がつけたテレビが十時のニュースをはじめたのに気づいて恋人を促した。

「追いかえそうとするんだなあ」

「そういうわけじゃないの……奥さまが退院なさるまで、け、じ、め、をつける約束でしょ」

「けじめ」という父の好きな言葉を純子は使った。

「そのかわり、退院なさったら、わたくしたち素晴らしい旅をするのよ」

素晴らしい旅行。

それはまるで現実の旅行ではなくて、純子の空想のなかで次第に肉化されていった。

彼女はその旅行が宗と自分との恋愛の本当の出発点のような気さえした。

「あなた、前にくらべて何だか元気になったみたい」中條英子は純子の顔をじろじろ見ながら、「何だか眼に力が戻ってきたみたいだわ。一時はしょんぼりしていたけれど」

「そう、それは自分の行く方向がはっきりしたからよ」

純子は机の上を片づけ、外出の支度をはじめた。そして事務所の黒板に、

「五時まで、難波社長。石井」

と行き先と自分の名を書いて外に出た。

春がもう眼と鼻の先なので、難波社長からあたらしい春のネクタイをたのまれていた。そのネクタイの十本を用意していた彼女はバスに乗って新橋まで出た。

まだ少し肌寒かったが一月や二月にくらべると問題にならなかった。バスからみえる代々木あたりの住宅の庭に紅梅の花が咲いている。バスにゆられながら彼女は眼をつむり、もうすぐ宗と行く旅のことをまた空想した。

いくたびも繰り返したその空想のなかで、彼女は雪をかむった山並や雪の残っている林をみた。まだ冬の名残りを残している風景のなかで春を告げているのは白い山脈の上にうかんでいる羊毛のような雲だった。そして彼女は宗と肩を並べながら、その山脈とその雲とを見つめていた。自分たちにとってすべてが始まるのはその風景を見たあとだという確信がその空想のなかでも純子の胸に起こってきた。

バスをおりて彼女はビルに入り難波社長の会社のある階までのぼった。いつものように受付の女の子が秘書を呼び、応接間でしばらく待たされてから、やっと扉があいて難波社長があらわれた。

「うん、うん。このネクタイか」

テーブルの上に純子は十本のネクタイをならべて、

「これとこれとをお奨めしますわ。品がよい上に、とても明るく春らしい感じがしますもの」

そう説明すると、社長は指さされた品を咽喉にあててみて、

「どうだ、君」

茶を持ってきた女の子や秘書にまで聞いた。

結局、持参した十本の品物からその半分を社長が買って、純子が帰り支度をしていると、

「君、宗君には相変わらず時々、会っているかね」

と不意に訊ねられた。

「はい。お目にかかっております」

悪びれず彼女は微笑みながら難波社長をじっと見た。自分たちのやっていることが他人からうしろ指をさされることはないと思ったからだ。

「君は宗君の奥さんが入院しているのを知っているか」

「存じています」

「ほう、知っていて会っているのか。どうなっているんだ、君たちは」

純子は頭をさげて応接間を出た。彼女は自分の恋愛に自信を抱いていた……。

（どうして父や難波社長の世代は、わたくしのような恋愛に非難の眼を向けるのだろう）

純子の若さはそれが理解できなかった。この社会では——少なくとも日本の社会では、妻子のある男と若い娘が恋愛をした時は、まるでそれが不義の、非道徳的なもののように見られるのだ。

だが純子の世代はもっと割り切った考えかたをしている。男と女との関係は鍵と鍵穴とのそれに似ていると考えている。

ある鍵穴に鍵があわなければ、とりかえればいい。必ずその鍵穴にあう鍵がある筈だ。宗と宗の妻とはあわない鍵と鍵穴だった。だからうまくいかず二人は別居した。そして宗は自分にあう鍵穴をみつけた。それが純子だった。それだけのことだ。

それだけのことなのに何故、父も難波社長もそれを不道徳だと思うのだろう。妻ある男と恋愛をするのが背徳的な行為だと思うのだろう。純子にはそれがわからない。

（あんな眼で見られることはないのだわ）

ビルを出てバスの停留所まで歩きながら彼女は難波社長の咎《とが》めるような視線を思い出した。

（私が自分の倖せを作るというのに）

バスを待ちながら彼女は急に父に声をかけてみようかと思った。この間、公一に電話をした時、父親が辞職するかもしれぬと聞いて気がかりになっていたのである。

折角、来たバスを見送って彼女は公衆電話のボックスに入った。

「パパ」

「ああ、お前か」

うれしそうな声だった。家にいた頃、純子が甘えると、照れながら父親はこんな声をいつも出した。

「なんの用だ」

「ううん。別に用があるわけじゃないけど、お元気かと思って……」

一瞬、沈黙があって、

「元気だ。張り切っている」

「そう……。ただ公一がパパが会社をおやめになるかもしれないと言ってたけど」

「うん。やめるよ。もうそろそろ楽をさせてもらわなくちゃな……お前は今どうなんだ」

「わたくし……相変わらずよ」

また一瞬、沈黙が続いて、

「純子、人生、どんな挫折《ざせつ》があっても挫《くじ》けちゃいかんぞ。パパも決して挫けないから」

急に妙なことを言った。

バスに乗ったあと、この父の言葉が少し気になった。「パパも挫けないから」などと言う以上は何かうまく運ばなかったことがあったにちがいない。やはり弟の言う通り、仕事の点で失敗をしたのかしら、と純子は不安になった。

会社に寄り、仕事を片づけてアパートに戻ると扉の下に紙が入っていた。

「病院の帰り、君に話があって寄った。家内の退院は明日に決まった」

という宗の走り書きで、

「二時間後に寄る」

純子は時計を見た。七時少し前だった。今日は宗とは会えないと思っていた矢先だけに「寄る」と告げられると胸が嬉しさにはずんだ。

食事はきっとすませてくるだろうと思ったが、やはり気になったのでそのままアパートを出て、お茶漬のおかずを整えるために青山のピーコックまで出かけた。

二時間後に寄る――。

（そうなの、奥さまがやっと退院なさるの……おめでとう）

彼女は宗に祝いの言葉を心から言いたかった。それは彼の妻の全快を悦ぶだけではなく、自分たち二人の出発も意味していた。

アパートに戻ると大急ぎで掃除をして、葡萄酒の瓶を出した。彼と乾杯することができるようにコップも二つ並べた。時計をみるともう八時半だった。

九時少し前にチャイムがなった。扉をあけると少し疲れた顔で彼が立っていた。

「いらっしゃい。おめでとう」

「ああ」

「疲れたでしょう。で、奥さまは」

「彼女の母親の家に行く」

「やはり、そう……お食事は？　お茶漬ぐらいならできるけど」

宗は首をふって、

「もう、すませてきた」

と言った。まだ食事をしていない純子は少しがっかりしたが、

「葡萄酒で乾杯しましょうね。これでわたしも安心したわ」

そう言いながら、ボジョレーの栓をぬいてコップに赤い液体を注いだ。

「ね。これで旅に出られるわね」

宗は純子から渡されたコップを手に持ったまま黙っていた。

「どうしたの。そんなに疲れたの」

「話がある」

「話？　何の話？」

彼女は宗が残したさっきのメモにも、「話があって」と書いてあったのを思い出した。

「実は……」と彼はしばらく黙ったまま言った。「この間から話そう、話そうと思っていたんだが……妻は事故を起こして入院をしてから……気持ちを変えたらしいんだ」

「気持ちを変えた？　それ……どういう意味？」

不吉なものを予感しながら純子は宗の顔をみつめた。電灯の光に彼の顔は蒼《あお》ざめていた。

「つまり……」宗は言いよどんで、「言いにくいんだが……彼女はもう一度、ぼくと生活をやり直したいらしいんだ」

だまって純子はそこに直立していた。手に持ったコップの葡萄酒が細かくゆれている。

「それで……」彼女は静かにたずねた。「あなたは、何とお答えになったの」

宗の眉と眉との間に苦しい影が漂って、

「ぼく？　もちろん、ぼくは……」

「わたくしとのことを話してくださったの」

「いや、まだ、はっきりとは話していない。でも……」

「でも……何なの」

「ぼくの気持ちはもちろん君にあるさ。いつかも言ったように君と結婚したいと思っていた」

牧師のように両手を組み合わせ彼は床を見つめたまま呟いた。

「その気持ちに嘘はなかった。でも今度の妻の事故で病院に見舞いに行っていたのは──君もわかってくれているように夫婦としての気持ちよりは、一度は縁のあった者としての義務だったのだが……」

「でも、そのためお気持ちが変わったと、おっしゃりたいのね」

純子は自分の声が自分ながら異様なのに気づいて恥ずかしかった。

「そうじゃない。誤解しないでくれよ」宗は懸命に、「妻のことじゃないんだ。妻のことなら、ぼくはそんなに心配しない。彼女がもう一度、人生をやり直そうと言ったって、それを拒む気持ちはある。しかし、子供のことが……」

強く叩かれたように純子は黙りこんだ。

「病院に通っている間ね、女の子も男の子もひどく倖せそうなんだ。はしゃぎまわっているんだよ。子供心にも二人はぼくと女房が別居しているのを口にこそ出さぬが、辛い気持ちで見ていたんだろうね。それが……ぼくが彼等の母親の見舞いに来るのを見て……嬉しがって飛びまわるんだ。それを見てね……この子たちに父親は必要だと……」

「イヤよ」

純子は突然、手で顔を覆って叫んだ。

「イヤよ、イヤ。そんな得手勝手な、お子さまたちに父親が必要だなんて、初めからわかっていらっしゃったことじゃない。こんなことになるなら、わたくしを愛しているなんて、おっしゃらないでほしかった……」

　顔を覆った手から泪がこぼれた。

「わたくしを、こんな気持ちにさせておいて、今になって突き崩すなんて、むごいわ。残酷だわ」

「突き崩すなんて」狼狽した宗は、「まだぼくは君と別れるなんて言っていない。妻ともう一度、一緒になるなんて結論も出していない。君に……相談しているだけじゃないか」

「それは卑怯よ。それはあなたがお決めになることよ」

　宗はうなだれたまま黙っていた。

「では、わたくしたちの、あの旅はもう空しかったのね」

「そんなことはない。ぼくは飛行機の切符を用意してきた」

　彼は上衣のポケットから航空券を出して純子にわたした。

「この旅をやめたり、したくないんだ」

「わたくしも……そうだったのに……この旅は……わたくしにとって、ただの旅ではなかったんです」

　純子はその航空券を手にとって呟いた。

「この旅はわたくしには、あなたとの人生の出発点だったんです。だから毎日、毎日、このアパートで会社から帰ると、わたくしは地図をひろげて、たどっていました。現実の町や山の上ではなくて、わたくしの未来の地図をそこにたどっていたんです」

眼をつむって彼女はこの旅行にこめた自分のさまざまな思いを甦らせた。そう……見知らぬ山脈、見知らぬ港、見知らぬ海——そこには、宗の妻の影はさしてはいなかった。すべてが宗と自分とのものだった。それなのにその旅にまで宗の妻が入りこんできた。

「だから、邪魔しないで。おねがい」

そう言った時、純子の眼から泪がながれた。

「わかった」宗はうなずいた。「君に相談したいと言ったのは、ぼくの間違いだった。これはたしかにぼく一人が決めねばならぬ問題だ。金曜日まで考えさせてくれ」

「金曜、金曜というとこの航空券の出発日の前日になるわ」

「だからその前日までにすべてをきれいに決算して二人で旅に出よう。君のいう人生の出発に」

泪をふいている純子を痛々しそうに眺め、宗は急に快活を装った。

「地図を持っておいで。二人で二人の未来の地図をたどろうよ」

まだ少し、しゃくりながら純子は聞きわけのいい女の子のように引き出しをあけていつか宗に買ってもらった地図を取り出した。

葡萄酒を口にふくみ、二人はその地図の上にかがみこんだ。

「これが仙台。仙台から北上すると平泉だ。そこから、もう北上川がながれている。盛岡まで二時間だ」

「盛岡って、どんな街かしら。昔から憬れていたの」

「ぼくも写真を見ただけで、この盛岡が好きだった。写真では秋には林檎の果樹園に赤い実がかがやいていたし、小岩井の牧場はまるで北欧のどこかのようだった」

「そうなの」

そんな素敵な場所こそ、人生の出発に相応《ふさわ》しい。

宗の気持ちもさきほどのぐらつきから、ようやく立ち直ったようだった。

この夜、久しぶりに宗は純子のアパートに遅くまでいた。しかし二人は体をふれあわなかった。今度の旅が彼等にとって新婚の旅行のような気がしたからである。

「じゃ、帰るよ」

「土曜日に羽田の飛行場ね。朝十一時前にカウンターのそばで待っているわ」

「わかった」

外は少し霧雨がふり出していた。その霧雨のなかを宗の背中がゆっくりと消えていった。

その夜から土曜日まで宗とは会わなかった。電話もかからなかったし、こちらから連絡もしなかった。別にそう約束したわけではない。約束したわけではないが、それは宗が身辺の整理をする大事な時だった。身辺だけでなく、妻との間に本当の終止符を打つ時でもあった。

金曜日まで純子は仕事に熱中した。仕事に熱中することだけが、心の苦しみを忘れる唯一の方法だった。

彼女は宗のぐらつきかけた心が悲しかった。その言いわけが何であれ、今更、子供のことを持ち出すのは卑怯に思えた。そんなことは初めからわかっていたことなのに、今になってそれを口実とするのは宗の弱さだと純子は思った。

宗の弱い性格は交際している間、純子はたびたび気づいていた。やさしく、神経が細やかなために、弱い部分がその行動の隙間にみえて、時々、純子は傷つけられたことがある。

だがそういう弱さを補う宗のやさしさが純子の気持ちを救った。その上、彼女は彼を心から愛するようになっていた。

それなのに、この土壇場になって……例の弱さを露呈してきた。それが情けない。男らしくないと思う。しかしそんな宗を彼女のほうから切り捨てるには、もう彼女の気持ちは宗にすっかり執着してしまっていたのだ。

彼女は土曜、日曜の休み日のほかに木曜まで会社を休むつもりで伊藤社長にその旨を知らせた。

「ふうん。いいよ。仕事に差し支えなければ」

「それは先にすっかり片づけておきます」

「そうか」伊藤社長はうなずくと、純子をじっと見て、「いい旅をしてこいよ……」

彼は純子がなぜ旅に出るのか、大体、推察がついているらしかった。

「はい」

頭をさげたが、その時、社長の心のあたたかさに涙が出そうになった。

土曜日が来た。

晴れていた。それは今日からの旅の素晴らしさを暗示しているように純子には思われた。

昨夜から用意した鞄をぶらさげ、アパートの鍵をしめた時、

「ここに戻ってくる日は一人だろうか、二人だろうか」

そんなことを、ふっと思った。

外に出てタクシーに片手をあげて、

「羽田の飛行場にお願いします」

と運転手に告げた。

「いい天気ですね」

と運転手が話しかけてきた。

「この天気なら飛行機もゆれんでしょう。どこに行かれるんです」

「仙台まで」

「いいですなあ。ぼくは青森が故郷だから東北に行く人が羨《うらや》ましいです」

と彼は笑った。

十時半に国内線の建物の前についた。出発までまだ四十五分ある。宗とは受付カウンターのそばで待ち合わせることになっていた。

雑踏する客や見送り人のなかで純子は宗の来るのを待った。

先に搭乗手続きをしようかと思ったが、彼と並んで坐るため、もうしばらく待つことにした。

時間があったので彼女は売店の並んでいるコーナーに入ってキャンデーと新聞とを買った。

入口のほうをぼんやりと見ていると、数人の男女にまじって肩から幾つものザックをさげ、三脚をかついだ二人の男が入ってきた。

見憶えのある人だ、と純子は思った。二人が純子のそばを通りすぎようとして、その二人のうち若い男が、

「あッ」

と気づいて会釈をした。もう一人も立ちどまって、

「これは……」

となつかしそうな顔をした。やはり写真家の最上だった。

「いつぞやは、失礼しました」

純子が頭をさげると、向こうも、

「いや、こちらこそ。おかげさまで助かりました」

「お仕事ですか」

「はい」と最上はうなずいて、「雑誌社に頼まれて八甲田山や陸中海岸や平泉に写真を撮りにいくんです。わたくしもひょっとすると平泉に寄るかもしれません」

「仙台です。あなたは」

「そうですか」

最上は相変わらずあまり愛嬌《あいきよう》がなかった。軽く一礼をして、

「じゃあ失礼をします」

助手の青年をつれて搭乗手続きをとるためにカウンターに去ってしまった。

十一時になったのに宗の姿はまだあらわれなかった。純子の心に不安と疑惑とが黒い雲のように拡がった。

彼を信じたいという気持ちにゆらぎはないが、純子をこのような孤独にさせるその態度が恨めしかった。

「石井さんでしょうか」

一人の男がおずおずとした声を彼女にかけてきた。

「はい」

「宗の使いの者ですが……」

いつぞや「交詢社」の前で宗の車の運転をしていた男である。彼は手に持った封筒を出して、

「これを……と申しつかって参りました」

「わかりました。有難うございました」

男は白い封筒を彼女の手にのせて、雑踏する人ごみに姿を消した。白い封筒を見た時、純子はすぐに理解した。宗は来ないのだと。宗は永久に来ないのだと。

封筒をあけ、手紙を出した。

「何と言ってよいのか、わかりません。考えに考えた末、ぼくは君と一緒に旅立つことを諦めました。おわびのしようもありません。ゆるしてください」

そこまで読むと純子は眼の前がかすんでくるのを感じた。めまいを怺《こら》えながら彼女はその手紙をハンドバッグに入れた。

アナウンスが仙台行きの乗客に早くカウンター手続きをすませてくれと放送していた。

夢遊病者のように彼女はカウンターまで歩いた。ただ、どこかに逃げたかったからで

ある。どこか遠くに。

「間もなく当機は出発いたします」

スチュワーデスが空席の真ん中で救命用具の使用方法を演じてみせてから、飛行機はゆっくりと動き出していた。

純子の隣の席は小肥《こぶと》りの男が坐っていた。本来ならば宗がそこに腰をかけているべき場所に見も知らぬ男が新聞をひろげていた。

ハンドバッグからあの手紙を出して先の続きを読んだ。

「君にどう非難されようと、ぼくには弁解する言葉もありません。君の心を奪い、君の人生を一時にせよ、狂わせておきながら、今更、諦めてくれと言う事がどんなに虫がいいことか。すべてぼくの弱さがこの結果を生んだのです」

飛行機が滑走路を疾走しはじめた。建物がうしろに飛ぶように消え、やがて機が傾き、海の一部が見おろせた。

「子供たちが、という理由は君にはひとつの狡い口実だとしか思えないでしょう。しかし昔からぼくの弱い気持ちは自分のために他人が苦しむのにいつも耐えられないのでした。そのぼくが妻と別居できたのは、ぼくとの別居で妻が苦しまないと考えていたからです。

しかしぼくは子供たちがぼくたち夫婦の別居にどんなに苦しんでいるかを気づきませ

んでした。病院で子供たちはいつもぼくと妻との顔色をおずおずと窺っていました。我々が言葉をかわすと彼等の顔は倖せに赫《かがや》きました。我々が沈黙していると彼等は怯え、いじけた眼をするのでした。それを知った時、ぼくは妻を選ぶか、君を選ぶかではなく、子供のところに帰るか、君のところに行くかに迷いはじめたのです。いつかはこのことを君に言おう、言おうと思いながら、これも弱さのためにずるずると日を延ばしました。

昨日までそのことばかり考えました。そしてぼくはこう決心したのです。たとえ君と旅に出ても、もしその旅の間、子供たちのおずおずとした顔が一度でもまぶたをかすめるようなら、これからの人生にぼくは無理をするだろう、君もまたそんなぼくのために苦しむだろう。だからやめようと。旅には行くまいと。

この手紙、直接、お手渡しすべきなのですが、心がひるむのを怖れて、使いにことづけさせます」

ふしぎと泪は出なかった。むしろ眼は乾いていると言ったほうがよさそうだった。

（卑怯者）

彼女の心にこの三文字がゆっくり浮かんできた。

（臆病者）

あたらしい人生に旅だてない男。結局は足を踏み出すことのできなかった宗。そのくせ別居生活の寂しさからわたくしを求めた利己主義者。

彼女は心のなかで宗に言いたいすべての非難を呟きつづけた。

（あなたは人が苦しむのを見るのには耐えられないとお書きになったけど……わたくしが苦しむことには耐えられたのね）

隣の男が話しかけてきた。

「仙台は見物ですか」

「いいえ」

「お一人で」

「はい」

好奇心のこもった眼で彼は純子をみつめた。

父と娘

原宿の「福禄寿」という中国レストランに菊次が入った時がちょうど午後六時四十分だった。

「部長」

入口のところに宣伝部の女の子が立っていて、

「部長が一番遅いんですよ」

「そうか、すまん。皆はもう来ているかね」

「ええ、三人のかたが仕事の事でどうしても出られないそうですが……」

女の子のうしろから二階の部屋に行く階段をのぼりながら、やはり一抹の寂しさを感じた。

これが部長昇進とか就任ならば部員たちは一人として欠席する筈はない。しかし三人の者があらわれないのは菊次がもう彼等にとって会社外の人間となっているからだった。

二階奥のひろい部屋に入ると、三つの円卓についた宣伝部の部下たちから拍手が起こった。

「いやあ、有難う。有難う」

両手をひろげ、菊次にしては珍しくおどけた恰好で着席をした。

「それでは石井部長が来られましたので、これから宣伝部一同の部長送別会を開きたいと思います」

と武田が皆に挨拶をした。

「部員を代表して里見君に挨拶してもらいます」

拍手のなかで里見が起立して菊次を送る言葉をのべた。

「正直いって、おっかなく頑固だった部長ですが、ぼくたちにいつもすじを通すことを教えてくださいました。部長が去られたあとも、このことは我々は忘れたくありません」

里見の挨拶は菊次にたいする敬愛の情がこもっていた。それを聞きながら菊次は長い歳月、これらの部下と働き一喜一憂したあの宣伝部の部屋、窓、匂いを思い出した。

拍手のなかに里見の言葉が終わり、武田の音頭で乾杯をした。

「部長、何かお話しして頂けますか」

「うん」

杯をおき彼は部下に心をこめて頭をさげた。

「今日は忙しいなかを、こうした心こもった送別会をしてくれて有難う。私にとっては一番うれしい会なのです。

私は御承知のように長年世話になった会社をやめます。事情は色々ありましたが、しかし私は自分の人生にけじめをつけたかった、君たちは私のことを陰で『けじめ部長』と渾名《あだな》をしていることは知っていましたが、最後もそれを実行したわけです」

笑い声が起こった。

「私は戦中派です。古くさいと言われるかもしれませんが戦争で多くの友を失った世代です。そのことは生き残った私の心のなかにいつも残っていました。戦中派とはもし死者たちが生きかえり今の日本をみてどう思うか、つまり生き残った我々が何をしているかと訊ねてきた時、どう答えるか、やはり気がかりな世代なのです。

私は時々、会社のやり方に反対しました。君たちも叱りました。それは戦争で死んだ連中に恥ずかしくない事をしたかったからです。私は宣伝部、開発部の部長だったが、しかし物を作り、物を売ることは客にへつらい客にこびることではなく、客に本当の意味で奉仕するのだと考えてきたのです」

宴が終わりかけ、ふたたび椅子から立ち上がった武田が、

「では、まだまだ飲み足りぬ方も多いと思いますが店の都合もあり、一次会はこれで終わりにします」

一次会という言葉に力を入れて着席すると一同の大きな拍手が起こった。

「有難う、有難う」

「部長、いつまでもお元気で。我々の事を忘れないでください」

入口で菊次は長年、眼をかけてきた部下の一人、一人とかたい握手をかわした。握手をかわしながら、部長としての俺の仕事はこれですべて終わったのだと思うと言いようのない感慨と感傷とがこみあげてくる。

「武田君、泰君」

彼は幹事役の二人をよんで、

「二次会はどこでやるのかね」

「ええ、六本木の『ヴィス・コンテ』という店でやりたいと思いますが」

「その二次会は……このぼくに支払わせてくれたまえよ」

「そりゃあ……どうも、部長……」

「ただね、このぼくが長居すると若い連中も固くなるだろう。三十分ぐらいしたら、そっと抜け出るから、あとはよろしく頼むよ」

「わかりました」

最後まで「福禄寿」に残って後始末をしていたその二人を待って菊次も原宿の歩道に出た。そして二次会の開かれる店まで三人でタクシーに乗った。

「部長」

助手席にいた泰がうしろをふりむいて、

「今夜みたいな夜にこんなことをお耳に入れるのはどうかと思うんですけど」

と急に口を開いた。すると武田が、

「泰、よせよ」

「いいじゃないか。いずれは部長もおわかりになることだから」

しばし、二人は言い争って、

「部長」

今度は武田が小声で言った。

「泰が今、言おうとしたことは……つまり今夜、欠席した野口の件なんです」

「野口？」

「実は東洋パルヒュムにクロードのことを流していたいわば使い役は奥川と野口だったこと、部長は御存知ですか」

「野口が……」

茫然と菊次は武田の顔をみた。

すると助手席から泰が大きくうなずいた。

「そうなんです。本当です。野口が林部長や金田常務のために……」

「わかった。もう、それ以上、言うな」

「野口はあれですごい出世主義者です。出世のためなら友だちでも見捨てるような男です」

菊次は眼をつむった。大学の後輩として自分の家によく遊びに来ていた青年。こいつは見どころがあると可愛がってきた若者。その男が出世のためにそんな卑劣なことをしていた……。

「だから、奴、今夜も部長の送別会に顔を出さなかったでしょう」

「退職するこの私には……もう用はないというわけか」

これが今の世のなかだ。今の人間だと菊次はタクシーの窓をかすめるネオンを見ながらじっと耐えた。

「野口みたいな出世主義者が会社にもふえました」

と武田はいまいましげに言った。

(やはり、退職してよかった)

大橋には叱られるだろうが、菊次はもう色々な事に疲れていた。京都、清滝のささやかな家が彼のまぶたに浮かんだ。

六本木の交叉点で三人は車をおりた。二次会の開かれる店はその交叉点のすぐ近くにあった。

十五、六人の部下たちが女の子もまじえてもう椅子に坐り、三人を待っていた。ピアノを誰かが奏いて、咽喉に自信のある奴が歌いはじめた。

　妻ある人に恋をした
　　悲しい悲しい恋をした

「部長、何か歌って頂けませんか」

「私が？」

「お願いしますよ」

マイクを差し出されて菊次は苦笑しながら立ち上がった。平生は社員旅行でも流行歌ひとつ歌えない彼だったが、今夜はちがっていた。

「何をなさるんです」

菊次はピアノを奏く店の女性に小声である曲をたのんだ。その曲は「赤い靴」だった。

　赤い靴　はいてた
　女の子
　異人さんに連れられて
　行っちゃった

その曲はむかし幼い純子が幼稚園から帰るとよく歌っていた童謡だった。その時の純子は彼の膝の上で、あるいは彼と手をつなぎながら、懸命にこの唄《うた》を歌っていた。

「赤い靴、はいてた、女の子、異人さんに連れられて、行っちゃった」

純子は行ってしまった。異人ではなく、菊次とは関係のない宗という男に連れられて去ってしまった。菊次はそう思うと胸にこみあげるものをぐっと抑えねばならなかった。すべての父親が娘を別の男に奪《と》られた時のあの辛さ、悲しみ。

「驚いたなあ」

部下たちは何も気づかずに歌い終わった菊次に拍手をしながら、

「部長が童謡を歌うなんて……」

ニヤニヤとわざと笑ってみせると、菊次は手洗いに行くふりをして泰と武田に眼くばせをした。これで俺は帰るぞ、という合図だった。

武田がうなずくのを見て、そっと店をぬけネオンの光のなかで若い男女が流れている路に出た。

「さて、と」

と菊次はひとり呟いた。さて、と……すべて終わった。会社における彼の勤めはみんな完結したのだ。感慨無量だった。

一人で飲みたかった。彼は狸穴町の方角にむかい、手頃な店を探した。そして「モーツァルト」という店を発見すると、その階段をおりた。客は少なかった。煖炉が燃えていた。カウンターで一人の男がコップを持ってその煖炉の火をみつめていた。
彼は菊次を何げなく見て、びっくりしたようにコップをおいた。

宗だった。

菊次も宗を見て思わず足をとめた。

「お一人ですか」

宗が先に口をひらいた。

「ええ。会がすぐそばであって、その帰りです」

と菊次が答えると、

「よろしければ、ここにお坐りになりませんか」

かすかな不快感を抑え菊次は宗のそばに腰をおろした。「赤い靴、はいてた、女の子、異人さんに連れられて、行っちゃった」さっき不器用に歌った唄の一節が不意に彼の頭をかすめた。娘はこの男に奪《と》られたのだ。

「お話があるんです」

宗は自分のコップを見つめながら、突然言った。

「私は……お嬢さんと、別れました」

「純子と？」

「ええ。二人で旅行するつもりでした。しかしそのまぎわ、決心がついてお断りしました」

「一体、どういうことです」

不審げな菊次の視線に宗はぽつりぽつりと話しはじめた。

「弱かったのです。私は子供を犠牲にしてまでお嬢さんと新しい生活を作れませんでした」

言いようのない怒りが菊次の胸にこみあげてきた。何という身勝手な、何と言う甘ったれたことを言う男だろう。

「お許しください」

宗は頭をさげた。

「冗談じゃない」菊次は思わず叫んだ。「随分、あなたも手前勝手なことを平気でおっしゃいますね。ではあなたに心かたむけた私の娘はどうなるんです。あいつがそのために負った心の傷は一向にお考えくださらんのですか」

宗はむしろびっくりしたように、

「その点はお詫びのしようもないのですが……しかし彼女と別れたことが石井さんを怒らすとは思いませんでした。逆に悦んで頂けると思っていました」

「悦ぶ？　たしかに心のなかでそれで良かったと思いますよ。娘があなたの奥さんやお子さんを犠牲にして自分の倖せを築くことはいかんと思っていたのですからね。だが娘の立場にたてば……」

菊次はうつむいて、

「私は可哀想でならんのです。あなたの身勝手な仕打ちをうけたあいつが可哀想でならんです」

宗は蒼ざめた顔で、

「申しわけございません」

と小声で答えた。

「そんなことなら、初めから娘と御交際いただかねば良かった。あなたの弱さが、抑制力のなさがたくさんの人を傷つけた。わかりますか」

「わかっています」

「娘は今、どこにいます」

「アパートにはいらっしゃいません。お一人で旅行をしておられると思います」

「それで、あなたは平気でここで酒を飲んでおられるわけだ」

菊次はできることなら、この宗を撲りたかった。宗とか野口のような得手勝手な男を撲りたかった。

「許してくれと、あなたは私におっしゃった」

菊次は宗の顔をじっと見すえながら言った。

「しかし今の私はあなたを許す気にはなれません。なぜか、わかりますか」

「わかっていると思います」

宗はひくい声でつぶやいた。

「いや、わかってはおられん」と菊次は首をふった。「あなたは、あなたがうちの娘に手を出したから、この私が怒っていると思っておられるのでしょう。だが、そうじゃない。いまはそんなことを怒っているんじゃありません」

「じゃ何ですか」

「あなたが他人の悲しみを想像なさらなかったからです」

酒場の光に照らされた宗の横顔に小心な臆病な影が走った。

「私はあなたの家庭の事情は知りません。どんな理由で奥さんと別居されたかも存じません。しかしあなたは御自分たちの行為がお子さんをどんなに悲しませるか、はじめは御考えにならなかった」

「その点、ふかく反省しているのです」

「あなたは御自分の行動がこの私や私の妻にどんな苦しみを与えたか、一度でも考えてくださらなかった」

宗は黙ってうつむいた。

「あなたにはお嬢さんがおありになりますね」

と菊次は急にたずねた。

「はい」

「お可愛いでしょう」

「ええ」

「私も娘が小さい時から可愛いかった。恥ずかしい話だが父親にとって娘はすべての幸福の象徴みたいなものです。この子だけは大事に大事に育てていきたい。そう思っていました。その娘が不幸になったのを見て一人の父親がどういう気持ちを味わうか、あなたは考えてくださらなかった」

「…………」

「もう責めません。しかし、最後に一つだけ言わしてください。あなたは抑制力のない、身勝手な、そして臆病な男です。そんな男はもう二度と、『けじめ』のない行為はなさらんで頂きたい。奥さんとお子さんとを生涯、大事になさい」

言い終わると菊次は椅子から立ち上がり、

「失礼します」

と言った。宗は黙ってうなずいた。

「ところで娘の行き先はわかりますか」

「正確には申しあげられませんが……」

少し震えた声で宗は答えた。

「私たちの予定では今日は平泉に行き、明日、盛岡のグランド・ホテルに泊まるつもりでした」

「グランド・ホテル」

菊次の姿が扉から消えたあと、宗はバーテンにわからぬように手で泪をふいた。

（あなたは抑制力のない、身勝手な、そして臆病な男です。そんな男はもう二度と『けじめ』のない行為はなさらんで頂きたい）

菊次の最後の言葉は刃物のようにふかく彼の胸に突きささっていた。

（本当に俺はそういう人間だ）

彼は自己嫌悪の感情にかられながらコップのウイスキーを一口で飲んだ。

その夜、菊次は寝床で幾度か寝返りを打ちながら眠ろうと試みたが、睡魔はなかなかこなかった。

咳《せき》ばらいをしている彼に妻が話しかけてきた。

「眠れないんですか」

「うん。眼が冴《さ》えて。うるさいか」

「いいえ」

妻は黙った。闇のなかで夫婦は静寂にじっと耳をすましていた。

「純子は今……盛岡でしょうか」

と突然、妻がたずねた。

「一人でそんな見知らぬ街にいると思うと可哀想で」

菊次も同じ思いだったが、わざと、

「身から出た錆《さび》だ、これであいつもくだらん男を見ぬく眼ができたろう」

と心にもない言葉を呟いた。

「なにも、そういう言い方をなさらないでも……。御自分でも心配なくせに……」

菊次は妻にピシャリと言われて黙りこんだ。

「眠れないくらい気になるのでしたら……あなた、盛岡に行きましょうか」

「俺たちが……」

「ええ。あの子、きっとほっとすると思うんです。こんな時、やさしく迎えてやるのは親しかいないんですから」

本当にそうだと菊次は思った。傷ついた娘を迎えてやるのは親しかいない。

「お前までがわざわざ行く必要はない。俺が一人で出かける」

「あなた一人で」

「二人で行くのは大袈裟《おおげさ》だ」

「じゃあ、行っていらっしゃい」

彼は妻の心が嬉しかった。長年つれそったおかげでこちらの心の動きがすぐわかってくれるのだ。

「清滝の家だが」

「ええ」

「色々なことがあって、なかなか見に行けなかったが、お前とはそっちのほうに出かけよう」

「まだ八分ぐらいしか出来上がっていませんよ。冬は工事が遅れましたから」

「終《つい》の住家か」

と菊次はひとりごちた。

「終の住家という言葉を近頃時折、考える。俺の人生には考えもしなかった出来事が……あの大きな戦争や戦後やそのほか、さまざまの事が起こったが……そのゴールの住家があの清滝かと思うと、感無量だな」

「わたしも」

「純子や公一にもこの気持ちはわかるまい。あそこは純子や公一が住む処ではない。あいつらにもこれから色々な考えもしなかった出来事がくるだろう」

その時、菊次のまぶたに急に三田の校庭が浮かんだ。図書館の前で靴磨きをしていた自分と大橋、その前に姿をみせた山内節子。

あの日の自分たちにも今後、どのような出来事が人生の上で起こるのか、さっぱりわかりはしなかった。あの日の自分たちは今の公一と同じように若かった。終の住家など一度も考えたことはなかった。

妻が門まで旅行鞄をさげて送ってくれた。

「行っていらっしゃい。純子に会ったら……こう伝えてください」

「何と言うんだ」

「部屋をちゃんとお掃除をしておきますからって」

「そうか」

鞄を受け取ると彼はうなずいて歩きはじめた。

大通りに出てタクシーをひろった。運転手に羽田に行くように命じた時、娘に久しぶりに会えると言う悦びが突然、胸にこみあげてきた。しかしその悦びには不安もまじっていた。

傷つけられた娘を親である自分がどう出迎え、どう話しかけ、どう慰めてやればよいのか彼には自信がなかった。

とは言え彼は娘の行為を是認することはできなかった。宗を非難した言葉はやはり、自分の娘にも向けられるべきだと思う。彼からみれば純子もまた自分の情熱だけを大事にして、その情熱が周りの者にどんな悲しみや苦しみを与えるか、まったく想像していなかったのだ。それをくりかえし叱らねばならない。

にもかかわらず、彼は今、一人ぼっちになった純子を父として慰めたかった。何と言っても彼女は彼のかけがえのない娘だった。

羽田でキャンセル待ちで切符を手に入れ、午前の花巻行きの飛行機に乗った。空は晴れていた。

長い間の疲れが急にこみあげてきて、飛行機が白い雲を突き抜け、碧空に入ると彼は睡魔に襲われた。

そして窓に体をあずけて、スチュワーデスがおしぼりをくばっているのにも気づかずに眠りこけた。

夢のなかで彼は節子や大橋と三田の校庭を歩いていた。

「ぼくたちのクラスでは八人、復学してこなかったのです」

「空襲で家が焼けたの」

と節子がびっくりしたように訊ねた。

「いいえ、みんな戦死です。飛行機に乗って空母に突入した男もいます」

「ああ……わたくしの従兄も戦死しましたわ。海軍で」

眼がさめた。飛行機は青い空のなかを真っ直ぐに進んでいる。菊次は今みた夢を思い出し、たしかそのような会話を現実にあの頃、大橋や節子とかわした、と思った。

飛行機の窓から見える空がやがて灰色の雲に覆われた、花巻はどうやら雨らしかった。

やがて花巻飛行場に着陸した時、細かい雨が窓を斜めに走り、飛行場の空は鉛色だった。

（こんな雨のなかで）

彼は娘がその雨の盛岡の街を一人、歩いているような気がしてグランド・ホテルまで向かう車からこぢんまりとした街のあちこちに眼をやった。

だがそのグランド・ホテルに着くと純子はいなかった。平泉や陸中海岸を見て三日後の予定でここに戻ってくると言っていたとフロントで教えてくれた。

部屋の窓から雨のふるのを見ながら菊次は娘の心情を考えざるをえなかった。

旅の終わり

陸中海岸に向かう山田線の列車は意外と満員だった。東京はもう梅の花が満開だと言うのにここではまだスキーをかついだ若い男女が席のあちこちに見えた。

盛岡から宮古までは急行で約二時間である。だから純子の乗った十二時三十四分の列車は十四時半ごろに着くだろう。

（海を見よう）

そう思ったのは昨夜、盛岡の街で一人、酒を飲み、フィリピン人の女性歌手の歌を聞いている時だった。

仙台から平泉に行った。平泉から盛岡に北上した。すべて宗が作ってくれた旅行の計画のままであり、本当ならば純子のそばに宗が存在している筈だった。

季節はずれの平泉で純子はいわゆる藤原一族の建てた金堂にも行かず町から少し離れた北上川のほとりを一人あるいた。人ごみにまじりたくなかったからだ。

雨が続いたのか、北上川の水は濁色で、橋にもたれて純子は金色に笹ぶちどられた、春の匂いのする遠くの雲をながめ、ゆっくりと流れる川面に眼をおとした。すべて静かだ。はるかに山脈が続き、列車が通過する音が、かすかに聞こえてくる。

その静かさが胸を刺した、辛かった。この辛さは仙台での夜も、たっぷり味わった。宗を憎む気持ちはもうない。むしろ宗が彼の子供たちのもとに戻るほうが良かったのだと言う気さえしてくる。しかしそれをあらかじめ承知していながら二人の出発のまぎわまで口に出せなかった彼の弱さが恨めしかった。

（あなたは後悔している？）

彼女は北上川の流れを見つめながら、まるでそばにもう一人の自分がいるかのように心のなかで話しかけた。

（後悔？　宗さんと別れたことを？　それとも宗さんを愛したことを？）

ともう一人の純子が答えた。

（その両方よ）

（わたくしは後悔していないわ。たしかに今は辛いけど、その辛さは時間がきっと治してくれると思うわ。後悔をしていないのは自分が全力をあげて一人の男を愛したからよ）

（でも、あの人はあなたを棄てた）

（しかしわたくしは彼にたいして最後まで誠実だったもの……）

平泉から盛岡にのぼる列車のなかでも、こうした自問自答は窓に靠《もた》れた彼女の心のなかで幾度もくりかえされた。

盛岡のグランド・ホテルは街の背後の丘にあった。フレンチ窓を開くとそこから白っぽい街や岩手山や果樹園がみえた。

彼女は自分の傷手を風に曝したかった。のんびりとした風景のなかではなく、もっときびしい風景のなかで立ちなおる勇気を持ちたかった。

その夜、ホテルで夜の食事をすませたあとフロントできいて、街のなかの小さなバーに行った。フィリピン人の女性歌手がギターをひき歌っている店だった。

そのギターを聞いている時、波のきつい冬の海が見たくなった。陸中に行こうと彼女は決心した。

列車は山のなかを走っている。春らしい気配は山林にも台地にもなかった。林は一面に凍《し》み雪《ゆき》に覆われ、その雪の間に渓流の割れ目が黒くみえる。時折、停車する駅のホームで駅員の息が白かった。

いつまでも冬の森が続く。白樺やぶなのように東京の近郊にはあまりない樹木が切り倒されて積み重ねてある。林が終わると突然、眺望がひらけて広い、深い谷が俯瞰できる。あるいはまた、谿《たにがわ》の幅が次第に大きくなって列車にそっていつまでもその川が流れていく。このように風景は次々と変わっていく。

純子は自分のような経験は今の時代では決して特別ではないと思った。一人の娘が妻子のある男に少しずつひかれる。初めての恋だったから、彼女には男のすべてを魅力あるもののように思えたのだった。男の弱い小心な性格さえ、やさしい気立てだと考えるようになった。

しかし、恋の終わりにその男の小心な弱い性格が身の安全をえらんだ。男は一度、捨てかけた自分の家庭に戻り、娘だけが傷ついて残された。

(どこにでも、ある話だわ)

純子は自嘲《じちょう》するように心のなかで呟いた。

(はっきり言えば、あなたは棄てられたの)

(要するに馬鹿だったと言いたいんでしょう)

宗にたいする怒りと執着とが旅立ってから初めて彼女の胸をしめつけた。一体、あのすべての彼の言葉、約束は何だったのだろう。彼女は泪があふれ出るのを怺《こら》えながら、窓に顔を向けた。向かい側の土地の人らしい老人夫婦に歪んだ顔を見られたくなかったからだ。

列車はやっと平地におりた。山とちがって平地にはようやく春の気配が感じられる。まだ東京のように花はないが、しかし畠にも林にも雪は消えていた。

終点の宮古についた。駅前の寿司屋で純子は少し遅目の昼食をとるために入ると、そこから予約しておいた観光ホテルに電話をかけた。

「やあ」

とその時、声をかけられた。羽田の飛行場で出会ったカメラマンの最上とその助手だった。

「また、こんなところで会いましたね」

箸をあげて助手が笑いながら挨拶をした。

「今の列車ですか」

「ええ。あなたたちは？」

「ぼくらは昨夜からここに来ています。荒れた海を撮っているんです」

「船はあるんですか」

「観光船ですか。冬の間は出ていませんよ。ぼくたちは借りてるんです。船頭と舟とを」

純子は決心したように、

「乗せて頂けないでしょうか、わたくしも」

「ぼくらの舟に？　海が荒れているから、きついですよ」

「大丈夫です」

助手は答えを探すように最上を見た。

「いいだろ」

と最上は呟いた。

その日は宮古のはずれにある観光ホテルで泊まった。ホテルの真下は海になっていて、春になるとそこから陸中海岸をまわる観光船も出るという。

「ほんとうに今は暇でございます」

部屋に案内してくれた女中が、がらんとした廊下を歩きながら、まるで自分の責任のようにあやまった。

夕食まで町を一人、散歩した。どこの家にも海風の匂いが染みこんでいる。小さな港には漁船がいっぱい停泊していて、その帆柱が林のようだった。

春めいた陽のあたっている、のどかな路を通りながら、彼女は二週間前まで自分が地図をひろげ、見知らぬ町、見知らぬ土地を歩くのを、自分たちの人生の出発の唄のように考えていたのだと思い出した。自分たちの人生——宗と自分との人生の出発。それがこの旅行だった。

しかしすべてがまったく違ってしまった。今、この人影のない裏通りを歩き、はじめて見る宮古の波止場にたたずんでいるのは純子一人であり、そばに宗の姿はなかった。

(あの人、今頃、何をしているのかしら)

宗は妻や子供たちのそばでほっとしているにちがいなかった。あの小心な男には与えられた人生の秩序からはみだす勇気はなかったのだ。今頃、彼は純子にたいする申しわけなさを感じながら、他方、妻子のもとに戻ったことに満足しているだろう。一隻の漁船が波止場から出ていく。それを見ながら純子は自分はこの船のようでありたいとせつなく思った。この漁船も遠洋航海で傷ついた船体をこの宮古の波止場で修復してふたたび海に出ていくのだろう。自分は若い。もう一度、立ち直りたい。うじうじするのは彼女の性格として嫌だった。

その夜は早く寝た。最上たちと明日の朝、九時にこのホテルの下の船着き場で落ち合う約束になっていたからだ。

翌朝、眼がさめるとあかるい陽がカーテンからさしこんで今日の快晴を告げていた。朝食をすませ、海の寒さを思って少し厚着をしてその上にレインコートを着てホテルを出た。

船着き場は切りたった崖の下に桟橋の出た入江にあって、既に最上とその助手とが純子をじっと待っていてくれた。最上は相変わらず表情のない顔で、

「お早う」

と言ったきりだった。助手の青年は雇った小さな漁船の船頭に地図を見せて何か相談していた。

船頭が船にエンジンをかけると、三人は次々と船に乗りうつった。先に乗った最上が

純子に手をかしてくれた。労働者の手のように厚い手だった。

湾を出ると左手に卵色の浜がみえる。浜には奇妙な岩がならび、少し寒い風が吹いてきた。

黙っている最上に何か話さなくてはと思い、

「最上さんは海より山のほうが好きなんでしょう」

と話しかけると、

「ええ、山のほうが好きです。山は裏切らないから」

と答えた。そして純子の顔をみて、

「あなたこそ……なぜ一人で旅をしているんですか」

不思議そうにたずねてきた。

「恋愛に失敗したんです」

と純子はわざと快活に答えた。

風が彼女の声をさえぎったのか、

「え？」

と最上は聞き返した。純子はもう一度快活を装って叫んだ。

「恋愛に失敗したんです」

と、少年のような恥《はじ》らいを見せて最上はうつむいた。それから急に顔をあげ泥のなか

から小石でも穿《ほじく》り出すような言いかたで、

「ぼくはね、さっき山は裏切らないと言ったけれど……山の写真を撮っていて、何百回としくじったことはあります。自分ではね、夢中になってシャッターを押したものが、いざ現像液に浸してみると、似ても似つかぬイメージであらわれることがあるんです」

なぜ急にそんなことを最上が口に出したのか純子にはわからなかった。

「そんな失敗を何百回くりかえしたあと……やっと山というもんがわかってきました」

最上が自分を慰めてくれようと努力しているのが純子にはやっとのみこめ、

「大丈夫ですわ、わたくし。いつまでもうじうじとしているのは嫌ですもの。わたくしも自分で夢中になってシャッターを押した恋愛でしたが、現像液から浮かび上がったのは、最上さんのおっしゃるようにまったく違ったイメージでしたけど」

「でも、ぼくは山を信じつづけましたよ。あなたも恋愛の失敗で人や恋愛を信じる気持ちを失わないといいんだが……」

最上の慰め方はきわめて単純だったが、その下手な言いかたにかえってやさしさが感じられた。

漁船がゆれはじめた。泡立った波が沖のほうにある岩にぶつかり高い飛沫《しぶき》をあげている。浮いたり沈んだりする船のマストに何か白いものが飛んできた。

「あっ、海猫だ」

と最上の助手が叫んだ。

何か白いものと言うのは海鳥である。猫のようなミャオ、ミャオという鳴き声をたてて鷗《かもめ》のようなその鳥の群れは、船のマストをかすめ、甲板の上を舞った。

最上が甲板から体を乗り出すようにしてシャッターを切りはじめた。まるで機関銃でも撃つように連続的に海と海鳥とを撮りだした。

「ここから、ゆれるぜえ」

船頭が手を口にあてて叫んだ。なるほど波が四方で高まってきた。つめたい強風がまともに純子の額にぶつかってくる。

レインコートの襟をたて、足をふんばりながら純子は上下する沖を見つめた。

(負けるものか)

と彼女はその波に向かって心のなかで叫んだ。

(負けるものか)

このくらいの傷にいつまでもうじうじとするものか。彼女は前方からぶつかりそうになる黒い波濤《はとう》の群れを漁船がたくみに乗り越えていくことに心地よい快感さえおぼえていた。

最上は必死でその海や左手にみえた断崖《だんがい》にレンズを向けている。切りたった断崖に白い海猫の群れがかたまり、時々、木の葉のように舞う。

「元気なお嬢さんだの」

と船頭がびっくりしたように叫んだ。

「船酔いはしないかね」

「しませんよお」

と彼女は首をふった。

二時間ほど波濤がぶつかりあい、もみあう沖をめぐり、漁船は帰路についた。強風にも波にも純子はすっかり馴れた。

「大丈夫ですか」

とカメラを持った最上がたびたび、そばに来てくれた。

「大丈夫ですわ」

「立ち直りましたか」

「立ち直るつもりです」

すると最上はうん、うんと満足そうにうなずいて、またシャッターを押しに彼女のそばから離れていった。

飛沫に体も濡れ髪もバラバラになっていたが、何か烈しい運動をしたあとの満足感が体に残った。

「最上さん」

純子は船が入江に入った時、カメラマンに声をかけた。

「何ですか」

「お願いがあるんです。この写真のうち一枚をわたくしに頂けないでしょうか」

「写真？」

「ええ。わたくしにも、自分がそこで頑張った荒れた海の思い出を一枚、とっておきたいものですから」

「わかりました、あなたは今日もこの宮古に泊まるのですか」

「いいえ、これからこの足で盛岡に戻ります」

「盛岡の宿屋は？」

「グランド・ホテルです」

「何とかしますよ」

ゆっくりと船は桟橋に横づけになった。最上はふたたびその桟橋におりる彼女のために厚い手を貸してくれた。

「有難うございました」

純子はその最上にも助手の青年にも船頭にも礼を言い、別れの挨拶をした。そして船着き場から電話をかけてもらい、無線タクシーを呼んだ。

昼少し前、海の匂いのしみこんだ宮古の町からふたたび山田線の列車で盛岡に向かった。

昨日、見たと同じ山と谷と凍み雪に覆われた風景が彼女の眼の前を通りすぎていった。

（また、この風景を見る機会があるだろうか）

（ひとつの恋をすることは何と大変なのだろう、ひとつの恋のために自分はこれだけ力を使い心をつくし、そしてこの冬の山や谷や荒れた海まで凝視せねばならなかった）

と彼女は考えた。

（恋を軽々しく幾度もできる人は多いが自分はそんな人種ではなかった。平凡な普通の娘だけれどもやはり人を恋すると言うことは大変なことだった）

（苦しさはまだ残っている。傷口はまだふさいだわけではない。でもそれが完全に治るためには時間しかないのだ）

次々と彼女は自分のためにそんな想念に浸った。

三時頃、盛岡駅についた。なんだか故郷に戻った気持ちだった。グランド・ホテルに帰ってフロントで鍵をもらおうとすると、

「お父さまが、お待ちです」

思いがけないことを言われた。

ロビーの椅子に父が腰をかけていた。

うしろをふり向いた純子を父親は寂しそうな、照れたような笑いをうかべて見つめて

いた。

その寂しそうな、照れたような笑いには娘を追いかけて盛岡までやってきた自分への自嘲と彼女の一人旅を乱したことへの詫びとがまじっているように見えた。

「パパ」

純子は思わず——そして悦びのため周りの人たちの視線も忘れて両手を差し伸べるように父のそばに駆けよった。

「どうして、わたくしが、ここに居るって、おわかりになったの」

「ああ」

菊次の感情は、よかった、の一言に尽きた。この子が失恋、落胆のあまり無茶をしないで無事でよかった。大袈裟《おおげさ》にいうとそんな気持ちだった。

「いつ、いらっしゃったの」

「昨日だ。お前が陸中のほうに行って明日、戻るとフロントの方から聞いたもんだから」

「部屋は？」

「お前の隣にとったよ」

「行きましょう」

父と娘とはエレベーターに乗って四階まで行く間もたがいにいたわりながら、肝心の問題はわざと避ける会話をつづけていた。

「お前、疲れたろうから一休みしたらどうだ」

「そうね。じゃお風呂に入らせて頂きます」

「カッコーが時々鳴くんですって。夕食まで私もうしろの山を散歩してくる」

「立原道造の詩の碑があるわよ」

純子は鍵を鍵穴にさしこみながら、うしろに立って自分を見つめている父親にわざとおどけた顔をみせた。

「パパ、我儘娘をごめんなさい」

そして開いた扉のなかに素早く姿を消した。

廊下に一人取り残された菊次は、

(馬鹿な奴)

今まで心のなかに巣食っていた心配と不安とが一挙に姿を消したのを感じて、

(どういう気なんだろ、あいつは)

ふかい心の傷を負った筈なのに意外とサバサバとしている娘の心を測りかねた。

(今時の娘はみな、ああなのだろうか。自分が他人に与えた迷惑や心配をどう考えているのだろう。これは叱っておかねばならん)

そう思いながらふたたび一階におり、ホテルの裏からのぼる展望台までの路を歩き出した。

詩人の立原道造の詩碑があると純子が言ったが、なるほど林のなかにその詩碑はすぐ見つかった。詩人がこの盛岡の街と果樹園の光とを愛したことぐらい文学部出身の菊次はよく知っていた。

彼が展望台から暮れていく盛岡の街をぼんやり見おろしている頃、純子は思いきり強くシャワーを裸身にかけていた。

(あの人も山の写真で失敗したわけか)

最上が船で言ってくれた言葉を思い出し、何だか可笑《おか》しくなった。最上は何もかも宗とちがっていた。木の根みたいな男で都会風の宗から見れば、

「程度の低い男」

と思うかもしれなかった。

その夜、ホテルの和食を食べさせるコーナーで父と娘とは久しぶりに食事を共にした。

「お酒を飲むパパを見るのは久しぶり……」

と純子は父親に銚子をかたむけながら言った。

「少し弱くおなりになったんじゃない?」

「なぜ」

「もう顔が赤くってよ」

「なあ、純子」

菊次はここで初めて、さっきから回避してきた話を口にすることに決めた。

「パパは会社をやめたよ」

「定年でしょ」

「表向きはね。しかし本当はそうじゃない。自分の信念とするものが会社の方針と合わなかったからだ。はっきり言うとパパの志は挫折して責任をとったんだ」

「わたくし」と純子はうつむいて、「それとなく、そのこと聞いたわ」

「誰から」

「公一と……それから偶然、電車で出会った野口さんに」

「野口に？」

菊次の頰に一瞬、不快な色が走ったが、

「知っているなら今更詳しく説明する事はない。パパは失敗したんだ。しかし後悔はしていない」

「はい」

「だからお前にも言っておきたい。お前も正直な話、人生の入り口で失敗したと言えるだろう」

「でもパパと同じように後悔していません。わたくしはパパ、はっきり言うと彼に棄てられたんです。あの人はお子さんと奥さまのところに戻ったんです」

「よかったじゃないか。お前は他人を傷つけずにすんだのだから。そのお子さんのこれからも……」

「いいえ、パパ、わたくしは少し考えが違っているの。自分の幸福のためには多少は人を傷つけても仕方ないと思っているの。でも後悔していないのは……わたくしが自分の心に嘘を言わなかったからです。本気で一人の男の人を愛したからです」

「あのねえ」盃を口にあてながら菊次は、「パパがね、学生時代の頃だが読んだ本がある。その本のなかにこう言う比喩《ひゆ》があった。指輪を入れた箱をひらくと、もう指輪はなく、ただ指輪をはめこんだくぼみだけが箱のビロードに哀しく残っている。そのくぼみのわびしさを見ると、女から愛されたが、本気で愛さなかった男のことが思い出されると……そんな話だった。何の本だったかなあ、カロッサか、マルテの手記か、もう忘れたが」

「指輪をはめこんだくぼみのわびしさ？」

「そうだ。ビロードにくぼみがあるだろう。あのくぼみのわびしさだよ。宗はお前には悪いがパパから見ても……そんな男だった」

「お会いになったの」

「ああ、彼から……お前がこのホテルに泊まるだろうと聞いた」

「宗さんに会った？」

純子の眉に暗い影が走った。

「どこで」

「六本木で。偶然だ。わびていたよ、あの男は。何度も」

「わびていた？　わびてすむ問題だとあの人、思っているのかしら。ねえパパ」

純子は箸を動かすのをやめて、

「あの人は……本当に子供のためにわたくしと別れたのかしら。それとも初めから彼にとってこの恋愛はやっぱり遊びだったのかしら」

それは純子にとってやはりこの旅の間中、気がかりなことだった。

「いや、遊びではないだろう、当人もその時は本気だったろう」

と菊次は娘の顔にほっとしたような安心感が浮かぶのを見ながら答えた。

「しかし、あの男は自分の行為がどんな傷を周りに与えるか考えなかった。そしてその傷に気がついた時、狼狽したのだろう。私はそうあの男に言ってやったが……」

「弱いのよ。あの人は、結局」

「ちがう」

菊次は強い声で言った。

「『けじめ』がないのだ。それはあの男だけじゃない。お前だって同じことだ」

「……………」

「お前はパパにこう言った、わたくしの恋愛は間違っていません、わたくしは恥じることはないんですって」

「ええ、言ったわ、今でもそう思っている」

「だが、お前はその時、ママのことを考えたかね、お前に家から去られたママやパパの悲しみを」

「そりゃ考えたわ。でも仕方なかったんですもの」

「パパはね、お前たち世代の最大の弱点は自分の考えだけが正しいと思いこむ点だと考えている。自分だけがいつも正しく、その正しさのために引き起こされる他人の迷惑や悲しみを考えもしない。全学連がそうだろう。全学連の連中はいつも自分の主義が正しいと思っている。しかし彼等には自分と自分の主義への優越感はあっても、劣等感がない。お前だって同じだ。自分の情熱が正しいと思っていた。そしてその情熱には優越感だけがあって、劣等感がなかった」

「よくわからない、パパだって同じじゃないの」

「ちがう。たとえばパパは会社で自分の考えは正しいと確かに思った。しかしそれを実行して会社に迷惑がかかったと知った時、身を退いて責任をとったし、また会社の制裁も甘んじて受けた。会社を恨んではいない。それが大人の生きかたと言うものだ」

「わたくしだって誰も恨んでいないわ」

「いや、しかし、お前は責任をとっていない。これからパパやママを悲しめて家を出たことに責任をとらなくちゃいけないよ。今度のことがそのまま許されると甘えてはいけないんだ」

「責任をとるって、どんな」

「それこそ」と菊次は更に強い声で言った。「お前がこれから考えなくちゃいけないことだ。お前は今日まで社会を少し甘くみてきた。甘くみて、これでいいと思ってきた。その結果がこれなんだ。パパはね、本当はお前にあんな形で男という者を知ってもらいたくなかったんだよ」

菊次はしみじみと言った。こんな風に率直に娘と話し合えるとは盛岡にくるまで考えていなかった。しかし今、少し酔った眼には純子は自分の娘にはちがいないが、また対等に話し合える一人の女性とうつった。

「どんな父親もそうだろうが……自分の娘だけは世間や人間のイヤな部分は知らないでそのまま育ってほしい、生きてほしい、と思うものだ」

「わかるわ。パパ」

「だから結婚でも、パパはお前に皆に祝福されて波風のたたない結婚生活に船出をしてほしかった。これはママも同じだろうね」

「ごめんなさい」

「いや、パパは怒っているんじゃない。ただお前があんな結果のため、今後人生や人間に不信感を持ちはしないかと心配なんだ」

「パパ、そこがパパたちの世代がわたくしたちの世代を誤解している点なのよ。わたくしたち、あのくらいのことで不信感など持たないわ。一方では白けた世代と言われるけど、他方ではそのために意外とサラッとアッケラカンとしているのがわたくしたちの感覚なのよ」

と純子は少し可笑しそうに笑った。

「宗さんとの事、辛くないと言えば嘘になるけれど……でも今日ね荒れ狂う海を陸中の沖で見ていたら消えるような気がしたの。これからサラッとできると思うの」

「本当か」

「本当よ。パパの世代は少し新派的すぎるわ。何かこう、いつまでもベタベタとしていて、自分の感情に……」

啞然として菊次は娘を見つめた。こういう物の言い方は純子のいつもの癖だけれども、しかしどうやら彼女の言葉には嘘はないようだった。ホッとした安心感が胸にじんと拡がった。

その時、ボーイが和食堂にあらわれ純子のそばに寄ってくると、

「今、フロントにお立ち寄りの方が、これをお渡ししてくれと申されて、お帰りになりました」

そう言って白い大きな紙袋を彼女に手渡した。

「どなたかしら」

「たしか、最上さまのお使いとおっしゃっていましたが……急ぐからとおっしゃって、よろしくとの事です」

純子は紙袋を覗いて、

「あら」

と叫んだ。なかには最上が撮ったあの荒れた海の写真が何枚か入っていた。約束を忘れず彼は助手に急いで現像した写真を届けさせてくれたにちがいない。

荒れ狂う海。海猫が数羽、白く波の間をかすめて飛んでいる。空は暗澹《あんたん》として船の舳《へ》先《さき》に高く水煙があがっている。

「パパ、ここに行ったの。一緒の船のカメラマンが届けてくれたの」

菊次は写真を見ながら冬の荒れた海まで出かけねばならなかった娘があわれだった。彼もまた、息子なら当然の行動と思うことも娘ならば可哀想に思える父親の一人だった。

荒れ狂う海。暗澹とした空。

純子もその写真をみながら、やはり宗のことを考えた。今、彼は何をしているだろうか。彼もまた同じ経験をしたろうかと……。

宗は子供たちを自分の車にのせて代々木深町の妻の実家に出かけた。

「ママは先に行って待っているんだよ」

と彼は子供たちに説明した。

「おばあちゃまに挨拶して、それから皆で代々木公園に遊びに行こう」

日曜日の路は平日とちがって閑散としている。

ハンドルを握りながら彼は子供の表情がむかしと違うのを感じていた。七歳になる娘はいかにも何げなく、あたり前を装ってはいるが、心のなかで倖せの悦びをかくし切れないのだ——それが宗にはよくわかるのである。

子供たちにとって父と母との長い不和が終わり、冬のあとやっと春の陽ざしが来るように、二人が話し合っている姿を見られるのが何より嬉しいのだ。

車が安西家の入り口に入ると、子供たちはいち早く扉をあけて外に飛び出した。そして石段をかけ昇り、厚い扉のベルをはしゃぎながら押した。

「あら、あら」

節子の声が扉をあける音と一緒に聞こえて、

「意外と早かったじゃないの」

「ええ。路がすいていましてね」

車からキイをとりながら宗はうなずいて、

「陽子は？」

「来ていますよ」

妻の母親の声にも安心感が甦ったのを宗は感じた。

なかに入ると少し足をひきずるようにして妻があらわれた。その両手に娘と息子とがすがりながら、

「ね、早く代々木公園に行こう」

「ママを引っ張ったら駄目だよ。まだ腰が痛い、痛いなんだから」

そうたしなめながら彼は妻の顔をみて、

「ランチのあと子供たちを公園につれていくが、君はここで待っているか」

陽子は一寸、考えて、

「いいえ、行くわ」

「大丈夫かい」

「お医者さまからできるだけ歩くように言われているの。でないと筋肉が固まるんですって」

「じゃあ、来なさいよ」

宗は自分たちの会話が別居前とまったく同じなのに気がついた。別居の月日が自分たち夫婦にはなかったような会話だった。

(これでいい。これでいい。俺は……その期間、夢をみていたのだ。良くない夢を)

食堂から節子が皆を呼んだ。

「お昼食よ。みんなテーブルについて」

「あなたたち、手を洗っていらっしゃい」

陽子は子供たちを洗面所に行かせて、

「肩に糸屑がついていることよ」

うしろから彼の背広の肩についた糸屑をとってくれた。

「久しぶりねえ。こんなに皆で食事をするなんて」

と節子は倖せそうに葡萄酒を婿と娘のグラスについで、

「じゃあ、退院、おめでとうの乾杯をしましょうよ」

自分のグラスもあげた。

「おめでとう」

と子供たちはミルクのコップを手に持った。

食事が終わると子供たちに約束をしていた通り近所の代々木公園まで散歩に行くことになった。

「いかがです？　御一緒に」

宗に誘われた節子は笑いながら、

「年寄りは遠慮しておくわ。もうこのあたりは若い人たちの場所だもの。竹の子族と言ってね。わたくしたちには考えられない衣裳《いしょう》をつけた男の子や女の子が歩道でおどり狂っているわよ。見ていらっしゃい」

陽子が食堂を出て散歩の支度にベッド・ルームに消えると宗はその節子に、

「いろいろと御心配をかけました。でもやはり、やり直す決心です」

「結構だわ。わたくしはあなたたちに指一本、干渉しないつもりだったけど、陽子の事故がかえっていい結果をもたらしたと思うと、事故があって良かったと思っているぐらいなの。雨ふって地かたまる、になって頂戴ね」

「努力するつもりです」

妻の足音が廊下で聞こえたので宗は口をつぐんだ。

「お待ちどおさま。もう出かけていいわよ」

親子四人は坂をおりて深町の交叉点に出ると代々木公園の鉄門をくぐった。日曜日だから家族づれが多かった。樹々はまだ芽を吹いてはいないが、陽のあたる芝生には若い恋人たちが仰向けになったり、たがいの背にもたれあいながら語りあっている。楽器の練習をしている者もいる。

「あまり走らないで」と陽子は子供たちに声をかけた。「ママはまだ、ちゃんと歩けないんだから」

「パパ、助けておあげなさい」

と娘がこちらをふり向いて言った。

宗が右手をだすと陽子は素直に腕をくんだ。そうやって歩きながら、こんな風に腕をくんで散歩するのも宗は何年ぶりかと思った。

彼はふと純子と同じように腕をくんで六本木の路を歩いた多くの夜を思い出した。しかしなぜか今、純子の存在は彼にとって遠いものになっていた。彼の男のエゴイズムとふたたび家庭に戻ろうという気持ちとが、純子との追憶を、まるで夢のなかの出来事のように思わせてしまっていた。

「大丈夫か、君」

「大丈夫よ」

「この辺で腰をおろすか」

銀色にひかる雑木林のなかにベンチがあって夫婦はそこに腰をおろした。

「ねえ、あなた」

と陽子は言った。

「なんだ」

「今、こんなこと聞くのは可笑しいんだけど、あなたが交際していたあの人のことだけど」

宗は顔をあかくして一瞬、だまりこんだ。

「その方、どんな方？」

「もう終わったよ」

「ほんとに？」

「本当だ」

と宗は必死でうなずいた。

「終わったこと？　あなたには終わったことかもしれないけど、わたくしにはその人の亡霊がまだ残っているのよ。実はあなたがその人と交際なさっていると知った時、やはり苦しかったわ、わたくし……」

「ぼくたちはやり直そうとしているんだ。今更、そんな話をむしかえしても意味ないだろう」

と宗は懸命になって妻をなだめようとした。本当に純子の存在は彼の心から消えているのだ。彼はあの恋愛で自分が限界を破れない小心な男であることを認めざるをえなかった。そんな自分がわかった時、彼はふたたび手に戻ってきた妻と子との生活を破壊したくはなかった。

「いえ、心配しないで」と陽子は一寸、寂しそうに、「でもその嫉妬心が入院中、わたくしに気づかせたの。わたくしがやっぱりあなたに無関心じゃなかったんだって……」

「………」

「だってそうでしょう。本当にあなたに無関心ならば、あなたがどんな女性と交際しても平気ですものね。それなのに、わたくしは嫉妬したのよ、その人に。そして母にそれをうちあけたの……」

「お母さまは何とおっしゃった」

宗は妻の顔をじっと見ながらたずねた。

「人間の縁を大切になさいって」

「縁？　古風な言い方だな」

「いえ、古風とは思わないわ。お母さまは自分はたくさんの人と死にわかれた戦中派の世代だから、この世での人と人との縁ということをしみじみ思うって」

「………」

「ひとつ、ふしぎなことを教えてあげましょうか。あなたの交際していらっしゃったお嬢さんのお父さまは母の大学時代の友だちだったのよ。そして三十年ぶりで母とそのお父さまは偶然、再会したんだけれど、すぐにあなたとの事があって、また遠い距離をたがいにおかねばならなくなったんですって。あの人とは縁がなかったんだわ、と母はしみじみと言っていたわ。それだけに縁のつながる相手は大事に大事になさいって」

彼女は眼で林のなかを駆けずりまわっている子供たちを追った。

「わたくし、いろいろなことを学んだわ。この別居の間」

「ぼくもだ」

彼はたちあがって子供たちのそばに行った。突然、ある衝動にかられて娘と息子とを両手で抱きかかえた。もうこれからはお前たちのそばを離れないぞ。お前たちが一人前になるまではと心のなかで呟きながら……。

そして彼は妻がそんな自分をじっと見ているのに気づいた。

親子四人はそのあと代々木公園を出て雑踏する表参道を散歩した。

四人の前を一人の若い女性が歩いていた。宗はそのうしろ姿が純子に似ているのにハッとした。だがもちろん彼女は純子ではなかった。

その瞬間、急に宗のまぶたに純子の借りていたアパートの部屋が甦った。純子が食事の支度をしている間、彼がテレビを見ていたあの部屋が……。

悲しいその追憶を追い払うように彼は息子の手を強く握りしめた……。

解説

尾崎秀樹

遠藤周作はかつて彼自身の父親としてのありかたを、「父の日に」と題して新聞に書いたことがある。それによると、彼にとっての父親像の理想的なイメージは、西部劇の「ライフルマン」などに登場する親父《おやじ》の姿だという。息子に牛のつかまえ方やピストルのうち方、縄の投げ方など、その将来の生活に必要な技術を自分の手で教え、伝授できる。そして息子は父からそうした技術とともに人生の知恵も学んでゆく、といった関係だ。

しかし現代の父親は生活の技術どころか、生活の知恵さえ、自信をもって子どもに教えてやれないのがほとんどである。現代のように混乱した世の中では、自分にたいしてさえ自信のない父親が多いのだから、無理もない。だが彼自身をもふくめて、今の父親が弱腰であることを正直にみとめた上で、息子にたいし、ズボラでもいいから、ただ、要点だけをグッとしめればいいのだという結論に達したと述べている。

「明治の父親のように強がることもないし、威張る必要もない。母親のように神経質に教育に夢中になりすぎる必要もない……」と思い、要点をしめすために、息子が小学校に入ったとき、三つのことを約束させたそうだ。

一、気の毒なからだの人、弱い人を馬鹿にするような子供になるな。

二、学校で先生にいい子だと思われるため、友だちを裏切るような子になるな。

三、自分の弱さをごまかすため先生や親にウソをつくな。

この約束を破ったときは往復ビンタ、あとはズボラをきめこむのが、彼の父親としての態度だったようだが、しかしこれは野放図にみえて、その底に人間が社会で生きてゆく上での原則を、きびしくみつめる彼の意識が感じられる。

親子の断絶といった言葉がいわれるようになって、すでに久しい。子どもが自分の力で正しく生き、幸せになってくれることを願わぬ親はないだろうが、しかし複雑で多様な現代社会では、親と子の意識はくい違うことが多い。昔のように親子の関係に一定のモラルがなくなった今日、親は親、子は子といった考え方が支配的だ。

それでいて子どもが親の思うとおりに行動しないと、親は自分の責任のように感じて悩んだり、周囲の人々もまた子どもが非行にはしると、親の育て方が悪かったという眼でみがちである。これは一面では、子どもをとりまく社会環境のはらむ問題を、すべて親の責任に帰してしまう考え方ではなかろうか。

親の生き方や考え方が、子どもに大きな影響を与えるのはたしかだが、しかしそれを強制することはできず、どう受けとめるかはその子によってことなる。世代の相違による考えや感覚の違いは、親子の場合にもあてはまるが、要は親がどこまで子どもを理解できるか、また子はどこまで親を理解できるかであろう。

そうした視点にたって、現代における新しい親子関係のあり方が、さまざまに論議されている。先にあげた遠藤周作の文章もそのひとつだが、その中で彼は、生活の技術も知恵も子どもたちに教えられない以上、せめて成長する子どもに守ってほしい人間としての基本精神だけは伝えておきたいという親の心を、三つの約束に凝縮させたように思われる。

彼はほかにも、いまの日本には善魔が多すぎると語ったことがある。自分が正しいと思うあまり、それ以外の意見を認めず、他人を無視してしまう。善と思っていても限界を越すと悪になるが、その限界を考えない善魔がいろいろの面でみられるという。エッセイ集『お茶を飲みながら』について語ったもので、これも若い人々にむけての言葉だ。さりげない表現だが、彼がカトリック教徒として人間の人間にたいする愛の問題を、つきつめて考えたところからくる言葉のふかさがよみとれるのだ。

彼には日本におけるキリスト教徒たちのさまざまなドラマを描いたシリアスな歴史小説が数多くある反面、エンターテインメントに富んだ現代ものや、狐狸庵シリーズのようなエッセイ、ユーモラスな人生論など、その領域はひろい。軽妙な随筆やエンターテインメントの作品は、彼の本領ではなく、単なるリクリエーションだとみなす人もあるが、それらの中にも愛を基礎に、人間の生き方を真剣にみつめようとする姿勢のうかがえるものが少なくない。両者の違いは形式の違いであって質的な違いとはいえない。東京新聞の昭和五十四年九月二十五日から五十五年五月八日まで一八一回にわたって連載された『父親』もそのひとつである。

これは題名のしめすとおり、一人の父親を中心に、その家族、とくに娘との対応をテーマとした長篇である。先に紹介したエッセイで、遠藤周作は主として息子との対応について述べていたが、ここでは娘の場合をとりあげ、おたがいの心理の屈折を語りながら、それぞれが仕事や愛情の問題で試練を経て、最後には父娘の心が結びあう過程を描いている。

父親の娘にたいする感情は、ただかわいらしく、娘の恋愛や結婚では、母親以上に動揺することが多い。まして娘が妻子のある男性を愛していると知った場合、父親の悩みはつよいに違いない。この主人公もそうした子ぼんのうなおやじの一人であり、娘の恋愛でふかく傷つけられるのである。

五十六歳の父親・石井菊次は化粧品会社の宣伝部と開発部の部長を兼ねる重役で純子と公一の二人の子がある。純子は大学卒業後、先輩のやっている会社に入り、中高年男性のスタイリストとなった。彼女はその仕事に意義を見出し、うちこんでいたが、顧客の実業家・宗に愛され、その情熱にひきつけられて、次第に心が傾き、やがて本気で愛するようになる。宗は妻子と別居中で、離婚して純子と結婚すると言い、彼女はその言葉を信じたものの、父母には告げにくかった。それは父がかねがね、〝けじめ〟を重んじる人であり、いつもそう言い聞かされていたからだ。

純子は宗との恋愛を恥じる気はなかった。彼女は父母の反対にあうと、自分の愛をつらぬくために、家を出てアパート暮しをする。だが偶然なことに、別居している宗の妻は、菊次が学生時代にほのかな思慕を抱いたことのある女子学生、節子の娘だった。菊次は未亡人となった節子に再会してまもなく、その事実を知り、なおのこといたたまれない気持におちいる。

菊次の会社でも新製品の香水をめぐって、種々問題がおこり、彼の良心的な意図が必ずしも現代社会では通用しないことを知り、その販売成績がよくなかった責任をとって、辞職することになる。それはこれまで〝けじめ〟を守ってきた彼なりの生き方の表明でもあった。

一方、純子はどこまでも宗との愛に生きようとしたが、宗の妻が交通事故で入院したおり、子どもへの愛情や、妻の感情の変化もあって、宗は離婚にふみきることができなくなる。純子は宗と二人で出かける予定だった東北への旅に一人で出かけ、傷心を癒そうとしたが、それを知った菊次は娘を迎えにゆく。

菊次と純子に似た父娘関係は、現在の社会に多いと思われる。彼らはいずれも自分なりの信念に従って生きているが、それがくい違うのは、やはり世代の違いの結果であろう。純子は宗の裏切りに出あって、はじめて彼の愛が家族の絆をたち切るほど強くなかったことを知るが、しかしその心の傷は、かえって彼女の人間的成長を助けるのではなかろうか。娘の幸せを願いながらも、それが周囲の人々を傷つけることを憂慮する菊次の態度は、男女観の古さというより、人生経験のゆたかさからきている。このやむを得ない対立を救うのは、やはり父娘の愛情である。

京都の清滝に老後の家をつくることや、菊次の会社の派閥争い、企業スパイの動き、あるいは学生運動に関係する息子の公一の言動など、現代の諸問題にもふれながら、この作品は平凡な市民の家庭におこる波瀾を描き、作者自身の家庭と家族にたいする思いをもりこんでいるようだ。

戦中派の菊次が、しばしば戦争の犠牲となった人々を思い、申しわけない気持を抱くくだりなど、作者の心情がそこに反映されているといえる。

親子の問題はつねに古くて新しい。それは一般の人々が誰でも直面することだからだ。この作品はそのひとつの例をとりあげながら、人間の愛のあり方に光をあて、しかも暖かい眼でそれをあつかっている。そこに作者の人間観とその普遍性がうかがわれる。

わが家にも年頃の娘がおり、それだけ身につまされる部分が少くない。私の父親としてのあり方も、遠藤流に近く、いくつかの条件を満しさえすれば、あとはズボラをきめこむことが多い。しかし娘は娘であると同時に、一個の独立した人格であり、私は父として娘にたいするだけでなく、どうやら男性として一人の若い女性にむかわなければならず、そこに予想外の難しさを感じることもある。この作品を読みながら、私は私ならどうするかと思い描かずにはいられなかった。

この作品は一九八〇年七月、講談社より刊行されました。

一九八三年六月に集英社文庫より上下巻として文庫化されたものを合本して一冊としました。

集英社文庫　目録（日本文学）

集英社文庫　目録（日本文学）

集英社文庫　目録（日本文学）

小川洋子　犬のしっぽを撫でながら
小川洋子　科学の扉をノックする
小川洋子　原稿零枚日記
荻原博子　老後のマネー戦略
荻原浩　オロロ畑でつかまえて
荻原浩　なかよし小鳩組
荻原浩　さよならバースディ
荻原浩　千年樹
荻原浩　花のさくら通り
奥泉光　虫樹音楽集
奥泉光　東京自叙伝
奥田英朗　東京物語
奥田英朗　真夜中のマーチ
奥田英朗　家日和
奥田英朗　我が家の問題
長部日出雄　古事記とは何か　稗《ひえ》田《だの》阿《あ》礼《れ》はかく語りき

長部日出雄　日本を支えた12人
小沢一郎　小沢主義《オザワイズム》　志を持て、日本人
小澤征良　おわらない夏
おすぎ　おすぎのネコっかぶり
落合信彦　モサド、その真実
落合信彦　英雄たちのバラード
落合信彦・訳　第四帝国
落合信彦　狼たちへの伝言2
落合信彦　狼たちへの伝言3
落合信彦　誇り高き者たちへ
落合信彦　太陽の馬(上)(下)
落合信彦　運命の劇場(上)(下)
ハロルド・ロビンス　落合信彦・訳　冒険者たち(上)　野性の歌
ハロルド・ロビンス　落合信彦・訳　冒険者たち(下)　愛と情熱のはてに
落合信彦　王たちの行進
落合信彦　そして帝国は消えた

落合信彦　騙《だま》し人《にん》
落合信彦　ザ・ラスト・ウォー　どしゃぶりの時代　魂の磨き方
落合信彦　ザ・ファイナル・オプション　騙し人II
落合信彦　虎を鎖でつなげ
落合信彦　名もなき勇者たちよ
落合信彦　小説サブプライム　世界を破滅させた人間たち
落合信彦　愛と惜別の果てに
乙一　夏と花火と私の死体
乙一　天帝妖狐
乙一　平面いぬ。
乙一　暗黒童話
乙一　ZOO 1
乙一　ZOO 2
古屋×乙一×兎丸　少年少女漂流記
乙一　荒木飛呂彦・原作　The Book　jojo's bizarre adventure 4th another day

集英社文庫

父《ちち》　親《おや》

2009年6月30日　第1刷　　定価はカバーに表示してあります。
2017年6月21日　第2刷

著　者　遠藤周作《えんどうしゅうさく》

発行者　村田登志江

発行所　株式会社 集英社
東京都千代田区一ツ橋2-5-10　〒101-8050
電話　【編集部】03-3230-6095
【読者係】03-3230-6080
【販売部】03-3230-6393（書店専用）

印　刷　凸版印刷株式会社

製　本　加藤製本株式会社

フォーマットデザイン　アリヤマデザインストア　　マークデザイン　居山浩二

ISBN978-4-08-746452-8 C0193